U0115355

文字由來是國魂　千秋萬代據憑

真泰山封禪七十二　管子史遷

在茲　鈎[一]稽昔王君弘句讀而今

馬氏顕慈　視斯文墜　他時逢挽

喜見南州起學人

顕慈賢樣　即將印行其字學佳作　欣羨之餘　詩以賀之

(一)管子封禪云：「桓公既霸會諸侯於葵丘，而欲封禪管仲曰：古者封泰山禪梁父者七十二家，而夷吾所記者十有二焉。」唐尹知章注：「凡篇亡今以司馬遷封禪所載管子言以補之」

(二)王君，王筠也。清代文字學家，著作甚多，於文字學甚有貢獻。今顕慈印行之作是闇發王君「說文句讀」佳勝之處，以為天下告也。

己丑春日　栢廬　率卅

語言文字叢書

說文句讀研究訂補

馬顯慈　著

目次

李序

一

　　我有好幾位治學特別勤奮用功的朋友，在香港公開大學任教的馬顯慈兄是其中之一。據我所知，他治學的範疇，涉及語言文字、語文教育、古典文學幾方面。這幾方面，他經常有高水平的論著發表，這固然顯示了他永不怠懈的個性，同時從他的論著，我們可以看到他認識的寬廣、意見的通達、辨析的詳審和態度的矜慎。我以為，後兩者的表現，很可能因為他長期以來研治小學，慣於用心細密，因而有了這樣的影響。

二

　　《說文句讀研究訂補》一書，是顯慈兄即將出版的大作。這書的內容，主要對王筠（1784-1854）《說文句讀》的句讀方式和文字的形音義研究等方面，作有系統的條舉例證和解說，並對王氏的生平和撰作背景，作扼要的述論。其中有闡發，有辨析，有糾正，有補充，有整理，使讀者在認識王氏研治《說文解字》心得的同時，也可以得到不少有用的提示和啟發。有人說：「讀書不可不信書，也不可盡信書。」顯慈兄對王著的研訂和述釋，正好為上述話語提供了具體證明。

三

　　《訂補》一書，對王著的優點和特色，有詳細的例證、分析和說明，正如書中「總結」的歸納：（1）闡明《說文》條例；（2）訂正許慎說解；（3）徵引金文佐論；（4）辨明篆隸變化；（5）申說「觀文」理論；（6）闡釋「重文」、「俗、或、省」諸體；（7）闡發「分別文」、「累增字」之說。此外，「總結」中還進一步提到王著有七項值得稱道的優點，原文具在，不引述了。《訂補》雖然很着力向讀者表揚王著對小學的貢獻，但同時以持平的態度，抉發王著的闕失，並引述諸家之說，作為論據，讓研治文字學的同道，獲得可靠的學術意見，也讓有志向學的年輕讀者，知道即使是學問精深博大的學者如王筠，在著作中也難免有疏漏。放言高論，輕率褒貶，並不困難，但要言而有據，說服力強，就沒有那麼容易，因為這既需要學養和識力，也需要仔細的考察和客觀的評量。我認為《訂補》討論王著的闕失，確能達到這樣的要求。

四

　　文字學研究其實不是我的專業範圍，現在竟然對文字學專著「說三道四」，或許會被有識之士所譏評。稍可自解的是：我在大學修業，文字學和聲韻學是必修科，因而使我對中國文字各方面的知識略有所知，並引發我對古文字和篆刻藝術產生濃厚的興趣。這種興趣，維持至今。在香港語文教育學院服務期間，探研語言文字是我工作的一部分。一九八四年，為了工作的需要，我負責主持常用字字形的研訂，各類字書成為常置案頭的參考物，最後更促成《常用字字形表》

的出版（初版於1986年，最後修訂在2000年）。經驗讓我知道，掌握
文字學的一些知識，對研治經史以至古典文學，的確頗有幫助。不
過，以我有限的所知，竟向讀者推介《說文句讀研究訂補》，仍然令
我不禁萌生「僭妄」的自責。我只能說，答應為《訂補》撰寫序文，
可沒表示我對文字學的研究有甚麼心得，而只不過表示我大抵還能認
識「異己之美」而已。

李學銘

2014年12月

前言

　　王筠（1784-1854），清山東安邱人，字貫山，號籙友，與段玉裁（1735-1815）、桂馥（1736-1805）、朱駿聲（1788-1858）並稱於清世，有「《說文》四大家」之美譽。王氏自幼喜愛篆籀，年輕時就開始研讀《說文解字》。他積學數十年，將《說文解字》全書從新整理，標舉條例，注解立說，自成一家之言。王筠一生中具代表性和較有影響力的《說文》研究專著，有《說文釋例》《說文句讀》及《文字蒙求》。《說文釋例》是一部以系統性闡釋《說文》條例的著作，此書刊行較早，亦是王氏成名之作。《文字蒙求》以指事、象形、會意、形聲四書分部處理，將篆字之部首、形符拆解分析，是一本專供孩童識字的基礎教材，在傳統蒙學方面有一定影響力。至於《說文句讀》（亦稱《說文解字句讀》），則是一部薈萃桂馥、段玉裁、嚴可均（1762-1843）等清代名家論說《說文》的注釋性鉅著。王筠撰寫《說文句讀》，參考桂馥《說文解字義證》和段玉裁《說文解字注》兩書最多，此書以大、小二徐之《說文》專著為底本，內文說解則多引錄桂、段、嚴三家之說，一般皆清楚注明引自何處。然而，王筠於書證或引錄其他相關資料方面，暗引桂書較多，有時亦會直接錄取嚴、段、桂三家之說而不交待出處，這是該書通例（王氏引用桂、段之說，於其書《自序》及「凡例」中已清楚說明），讀者只要將王、桂、段諸書一起對照研讀，其引說來由自可明白理解。按王筠所述，這套書一共用了十多年時間完成稿本，其中最關鍵的是要將桂、段等人之研究精粹，作一個綜合式整理，他希望此書刊行後能對《說文》

學習者有所裨益。正因如此,在選取資料及審度各家意見方面,需要諸多斟酌,取長捨短,折衷一是,委實費了作者不少精神和時間。編撰期間,王氏又作了多次校訂、刪改及重編,其著書的認真態度確實令人敬佩。

綜合而言,《說文句讀》「述」、「作」兩方面兼有,其中以「述」者居多,包括了輯錄、校勘及評述,至於「作」方面則多與他於早期問世的《說文釋例》互相發明,但也有不少新增、補訂和創見。閱讀王氏《說文句讀》宜同時將其《說文釋例》一并研究,互為參考。作者自云書中包括了「刪篆、一貫、反經、正雅、特識」諸項特點,其實除以上五項,還注重對《說文》語句的句逗分析,此與段玉裁《說文注》及桂馥《說文義證》所論的許語句逗亦有所不同。王氏有再作補充說明,也有提出新見解,其中意見與段、桂兩家不同而另有闡發為數不少,研究《說文》訓解及其語句結構就必須多加注意。此外,王筠書中對《說文》篆字的形、音、義幾方面,又作過詳細的分析討論,除了學術觀點、字例分析與諸家不同,在書證及引用山東方音、俗諺,乃至金石材料方面,有不少地方是《說文釋例》裏沒有提及。由於可見,《說文句讀》並不是一本普通《說文》讀本,它代表王筠晚年研究《說文》的總結,是一部集結桂、段兩家《說文》學的精讀,是研究中國文字學者值得細心研讀的重要專著。

本書的撰作,一方面介紹王筠生平和他撰寫《說文句讀》的背景,另一方面嘗試將王氏晚年對《說文》的研究作分類闡釋,包括句逗、字形、字音、字義幾個部分,通過條舉例證分析,向讀者介紹這位清代《說文》專家的研究心得。

馬顯慈

序於香港公開大學教育及語文學院

2014年初夏

第一章
王筠生平及其《說文句讀》的撰作

　　王筠（1784-1854），清山東安邱人，字貫山，號簏友。道光元年（1821）舉人，游學京師三十年，與漢陽葉志詵（1779-1863）、道川何紹基（1799-1879）、晉江陳慶鏞（1795-1858）、日照許翰（1796-1866）商討學問，曾任山西鄉寧知縣。鄉寧當地民樸事簡，王筠為人精明通達，辦事效率十分高，判案公允，處事明快。為人好學，經常利用餘暇讀書，手不釋卷。後來調往徐溝、曲沃任職，兩縣事務比較繁多，然而王氏能力過人，管治得法，公務之餘，勤於學術研究。[1]

　　王氏自幼就喜愛篆籀，年輕時已開始研治《說文解字》，對各類有關文獻，乃至俗刻書刊，都不會放過研究。他積學二十多年，窮通前人著書之微情妙旨，將《說文解字》全書從新整理，條分縷析，標

1　王筠生平，詳參：

I.　　趙爾巽（1844-1927）等撰：《清史稿》第 43 冊（北京市：中華書局，1997 年 8 月），卷 482，頁 13279-13280；

II.　　清史編纂委員會編：《清史》第七冊（臺北市：國防研究院，1961 年 7 月 1 日），頁 5208-5209；

III.　清國史館原編：《清史列傳·儒林傳下》，收入周駿富輯：《清代傳記叢刊·綜錄類 2》（臺北市：明文書局，1985 年 5 月 10 日），卷 69，頁 46-47；

IV.　徐世昌（1855-1939）：《清儒學案》（臺北市：燕京文化事業公司，1976 年 6 月），卷 145，頁 1（總頁 2543）；

V.　　王筠著：《說文釋例序》，收入丁福保（1874-1952）編：《說文解字詁林》前編上（臺北市：鼎文書局，1983 年 4 月）第一冊，頁 1343。

舉條例，再作注解立說，自成一家之言。[2]王筠與段玉裁（1735-
1815）、桂馥（1736-1805）、朱駿聲（1788-1858）並稱於清世，有
「《說文》四大家」之美譽。

王氏一生著述非常多，與《說文》研究有關的，計有《說文釋
例》二十卷、《說文句讀》三十卷，《釋例補正》二十卷、《句讀補
正》二卷、《說文繫傳校錄》三十卷，合稱為《王氏說文》五種。此
外，又有《文字蒙求》四卷，是一部給予小童識字的讀本。王氏治學
獨闢門徑，論說不依傍他人，對文字解說研究別具心得，而且影響深
遠，其中最具代表之著作是《說文釋例》和《說文句讀》。其他較重
要的著作有《毛詩重言》一卷，附《毛詩雙聲疊韻說》一卷、《夏小
正正義》四卷、《弟子職正音》一卷、《正字畧》二卷、《馬首農言》
一卷、《教童子法》一卷、《史記校》二卷，此外又有《蛾術篇》《禹
貢正字》《讀儀禮鄭注句讀刊誤》《四書說略》《小說三支別》《篆友肊
說》《鄂宰四種》等，都流傳於後世。[3]

王筠闡述《說文》條例，說得最精深、最有系統的，應是《說文
釋例》一書。至於《說文句讀》，是一部注釋性著作，對許慎的解
說，有不少精深的闡發和分析。清人張穆（1805-1849）曾為王筠

---

2 見王筠：《說文釋例》（北京市：中華書局，1987 年 12 月）卷 1，《自序》頁 1。

3 王均著述，詳參：

I. 蔡冠洛：《學術・樸學》，《清代七百名人傳》第 4 編（上海市：世界書局，
　　1957 年），頁 1673-1674。

II. 支偉成（1899-1928）：《清代樸學大師列傳》下冊（上海市：泰東圖書印刷，
　　1925 年 10 月），頁 328。

III. 楊蔭深（1890-?）：《中國學術家列傳》（香港：文淵書店，1974 年），頁 453。

王筠：《鄂宰四種》，收入范希曾（1900-1930）：《書目答補正》（臺北市：國學圖書
館，1929 年），卷 5 叢書目。

《說文句讀》作序，他說：

> 安丘王貫山先生，初治《說文》，段書尚未行，融會貫通，既
> 精且熟，乃得段書，而持擇其然否以語人，多駭不信。而先生
> 之學，因之益密，精神所獨到，往往軼出許君之前，本古籀以
> 訂小篆，據遺經以破新說，瓜分豆剖，衢交徑錯，於諸言《說
> 文》者得失，如監市履豨，而況其肥瘠也。……貫山之於《說
> 文》，如亭林（顧炎武，1613-1682）之於音韻。後有作者補苴
> 焉，匡救焉，可矣，必無更能過之者也。[4]

　　清人于鬯（1854-1910）撰寫《讀王氏說文釋例》曾讚許王筠的
學問及其《說文》研究，他說：

> 安邱王氏生於三家（嚴可均〔1762-1843〕、段玉裁、桂馥）
> 後，成《說文釋例》《句讀》兩書，於舊說之是者取之，非者
> 辯之，又多心得，宜其傑出於三家之上。[5]

從張、于二人對王氏治學的推崇，可以了解到王筠在清代的學術成就
和他對《說文》研究的貢獻。無可否認，王氏早在當世已備受重視，
學術地位很高。

　　《說文句讀》成書後於《說文釋例》。這本書在道光二十一年
（1841）開始撰寫，一直到咸豐三年（1853）正式脫稿，前後用了十
三年時間。書名雖然稱為「句讀」，然而書中對文字的論證與對《說

4　《說文解字詁林》第 1 冊（臺北市：鼎文書局，1983 年 4 月），頁 229。
5　同前註，頁 239a。

文》條例的闡述，都有不少精闢見解，而且往往與其前作《說文釋例》互相發明，所以並不是一本只以標點斷開許慎說解文字語句的《說文》讀本。《說文釋例》的特點在於「標舉郵畷，拔翼表褢為功」[6]；而《說文句讀》則是依據字形考究許慎的解說，兼且引用、訂改、論證古今各家的《說文》研究。全書說解文字，別具心得，旁徵博引，貫通古今，立論札實，深入淺出，能顧及《說文》研究的入門基礎，以讓讀者容易閱讀理解為大前提。這本書是王筠晚年研究《說文》的總結，是研習《說文》的重要讀本。

據王筠所說，他撰作《說文句讀》，最初用意只是斷句，而不下注解。但寫了三卷之後，發覺自己所造的輯錄工夫很有意義，可以補訂各家的《說文》研究，同時又發現段玉裁的《說文解字注》有不少偏執的見解和未臻妥善的地方，可以進一步研究加以修訂。經過陳雪堂[7]、陳慶鏞（1795-1858）兩位友人的鼓勵和慫恿，王筠就決定重新調較編寫這本書的方向。他博觀約取古今各派專家的見解，大約用了兩年的時間，完成了全書的初稿。之後十年，王氏孜孜不倦埋首研究，把這套書稿又改動了三次，直至道光三十年（1850）四月，整套書的稿件終於正式定好。此後，又將書稿重新批閱檢核，再增補了一些新的材料和個人觀點，第四次改易稿本。[8]王筠治學的嚴謹態度，的確是令人欽敬佩服。咸豐三年（1853），《說文句讀》第三冊完成，王筠開始編撰第四冊，他在書中〈自序〉說：

6　張穆：《說文解字句讀序》，《說文解字詁林》第 1 冊（臺北市：鼎文書局，1983 年 4 月），頁 229。

7　陳雪堂，名山嵋，生平書傳不見，待考。
　　據王筠《文字求蒙序》所記，陳氏為王筠同年友人。陳雪堂有《文字求蒙跋》，見王氏《文字求蒙》（臺北市：藝文印書館，1974 年），頁 194。

8　王筠著：《說文解字句讀序》（上海市：上海古籍書店，1983 年），頁 1b。

初次創稿，祗欲離句而已。自雪堂（陳山嵋）、頌南（陳慶
鏞）迫使通纂之後，嬾於再寫，即將所輯典故，書之原稿之
眉，後乃倩人寫之，比覆加檢點，殊多疏漏，改至再三。故首
三冊皆他人所書，此冊之後，則皆初稿矣。後來又改之，使小
吏通錄一部，今尚存案頭，三次稿則呈祁淳父先生（1793-
1866）[9]，四次稿今已付梓矣。覆視之尚有不如意處。甚矣著
述之難也。[10]

王筠由五十八歲到七十歲，一共用了十二年時間去撰寫一套供人
學習《說文》的書稿，還是覺得有不滿意的地方，他撰作《說文句
讀》的認真態度和審慎功夫，由此可見。

這套書稱作「句讀」原來是別具意思，王筠曾這樣說：

漢人經說，率名章句，而張篇菴（1612-1677）《儀禮鄭注句
讀》，獨立此名者，謙也。然《儀禮》有章句，注但有句讀而
已，則其名亦所以紀實也。余纂此書，則疏解許說，無章句可
言，是以竊比蒿菴。[11]

上文所謂「句讀」一詞，最早見於漢人何休（129-182）《春秋公

9　王筠《說文解字句讀》一、三、五諸卷均書：相國壽陽祁春浦夫子鑒定。考《清史
稿》卷 385 列傳 172 有壽陽人祁寯藻傳。祁氏字淳甫，號春圃。案：父、甫音近可
相通假，祁淳父、祁春浦（春圃）、祁寯藻直是一人。祁寯藻曾任大學士，掌禮
部，好許學，精研訓詁聲韻，王筠曾游其門。詳見蔡冠洛：《清代七百名人傳》，頁
1679-1688。

10　柳詒徵（1880-1961）：《說文句讀稿本校記》（南京市：國學圖書館年刊，南京國學
圖書館編印，1929 年 11 月創刊，第 2 冊，第 2 年刊），頁 1 轉引。

11　王筠：《說文解字句讀凡例》（北京市：中華書局，1988 年 7 月），頁 4b。

羊傳解詁序》：

> 講誦師言至於百萬，猶有不解，時加釀嘲辭，援引他經，失其
> 句讀，以無為有，甚可閔笑者，不可勝記也。[12]

「句讀」在古籍之寫法，也有多種：漢人馬融（79-166）《長笛賦》
作「句投」[13]，唐人釋慧琳（737-820）《一切經音義》及《法華經玄
義釋籤》作「句逗」[14]，《摭言》作「句度」[15]。此外，唐代書籍裏也
有寫作「句度」，有關例子相當豐富。[16]其實，作「投」、「逗」、「度」
都是因為音近互通[17]，古籍中一般所見的則較多寫作「句讀」。

　　「句讀」其實是古人的一種讀書斷句方法。古人讀書每每在章句

---

12 何休：《春秋公羊解詁序》，《十三經注疏》（臺北市：臺北藝文印書館，景印清嘉慶
　　20 年【1815】南昌府學重刊宋本《十三經注疏》，附《校勘記》，1973 年 5 月版），
　　頁 4a。

13 蕭統（501-531）著，李善（630-689）注：《文選》（北京市：中華書局，1977 年 11
　　月），卷 18，頁 252b。

14 唐·釋慧琳、遼·釋希麟撰：《正續一切經音義》（上海市：上海古籍出版社，1986
　　年 10 月），卷 27，頁 22。
　　唐·天台沙門，湛然（711-782）：《法華經玄義》卷第一、上，頁 1a。見《法華經
　　玄義釋籤》（臺北市：新文豐出版公司，1976 年 10 月），頁 1。

15 王定保（870-955）撰：《摭言》（臺北市：臺灣中華書局，1966 年《四部備要》、史
　　部，本書），卷 5《切磋》，頁 4 後版。

16 房玄齡（578-648）等撰：《晉書·樂志》：「巴瑜舞曲，……其詞既古，莫能曉其句
　　度。」（北京市：中華書局，1974 年 11 月），頁 693。
　　元稹（779-831）：《樂府古題序》：「句度短長之數。」見《元氏長慶集》（北京市：
　　中華書局，1982 年），第 23 卷，頁 254。
　　皇甫湜（777-834）：《答李生第二書》：「讀書未知句度。」見《皇甫持正文集》（《四
　　部叢刊》，第 704 冊），卷 4，頁 5b。

17 「投」古文作毀。投，殳聲；毀，豆聲。「投」與「豆」上古同屬定母。「投」、
　　「逗」均屬侯部，「度」屬定母鐸部，三字可通假。

要停頓之處，加上小黑點「‧」去把文句分開，目的是要避免因上下連讀而誤解文辭義理。[18]《說文解字》五篇上◆部有所謂：「◆有所絕止，◆而識之也」。[19]清人章學誠（1738-1801）《丙辰劄記》說：

> 《說文》◆，許云：「有所絕止，◆而止之也。」是點句之法，漢以前已有之矣。[20]

近代學者楊樹達（1885-1956）在《古書句讀釋例》分析說：

> 後人因假籀書之讀為句讀之讀，然則◆為本字，讀乃假字，以音近通假耳。（◆字古音侯部，讀字從𧶠聲，古音在屋部。侯屋二部古音為平入，相通轉。）[21]

其實，段玉裁在《說文解字注》也曾如此分析：

> 凡物有分別，事有可不，意所存主，心識其處者皆是，非專為讀書止，輒乚其處也。[22]

按段氏所謂「讀書止，輒乚其處」的「乚」，就是「丶」。《說文解字》

---

18 見孫德謙（1869-1935）著：《古書讀法畧例》（臺北市：臺灣商務印書館，1968 年 11 月），頁 207。

19 《說文解字詁林》第 8 冊，頁 863a。

20 章學誠著，馮惠民點校：《乙卯劄記‧丙辰劄記‧知非日札》，《學述筆記叢刊》（北京市：中華書局，1986 年 12 月），頁 73。

21 楊樹達著：《古書句讀釋例》（北京市：中華書局，1963 年 1 月），頁 2。

22 《說文解字詁林》第 4 冊，頁 1439a。

十二篇下𠄌部云：「𠄌，鉤識也。」[23]段氏說：

> 鉤識者，用鉤表識其處也。褚先生補《滑稽傳》：「東方朔上
> 書，凡用三千奏牘。人主從上方讀之，止，輒𠄌其處。二月乃
> 盡。」此非甲乙字，乃正𠄌字也。今人讀書有所鉤勒，即此。[24]

《說文》「句」下，許慎曾這樣解釋：「曲也。」「鉤」下說：「曲
鉤也。」「𠄌」下說：「鉤逆者謂之𠄌」。「丿」下說：「鉤，識也。」[25]
其實，這四字的聲與義皆可通[26]，只是後來的寫法不同，其語源則相
同。段氏《說文解字注》又說：

> 章句之句，亦取稽留可鉤𠄌之意，古音總如鉤。後人句曲音
> 鉤，章句者屨；又改句曲字為勾；此淺俗分別，不可與道古
> 也。[27]

王筠吸收了諸家的見解，在《說文句讀》裏如此解釋：

> 案：𠄌即此丿字也。丶部云：「有所絕止。丶而識之也。」與鉤

---

23 同前註，第 10 冊，頁 360b。

24 同前註。

25 同前註，第 3 冊，頁 433a，頁 438b。（案：《說文解字注》作「鉤，曲鉤也」，各本
均作「鉤，曲也」。）第 10 冊，頁 359a，頁 360b。

26 案：句、鉤二字上古同屬見母侯韻；𠄌、丿同屬月韻，𠄌見母、丿羣母。（參王力
〔1900-1986〕：《同源字典》〔北京市：商務印書館，1987 年〕，頁 13-18）。句，從
口丩聲，《說文》本篆作𠷎，字形亦有互相勾連之義，與𠄌、丿義同。鉤由句孳乳而
生。

27 《說文解字詁林》第 3 冊，頁 433b。

　　識同意，҅則絕句，丨則分章也。[28]

由此可見，「҅」與「丨」同是古代斷句的符號。

　　如前所述，「句讀」這個詞最先見於漢代，而作為標識用則可以追溯到先秦時期。西周銅器「永盂」銘文，第九至十行有「厥率舊疆宋丨句。永拜稽首，對揚天子休命」。[29]當代金文專家陳邦懷（1897-1986）《永盂考畧》分析說：

　　　　句字左下方的丨，就是《說文解字》所說的「鉤識也」。段玉裁
　　　　說：「鉤識者，用鉤表識其處也。」段氏闡明許說非常精確，
　　　　現在引用段氏的說法，可證這裏的丨為鉤識無疑。[30]

今天保存下來的漢代簡牘，也有不少鉤識的句讀符號，如《流沙墜簡·小學術數方技書》：

　　　　廿三日　丁巳　丙戌　丙辰·立夏·建　乙酉[31]

又如《屯戌叢殘》：

28　同前註，第 10 冊，頁 361a。

29　參唐蘭（1900-1979）著：《永盂銘文解釋》，《文物》1972 年第 1 期，頁 62。轉引之永盂銘文影本及周法高（1915-1994）編撰：《三代吉金文存補》（臺北市：臺聯國風出版社，1980 年 4 月），頁 161，圖 906。

30　陳邦懷著：《永盂考略》，《文物》1972 年第 11 期，頁 58。

31　羅振玉（1866-1940）、王國維（1877-1927）著：《流沙墜簡·小學術數方技書》頁 3，行 1。（民國 3 年（1914 年），影本，第 1 冊）

吳兵甬。兵郭得受。兵常沙（下缺）[32]

以上所引錄之「‧」、「。」就是句讀。《武威漢簡》的鉤識符號更
多，據當代金石考古專家陳夢家（1911-1966）《漢簡綴述‧由實物所
見漢代簡冊制度》所錄，有「〓、●、‧、。、▲、‧‧、〓、「」、丶
、、、儿」十一類；在「丶」號下，陳氏解釋說：

> 鉤識符號有三種作用：一、相當於句讀，⋯⋯二、鉤識某一章
> 句。⋯⋯鉤識號置於章句之右旁，是為一整節作的記號。三、
> 作為平列重文名詞的間隔。[33]

至於「句讀」的名義，六朝的文學理論家劉勰（465-522）在
《文心雕龍‧章句第三十四》曾有深入說明：

> 夫設情有宅，置信有位，宅情曰章，位信曰句。故章者，明
> 也。句者，局也。局言者，聯字以分疆。明情者，總義以包
> 體，區畛相異而衢路交通矣。[34]

南朝訓詁專家顧野王（519-581）《玉篇》也說：「句，止也。言語章

---

32 同前註，《流沙墜簡‧屯戍叢殘》頁 19，行 4 下。

33 見甘肅博物館與中國科學館考古研究所合編：《武威漢簡》（北京市：文物出版社，
考古學專刊乙種第 12 號，1964 年），頁 89-133，及陳夢吉：《漢簡綴述》（北京市：
中華書局，1980 年），頁 308-309。

34 劉勰著，范文瀾（1891-1969）注：《文心雕龍》下冊（香港：商務印書館，1975 年
5 月），頁 570。

句也」。[35]至於南宋人毛晃《增韻》，對「句讀」有這樣的解釋：

> 凡經書成文，語絕處謂之句，語未絕而點分之，以便誦詠謂之
> 讀，今秘省校書式，凡句絕則點於字之旁，讀分則微點於字之
> 中間。[36]

清末語法學家馬建忠（1845-1900），在《馬氏文通·論句讀卷之十》
就這樣說：

> 凡有起詞而辭意已全者曰句，未全者曰讀。[37]

然而，漢人揚雄（前53-18）《方言》：「逗也」，郭璞（276-324）的
《注》釋作：「逗即今住字也。」[38]《說文解字》：「逗，止也。」[39]
唐人釋玄應的《一切經音義》也說：「句，逗止。」[40]
　　綜上所述，可知「句」與「逗」（「讀」）在古代都是訓解為
「止」。當代語言學家許嘉璐先生（1937-　）主編《傳統語言學辭
典》提出了一個扼要的總結性看法：

---

35 顧野王：《大廣益會玉篇》（北京市：中華書局，1987 年 7 月），頁 132a。

36 張玉書（1642-1711）、陳廷敬（1639-1710）總纂：《康熙字典》（上海市：同文書
　　局，光緒丁亥 1887 年）酉集上言部「讀」字條轉引。頁 119a。

37 馬建忠：《馬氏文通》（上海市：商務印書館，1927 年），卷 10，頁 1。

38 見錢繹（1770-1855）：《方言箋疏》（上海市：上海古籍出版社，1984 年 5 月），頁
　　454。

39 《說文解字詁林》第 3 冊，頁 89b。

40 唐釋慧琳、遼釋希麟撰：《正續一切經音義》（上海市：上海古籍出版社，1986 年
　　10 月），卷 27，頁 22。

（句讀）按語意或語音停頓劃分的語言單位，也指文章斷句的符號和方法。[41]

許先生對句讀的闡釋最明白清楚，所下界說已列入工具書內，成為定論。

近代文字訓詁專家胡樸安（1878-1794）《中國訓詁史》指出，古人讀書是十分著重訓詁和句讀。事實上，一篇文章的構成，先由積字成句，繼而積句成章。然而，古書的訓解往往寄寓於文字之中，書中義理則寄託在章句之內。正因如此，古人的文章是十分注重章句的組織，所謂「章句不辨，義理莫明。離析章句，所以明義理也」。[42] 總而言之，章句之學，是古人求學的必經階段。《禮記‧學記》有這樣的記載：

> 古之教者，家有塾，黨有庠，術有序，國有學。比年入學，中
> 年考校。一年視離經辨志……[43]

東漢鄭玄（127-200）注釋說：「離經，斷句絕也」。[44]清人黃以周（1828-1899）《離經辨志說》有以下解釋：

> 古離經有二法：一曰「句斷」，一曰「句絕」。句斷，今謂之句
> 逗。古亦謂之句投。（黃氏自注：《文選‧長笛賦》）斷與逗、

---

41 許嘉璐主編：《傳統語言學辭典》（石家莊市：河北教育出版社，1990 年 8 月），頁
　 208。

42 胡樸安語，見胡樸安著：《中國訓詁學史》（臺北市：商務印書館，1966 年 11 月），
　 頁 330。

43 見鄭玄注：《禮記》（臺北市：中華書局，1966 年 3 月），卷 11，頁 2。

44 同前註。

投，皆音近字。句斷者，其辭於此中斷而意不絕。句絕則辭意
俱絕也。鄭注離訓斷絕，兼兩法言。[45]

按黃氏所論「句斷」就是「逗點」，「句絕」即是「句點」。他又說：

離經，專以析句言；辨志，乃指斷章言。「志」與「識」通。
辨志者，辨其章旨而標識之也。[46]

於此可見，所謂「離經」是指分析句讀；「辨志」則指分析篇章。唐
人孔穎達（574-648）在《禮記・學記》疏解說：

學者初入學一年，鄉遂大夫於年終之時，考視其業。離經，謂
離析經理，使章句斷絕也。[47]

孔氏所謂「章句斷絕」就是把經書中的文字分為章節；把句子逐一析
離分開，最終目的是把書中的義理，讓人看得清楚明白，而不用加以
詳細說解。因此讀者（文中所謂「學者」即是學習者）假如不懂斷
章、絕句，就反映出他不明白書中旨趣。[48]

---

45 黃以周：《經說畧》，收入《皇清經解續編》（臺北市：藝文印書館，1965 年），卷
　　1419，頁 36-37。
46 同前註。
47 漢・鄭康成注，唐・孔穎達疏：《禮記注疏》（臺北市：臺北藝文印書館，景印清嘉
　　慶 20 年（1815）南昌府學重刊宋本《十三經注疏》，附《校勘記》，1973 年 5 月
　　版），頁 649b。
48 古人讀書，甚重句逗與義理之關係，茲舉數例引證：
　　I.　何休《春秋公羊解詁序》云：「援引他經，失其句讀，以無為有，甚可閔笑者，
　　　　不可勝記。」（見《春秋公羊傳注疏》，《十三經注疏》，頁 4a。）
　　II.　洪邁（1123-1202）《容齋四筆・健訟之誤》：

　　眾所周知，許慎的《說文解字》是一本分析文字形音義的字典，本來沒有甚麼章句可說。但是，假如這部書中的解說不用句讀加以辨明，讀者很多時會誤解字義。[49] 古代研究《說文》而又同時注意到分

　　破句讀之誤，根著於人，殆不可復正。在《易・象》之下，先釋卦義，然後承以本名者凡八卦。《蒙》卦曰：「蒙，山下有險，險而上，蒙」，以「止」字為句絕，乃及於「蒙」，始係以「蒙亨，以亨行。」《訟》卦曰：「訟，上剛下險，險而健，訟」，以「健」字為句絕，乃及於「訟」，始係以「訟有孚。」《豫》卦：「剛應而志行，順以動，豫」，《隨》卦：「剛來而下柔，動而說，隨」，《蠱》卦：「剛上而柔下，巽而上，蠱」，《恆》卦：「巽而動，剛柔皆應，恆」，《解》卦：「解，險以動，動而免乎險，解」，《井》卦：「巽乎水而上水，井」，皆是卦名之上為句絕。而童蒙入學之初，其師點句，輒混於上，遂以「健訟」相連，以下「說隨」二字，尚為有說，若「止蒙」、「動豫」之類，將如之何？凡謂頑民好訟者，曰「囂訟」，曰「終訟」可也。黃魯直《江西道院賦》云：「細民險而健，以終訟為能。筠獨不囂於訟」，是已。《同人》卦：「柔得中而應乾曰同人，同人曰，同人於野，亨。」據其文義，正與諸卦同，但多下一「曰」字，王弼以為「乾」之所行，故特曰：「同人曰」，程伊川以為衍三字，恐不然也。（見洪邁著：《容齋隨筆》，《四部叢刊・續編》〔上海市：上海書店印行，1984 年 12 月〕，卷 9，頁 7。）

III.　顧炎武《日知錄・大明一統志》云：

　　王文公《虔州學記》：「虔州，江南地最曠，大山長谷，荒翳險阻」，以「曠」字絕為一句，「谷」字絕為一句，「阻」字絕為一句。文理分明。今《統一志》贛州府形勝條下，摘其二語曰：「地最曠大，山長谷荒」，句讀不通，而欲從九丘之事，真可謂千載笑端矣。（見顧炎武：《日知錄》5 冊下〔臺北市：商務印書館，1956 年 4 月〕，卷 31，頁 43-44）

　　因句讀誤而誤解文意，於此可見一斑。

49 錢大昕曾質疑《說文》晶部曑篆之解說云：

讀古人書，先須尋其義例，乃能辨其句讀。如此文，（案：此指曑篆，商星也句）本云：「曑星，星也」，曑商二字連文，以證曑之從晶，本為星名，非以商訓曑也。（見《潛研堂文集・答問》、《皇清經解》〔臺北市：復興書局，1961 年〕，總頁5054a。）

錢氏又云：

古人著書，簡而有法。好學深思之士，當尋其義例所在，不可輕下雌黃。以亭林之博物，乃譏許氏訓曑為商星，以為昧于天象，豈其然乎！（見《十駕齋養新錄》〔臺北市：商務印書館，1956 年〕，卷 4，頁 64。）

析書中說解句讀的學者並不多，其中說得比較具體而細緻的，是清代錢大昕（1728-1804）和段玉裁兩人。他們的論說可以說是研究《說文》句讀的先鋒。錢氏有「《說文》連上篆字為句」的創見。[50]段氏注解《說文》，又每每在許慎的解說原文中，旁書「句」字；而在需要用點分開之處，旁書「逗」字，目的就是要標示出那一處應該停頓，以提示讀者注意文義的正確訓解。段氏的《說文解字注》（簡稱《段注》）全書訂下通例。據統計，《段注》全書標明句逗的有四百多條，這些都是段氏認為研讀《說文》時，必要分析清楚的訓解句讀。[51]

　　然而，對《說文》全書句讀作出全面研究，就是王筠的《說文句讀》。王氏在書中「凡例」明白指出：「此書之初輯也，第欲明其句讀而已」。[52]他又說：

---

50 錢大昕「《說文》連上篆字為句」之說云：

昧爽，明也。肨響，布也。湴隍，下也。脄嘉，善肉也。燹燧，候表也。詁訓，故言也。頟癡，不聰明也。參商，星也。離黃，倉庚也。萬周，燕也。皆承篆文為句。諸山水名云右某郡水出某郡者，皆當連上篆讀。艸部「蘵」、「蒩」、「萤」、「蘇」諸字，但云艸也，亦承上為句；謂蘵即蘵，蒩即蒩艸，非艸之通稱也。（見《十駕齋養新錄》〔臺北市：廣文書局，1968 年 1 月〕，卷 4，頁 188。）

51 案：段玉裁注《說文》輒於有須作句者，則旁書句字；須用點者，則每書逗於其旁，蓋謂當用點，畧使止住也。全書有通例，茲取二三例以說明之。《說文解字注》二篇下是部：「尟，是少也。少（段氏旁注逗字）俱存也。」段玉裁注曰：「是少二字，各本譌作尟字。此釋上文是少之意。是，此也。俱存而獨少此，故曰是少。」又《說文解字注》四篇上，隹部：「萬周，（段氏旁注逗字）燕也。」段氏曰：「各本周土無萬，此淺人不得其句讀，刪複舉之字也。」又《說文解字注》三篇下攴部：「科秦刻石嶧山。（段氏旁注句字）石文攸字如此。」又《說文解字注》四篇上，羊部：「羌西戎。（段氏旁注句字）羊種也。」段注許慎《說文敍》，句讀尤嚴；《說文解字注》十五篇上為許敍，其文曰：「郡移大史并課。（段氏旁注「句絕」二字）……召通倉頡者，（段氏旁注「句絕」二字）」。（以上各例分別見於《說文解字詁林》第 3 冊，頁 12a；第 4 冊，頁 225b；第 3 冊，頁 1234b；第 4 冊，頁 338a；第 11 冊，頁 934b-935a。）

52 王筠：《說文解字句讀》第一冊（上海市：古籍出版社，1983 年），頁 7a。

《說文》句讀，古人無知之者乎？曰：「宋以前人大率知之，近人始不知耳。」「禔」下云：「安、福也。」《文選注》引：「禔、安也。」《玉篇》云：「福也，安也。」「璧」下云：「瑞玉、環也。」慧苑引：「璧、瑞圭。」范應元注《老子》引：「璧、瑞玉也。」「寠」下云：「礙、不行也。」小徐《袪妄篇》引：「寠、礙也。」「宙」下云：「舟輿所極、覆也。」《釋詁正義》引：「宙、舟輿所極也。」皆知《說文》句讀，故但引一句，竝非挩佚也。《莊子音義》引：「舟輿所極覆曰宙」，則失之。然似後人增「覆」字。[53]

據以上文字所述，大可發現王筠對《說文》的句讀是非常重視，而且研究態度十分嚴謹。今天所見各種《說文句讀》版本，全書皆附有句讀圈點。據筆者統計，王筠在書中，一如《段注》那樣，用「句」、「逗」等字加以標示而又兼有論述的有二百多條。王氏書中這些研究，可以讓我們進一步了解他撰作《說文句讀》的用意及其對《說文》句讀的重視態度。

王筠在《說文句讀序》說：

道光辛丑（1841），余又以《說文》傳寫，多非其人，羣書所引，有可補苴。遂取茂堂及嚴鐵橋、桂未谷三君子所輯，加之手集者，或增、或刪、或改，以便初學誦習，故名之曰句讀，不加疏解，猶初志也。[54]

---

53 同前註，頁 7b-8a。
54 見王筠：《說文解字句讀》（北京市：中華書局，1988 年 7 月），頁 1a。

他在書中「凡例」又說：

> 乃取《說文義證》《說文解字注》，刪繁舉要，以成此書。其或
> 二家說同，則多用桂說。……惟兩家未合者，乃自考以說之，
> 亦不過一千一百餘事。[55]

可見王筠撰作《說文句讀》，除了要明辨句讀，便於後學誦習，還有
一千一百多處異於桂、段兩位專家學者的研究心得。王氏在〈自序〉
說：

> 余輯是書，別有注意之端，與段氏不盡同者凡五事。[56]

據此，我們可以知道王筠撰作此書的另一意義，是要補訂段氏的《說
文》研究。王氏列舉了五項，說明他這本著作的特點：

> 一曰刪篆，謂非許書原篆，當審察而刪之也。
> 二曰一貫，謂許書說字，形、音、義三者一貫，非可分離乖
> 隔。
> 三曰反經，謂《說文》所引經典，字多不同，句限亦異，未可
> 據屢經竄易之今本，訾議漢儒授受之舊文也。
> 四曰正雅，謂《爾雅》以義為主，而形從之；《說文》以形為
> 主，而義從之，正相為錯綜，而互為筦攝。今本《爾雅》，既
> 多譌誤，可據《說文》正之。

55　見《說文解字句讀》，頁 7b。
56　見《說文解字句讀》，頁 1b。

　　五曰特識，謂「后」、「身」、「倜」、「愃」等字，許君之說，前
　　無古人，不可不以經正傳，破從來之誤。[57]

除了上述五項特點，他又在〈自序〉補充說：

　　五者以外，小有違意，亦必稱心而出。明白洞達，不肯首施兩
　　端，使人不得其命意之所在，以為藏身之固。此則與段氏同者
　　也。[58]

王筠說明了撰作《說文句讀》，雖然是本著尊崇段氏之精神，但自己
也有些不同的見解。另外，又有六項事情是王筠在書中少有闡發，而
寄望後人去繼續研究。[59]綜合而論，這些都是王筠研究《說文》的個

57　同前註，頁 1b-2b。
　　案：近人濮之珍：《中國歷代語言學家評傳》（上海市：復旦大學出版社，1992 年，
　　頁 362-363）及金錫準《王筠的文字學研究》（國文臺灣師範大學國文研究所博士論
　　文，1988 年，頁 153-166）已對此五事作深入研究，本文暫無補充，故不另闢章節
　　申說。
58　同前註，頁 2b。
59　王筠《說文解字句讀序》云：
　　許君五行五色，四靈四夷，或相鉤連，或相匹配，是知鎔冶于心，藉書於手。非泛
　　泛雜湊之字書。故雖至小之事，而亦有異部相映帶者，如木部柢株，直用轉注可
　　矣。而說曰木根者，所以別於艸部茇芨之為艸根也。禾部說移曰禾相倚移者，所以
　　別于㫃部旗之旖施也。一也。
　　有轉注而不然者，如昏下云日冥也。則冥下當云月昏矣。而別為說者，為从丌地
　　也。二也。
　　有不欲駁難古人，但加一字見意者。說夒云即魖也。說貔云即豹文鼠也。是也。其
　　不加字者想尚多有之。三也。
　　許君說字，多主通義。而言其專主一經者，如「避」、「偕」等字是也。四也。
　　羣經所有之字，而許君不收者，「瑤」、「玀」、「妼」、「犒」之類，既有明徵，其他
　　想亦必有說也。五也。

人心得,也是此書的另一特點。

　　王筠是清代眾多《說文》學者中,第一位注意《說文》學的普及工作。如前所述,他的《文字蒙求》是一本專為教授孩童識字的普及讀物,書中將常見篆字以象形、指事、會意、形聲四項分類,並附以簡要說明,內容淺白平實,以適合兒童初學為大前提。[60]然而,王氏的《說文句讀》,除了便於初學,說明句逗之外,在《說文》研究的普及與推廣方面,都享有高度的評價。近代偉大學者梁啟超(1873-1907)與王力(1900-1986),都對王筠的《說文》著作與研究推崇備至。梁氏評述如下:

> 但他(王筠)的創作力足與茂堂對抗,灼然無疑了。《說文句讀》成書於《釋例》之後,隨文順釋全書,自然與段氏不盡者同五事:一刪篆、二一貫、三反經、四正雅、五特識。此書最後出而最明通,最便學者。

九千文中,於今為無用,於古亦無徵者,至於數百。夫何經典所有,沙汰之以矜別裁。經典所無,網羅之以炫淹博,五經無雙之人,豈宜出此。然鄭司農引《上林賦》,紛容揮參,倚移從風。以較《文選》,八字而易其五。計漢武至梁武才六百餘年,而漢賦改易已如是之甚,況三代先秦之書乎!苟有博通古籍者,能使無徵者有徵,即無用者有用矣。縱使單文孤證,亦稱一字千金,尤所企望也。六也。
(見《說文解字句讀》〔北京市:中華書局,1988年7月〕,頁2a。)

60 王筠《文字蒙求序》云:「(陳雪堂謂王筠曰:)總四者(象形、指事、會意、形聲)而約計之,亦不過二千字而盡。當小兒四五歲時,識此二千字,非難事也。」
《又記》又云:「雪堂兩孫已讀書,小者尤慧,促我作此(《文字蒙求》)教之識字,遂不日成之。」
陳山嵋(雪堂)《文字蒙求跋》云:「……強使條分縷析,彙為此書,雖云緒餘而已……亦將以此導其先路,豈僅足以給童蒙之求哉。」
以上見於《文字蒙求》(臺北市:藝文印書館,1974年4月),頁3、5、94。
王力《中國語言學史》亦謂:「《文字蒙求》是很好的一部入門書。」詳見《中國語言學史》(香港:中國圖書刊行社,1981年8月),頁133。

學者如欲治《說文》，我奉勸先讀王氏《句讀》，因為簡明而不
偏詖，次讀王氏《釋例》，可以觀其會通。[61]

至於王力先生對王筠的工作，有這樣稱許：

《說文》四家當中，王筠是唯一注意文字學的普及工作的。不
但《文字蒙求》是很好的一部入門書，即以《釋例》《句讀》
而論，也是比較適宜於初學的。我們在評價他在語言學上的貢
獻時，應當充分估計到這一點。[62]

綜上所述，將《說文》研究普及推廣，也是王筠撰作《說文句讀》的
另一動機。

《說文句讀》又名《說文解字句讀》[63]，今天所存的版本，有王
氏手稿本[64]、同治四年（1865）王氏家刻本及光緒八年（1882）四川尊
經書局刻本三種。據范希曾（1900-1930）《書目答問補正》所載[65]，
王筠的《說文句讀》有成都存古書局重刻本、上海涵芬樓影印王氏自
刻本及道光庚戌（1850）刊本三種。[66] 丁福保（1874-1952）《說文解

---

61 梁啟超：《中國近三百年學術史》（臺北市：中華書局，1962 年 1 月），頁 210-211。

62 見王力：《中國語言學史》，頁 133。

63 《說文句讀》又稱《說文解字句讀》，上海古籍書店於 1983 年 9 月之印行本直用此
名。北京中華書局於 1987 年 12 月出版之王氏家刻本影本，各板之書脊亦有「說文
句讀」四字。

64 案：柳詒徵《說文句讀稿本校記》云：「《說文句讀》十五冊，篆友（王筠）手寫者
凡十二冊。又篆友自書增改者凡二百有八則，皆以別紙附著書內。」（《中國期刊彙
編》第 2 期〔臺北市：成文出版社公司印行〕，頁 323。）

65 范希曾：《書目答問補正》，《中國期刊彙編》第 2 種，國學圖書館年刊〔南京：國
學圖書館編印，1928 年 11 月，創刊第 3 冊，第 3 年刊〕，卷 1，頁 43。

66 見柳詒徵文，頁 4。

字詁林》所刊載的《說文句讀》，就是四川尊經書局刻本。上海古籍書店（一九八三年九月版）及北京中華書局（一九八八年七月版）所出版的《說文句讀》，都是據王氏家刻本（同治四年）的版本複印。至於本書所引用的，基本上都參照這個刻本。王氏家刻本卷首附有王筠的〈自序〉與書中「凡例」，據〈自序〉所說是作於道光三十年（1850）。此外，書中另附有道光二十四年張穆（1805-1849）所撰的序文。[67]全書每單數卷首都書明「安邱王筠撰集，益都陳山嵋（雪堂）、晉江陳慶鏞（頌南）訂正，博山蔣其崙書篆」。[68]

　　《說文句讀》全書一共三十卷，將許慎的《說文》十五篇一分為二，卷一為《說文》一篇上，自一部至丨部；卷二為一篇下，自中部至屮部。之後各卷的編排形式如此類推，一直到卷二十八為《說文》十四篇下，自𠦪部至亥部。至於卷二十九則是《說文》第十五篇，當中有許慎《自敍》、許沖（85？-　？）[69]《上說文表》及漢安帝劉祜（94-125）《敕》文。卷三十則為「附錄」，並收錄由蔣和[70]撰、王筠校正的《說文部首表》《桂氏附錄》《桂氏附說》、徐鍇（920-974）《系述》、徐鉉（917-992）《校定說文序》《進說文表》與《中書牒》

道光庚戌（1850）刊本見收高明（1909- ）主編：《說文叢刊》第一輯（臺北市：廣文書局，1972 年。）

67 據柳詒徵《說文句讀稿本校記》，王書稿本每卷均題「平定張穆訂正」，後王筠惡張穆之為人，遂削去，並刪張氏所作序。今張序見《說文解字詁林》前編上，敍跋類五，第 1 冊（臺北市：鼎文書局印行，1983 年），頁 229-230。

68 見王氏家刻本（同治四年），今存各本皆同。又蔣其崙，生卒不詳，《清史》無傳，待考。

69 案：許沖生年乃據近人董希謙、張啟煥編：《許慎與說文解字研究》（開封市：河南大學出版社，1988 年 6 月）所考而得，見頁 21。

70 蔣和、清·無錫人。生年不詳，待考。蔣氏字仲叔，號醉峰，精於篆、隸，兼能詩畫。參陳高春：《中國語文學家辭典》（開封市：河南人民出版社，1986 年 3 月），頁 418。

諸篇原文。《說文句讀》的卷首有王氏自撰「凡例」，於篆文、解說、所據的《說文》版本、反切、解說字體、文獻典籍、注釋條例及引用符識等等，都一絲不苟逐一分別條舉說明，總共有二十七條。[71]

《說文句讀》備有通例，研讀本書時應加以注意。全書主要博取桂馥、段玉裁兩家之說，假若王筠認為兩家意見都不適合，就另出己見解說。當遇到桂、段的說法都有可商榷的地方，王氏的處理是先引錄兩人之說，再於後文加上案語說明。書中假若只引錄桂、段等說，而又不加以討論，即表示自己贊同該說。至於一些在王筠《說文釋例》曾提及之見解，會注明「詳見《釋例》」。王氏在書中討論到《說文》的研究與文字訓解時，有不少自創條例及專門用語，諸如省聲存形、分別文、動靜字、兼義、聲借、通借等等，皆值得讀者注意和研究。

《說文句讀》給人一般的印象是一本普通的基礎讀物，古今學者對它的研究較少。其中值得注意的，有柳詒徵氏（1880-1961）《說文句讀稿本校記》[72]及香港大學陳遠止先生在一九八四年完成的哲學碩士畢業論文《說文王筠句讀辨疑》。柳氏文章，旨在整理校勘工作，主要介紹了《說文句讀》的面貌與版本。陳氏論文則主要論析《說文句讀》中值得商榷討論的句讀問題，並逐一列出作獨立分析研究。[73]此外，國立臺灣師範大學國文研究所金錫準先生，於一九八八年提交博士論文《王筠的文字學研究》有論及《說文句讀》一書的「述」、「作」內容，以及書中「刪篆、一貫、反經、正雅、特識」五項特

---

71 見王筠：《說文解字句讀》（上海市：上海古籍出版社，1983 年 9 月），「凡例」，頁 1-8。

72 同註 66。

73 陳遠止先生之研究詳見其作《說文王筠句讀辨疑》。

點，並且概述《說文句讀》的成就。[74]至於《說文句讀》之「句讀」類別特點，書中解說文字的條例，以及王筠研究文字的成就，特別是他對字形、字音、字義的研究分析，則較少學者作出全面探究。

　　本書之撰寫主要通過各項研究，從整理及補充兩方面，綜述王筠《說文句讀》在傳統文字學上的地位。

---

74 金錫準討論王氏《說文解字句讀》，見於其作《王筠的文字學研究》之第四章「箋注篇」。是篇共分四節：第一節《說文解字句讀》的編纂；第二節《說文句讀》的內容述要：（一）述、（二）作；第三節《說文句讀》的特色：（一）刪篆：(1)刪正文、(2)審重文，（二）一貫，（三）反經，（四）正雅，（五）特識；第四節《說文句讀》的成就。

第二章
《說文句讀》的句讀方式

第一節　引言

　　清人研究《說文》，以乾嘉時代為最鼎盛。據近世學者丁福保《說文解字詁林》所附《引用諸書姓氏錄》統計，清代研究《說文》而有著述傳於後世的，有二百多人，其中比較著名的有五十餘家。[1] 綜觀而論，諸家的論述，以闡發及研究《說文》字義、訓釋、六書條例及字形結構為主，而對《說文》的句讀研究則較少關注。在芸芸學者當中，錢大昕在《十駕齋養新錄》提出「《說文》連上篆字為句」的理論[2]，桂馥《說文解字義證》也討論到《說文》的句讀問題[3]。然而，真正鄭重其事，以開創通例來研究《說文》句讀，是段玉裁的

1　參考周雲青：〈說文解字詁林引用諸書姓氏錄〉，收入《說文解字詁林》前編上，頁69b-74a 及黃德寬·陳秉新著：《漢語文字學史》（合肥市：安徽教育出版社，1990年 11 月），頁 135。

2　錢說見本書第一章。

3　案：桂馥《說文解字義證》之分析《說文》體例，輒引錄《說文》原句，曰：「某某也者」，然後再作說解。全書說及《說文》句逗之例甚少，茲就所見，引錄如下：

蝦篆說解。桂氏曰：「大遠也者，當是大也，遠也。」

博篆說解。桂氏曰：「大通也者，當是大也，通也。」

妾篆說解。桂氏曰：「有罪女子給事之稱，接於君者。馥案：稱字句絕。」

蔦篆說解。桂氏曰：「故《說文》隹部蔦字下云『周燕也』，是許讀《爾雅》以蔦字句絕，又以周燕字句絕也。」

以上各例，見《說文解字義證》（濟南市：齊魯書社，1987 年 12 月），頁 188a、189a、224b、290a。

《說文解字注》[4]。王筠則是繼錢、桂、段三家之後，特別注意《說文》句讀研究的學者。他在早期撰成的《說文釋例》裏，曾開闢一個專題去討論轉注與許語句讀的關係[5]。王氏歸納了《說文》說解語句之句讀形式為五類：

    1. 有轉注而再加注以申之者

    2. 有轉注而其字即可通用者

    3. 有一字重文為訓者

    4. 有發明假借者

    5. 有發明它部字之引申假借而當讀為兩句者[6]

    綜合而言，王氏所論，深入淺出，而且能夠援引《說文》書中的編排義例及經傳注文為證，辨析多是可信合理，比諸前人所述，更進一步。至於在他晚年撰作的《說文句讀》（簡稱《句讀》），對《說文》的句讀問題又再作深入探討，見解亦多見精闢獨造。《句讀》全書有注明「句逗」而又加以討論的，正是他研究《說文》句讀最用心之處[7]。以下依據《句讀》書中所論，分類舉例說明。

第二節　王氏《說文》句讀的說解條例

    案本文研究，王筠《句讀》對《說文》之句讀分析，可以歸納為以下六類，現依次逐一舉例說明。

4　段玉裁《說文解字注》句逗例，見本文第一章。

5　見王筠：《說文釋例‧卷四‧轉注》（北京市：中華書局，1987 年 12 月），頁 97b-103b。

6　同前註。

7　案筆者統計，《句讀》全書有標明句逗者有 206 條。詳見拙作《說文解字句讀述釋》（香港：新亞研究所‧煜華文化機構公司，2011 年版）。

1 轉注句讀例

（1）儲

　　《說文》卷八上「儲」篆說解句讀，王筠《句讀》讀作：「儲、
偓。句具也。」[8] 王氏於「偓」下說：「此轉注也。」再於許語「具
也」下解釋：

> 又申說偓字，謂說偓曰待也者，乃具之以待用也。《文選・曹
> 子建詩・注》引「偓、待也。一曰具也。」即逸此文以說之。
> 《選注》又引「儲，具也」者，則去其轉注之偓字，但引其義
> 也。[9]

（2）須

　　《說文》卷九上「須」篆說解句讀，王筠《句讀》讀作：「須、
而。毛也。」[10] 王氏於「而」下注：「句絕。依《集韻》引改。」再於
許語「毛也」下解釋：

> 《禮運・孔疏》引《說文》云：「耏者，鬚也。鬚謂頤下之
> 毛，象形字也。」案：耏是會意字。既云象形，則耏是而之
> 譌。鬚則須之俗作也。而部既以須說之，即須部以而說之，是

8　《說文解字詁林》第 7 冊，頁 121b。

9　同前註，頁 121b-122a。

10　同前註，頁 1000b。

　　案：宋・丁度（990-1053）等撰：《集韻》（北京市：中國書店，據揚州使院重刊本
　　景印，1983 年 7 月）作「而、毛也」，見頁 165。

謂轉注。又申之以毛者,毛部說之以須髮。[11]

(3) 襺

《說文》卷八上「襺」篆說解句讀,王筠《句讀》讀作:「襺、袍。句衣也。」[12]王氏說:

業已轉注,而綴言衣者,此全衣之名也。[13]

(4) 餟

《說文》卷五下「餟」篆說解句讀,王筠《句讀》讀作:「餟、酹。句祭也。」[14]並解釋說:

依玄應乙轉。餟、酹,轉注,廣二名也。申之以祭,核其實也。[15]

以上所舉四例,是王筠分析《說文》以轉注說字而再以一字申說之例。這種說法可按以下說解結構理解:「a:b。c也」,a、b是兩字轉注,c則是申說之辭。以下用表解說明:

---

11 同前註。

12 同前註,頁 457a。

13 同前註。

14 《說文解字詁林》第 5 冊,頁 132b。

15 同前註。

a：	b。	c 也。
字例	轉注	申說
儲	偫（句）	具　也
須	而（句）	毛　也
襧	袍（句）	衣　也
餕	酳（句）	祭　也

2 通假句讀例

（1）詪

《說文》卷三上「詪」篆說解句讀，王筠《句讀》讀作：「詪、
很。句戾也。」[16]王氏於「很」下說：「謂二字通也。」再於「戾也」
下解釋：

> 很、一曰豎也。《難蜀父老》：「豎夫為之垂涕」，即以豎為戾。[17]

（2）荐

《說文》卷一下「荐」篆說解句讀，王筠《句讀》讀作：「荐、
薦。句蓆也。」[18]王氏於「薦」下說：

> 謂薦可通于荐也。《左傳》：「戎狄薦居。」《釋文》作荐。

---

16 《說文解字詁林》第 3 冊，頁 654b。
17 同前註。
18 《說文解字詁林》第 2 冊，頁 831b。

再於於「蓆也」下解釋：

> 薦、荐皆席下之艸，欲其厚，故曰蓆。[19]

（3）圜

《說文》卷六下「圜」篆說解句讀，王筠《句讀》讀作：「圜、圓。句全也。」[20]王氏於「圜」下說：「謂二字通也。」再於「全也」下解釋：

> 全、《集韻》引作合，非。再言此者，言圜非與方對之圓，乃是圓全無缺陷也。《周禮》凡方圜無作圓者，他經則作圓及員，故許君通之而又別之也。《詩·長發·箋》云：「圜謂周也。」周與全同意。[21]

（4）仄

《說文》卷九下「仄」篆說解句讀，王筠《句讀》讀作：「仄、側。句傾也。」[22]王氏說：

> 人部「傾、仄也。」此不直用轉注，而先以側者，側可以借為仄也。《考工記·車人》：「行山者仄輮」，《注》云：「故書仄為

---

19 同前註。
20 《說文解字詁林》第 5 冊，頁 1098a。
21 同前註。
22 《說文解字詁林》第 8 冊，頁 171b。

側。」鄭司農云：「側當為仄。」[23]

以上各條是王氏《句讀》所謂兩字通假句讀例，此可按以下說解結構理解：「x：y。z也。」x、y是二字通假，z則為申說之辭。以下用表解說明：

x：	y。	z也。
字例	通假	申說
詪	很（句）	戾　也
荐	薦（句）	蓆　也
圓	圜（句）	全　也
仄	側（句）	傾　也

3 同義句讀例

（1）務

《說文》卷十三下「務」篆說解句讀，王筠《句讀》讀作：「務、趣。句疾也。」[24]王氏說：

> 依元應引補。走部「趣、疾也。」此謂務、趣同義，故再以趣之說說之也。[25]

23 同前註，頁 171b-172a。
24 《說文解字詁林》第 10 冊，頁 1343a。
25 同前註。

（2）貢

　　《說文》卷六下「貢」篆說解句讀，王筠《句讀》讀作：「貢、獻。句功也。」王氏說：

> 貢、獻同義；貢、功同聲。小徐無功字，第存義也。《廣雅》：「貢、獻也。」又曰：「貢、功也。」[26]《易‧繫辭》：「六爻之辭，易以貢。」貢，荀作功，是二字通用。《禹貢》一篇，凡言厥貢者，皆是物非功，與《周官‧大宰》之「九貢」同，但有獻義。而《曲禮》：「五官致貢曰享」，《注》云：「貢、功也。享、獻也。致其歲終之功于王，謂之獻也。」則是其實為功，而其名曰獻。[27]

（3）嬾

　　《說文》卷十二下「嬾」篆說解句讀，王筠《句讀》讀作：「嬾、懈。句怠也。」[28]王氏說：

> 懈與嬾同義，故仍以懈之說說之。[29]

（4）朴

　　《說文》卷六上「朴」篆說解句讀，王筠《句讀》讀作：「相。

---

26 《說文解字詁林》第 5 冊，頁 1152a。
27 同前註。
28 《說文解字詁林》第 10 冊，頁 216b。
29 同前註。

高也。」[30]王氏於「相」下說：

> 當作榗。句絕，謂二字同義。[31]

以上是王氏《句讀》中所謂兩字同義句讀例，可以按以下說解結構理解：「p：q。r也。」p、q二字同義，r則是申說之辭。以下用表解說明：

p：	q。	r也
字例	同義	申說
務	趣（句）	疾　也
貢	獻（句）	功　也
嬾	懈（句）	怠　也
朴	相（句）	高　也

4 同字句讀例

（1）覥

　　《說文》卷八下「覥」篆說解句讀，王筠《句讀》讀作：「覥、靦。句幸也。」[32]王氏說：

> 以靦說覥，謂其同字也。靦下云：「幸也。」故仍以伸之。元

---

30 《說文解字詁林》第 5 冊，頁 627b。

31 同前註。

32 《說文解字詁林》第 7 冊，頁 769a。

應、李善皆引覭幸也，不引歆字，是知《說文》句讀者。[33]

（2）顅

《說文》卷九上「顅」篆說解句讀，王筠《句讀》讀作：「顅、選。句具也。」[34]王氏說：

> 以選釋顅，謂其同字也。《玉篇》顆或作僎，古文作選。具也者，乃巽之義。選從巽，故得具義。丌部曰：「巽、具也；顅、巽也。」顆從顅，故亦得具義也。謂之具者，供具以待選擇也。[35]

（3）釆

《說文》卷二上「釆」篆說解句讀，王筠《句讀》讀作：「釆、辨。句絕別也。」[36]王氏於許語「辨」下說：

> 謂其通用也。収部、注曰：「釆、古文辨字。」漢司農《劉夫人碑》：「甄釆」，作此釆字。[37]

（4）賢

《說文》卷六下「賢」篆說解句讀，王筠《句讀》讀作：「賢、

---

33 同前註。
34 《說文解字詁林》第 7 冊，頁 973b。
35 同前註。
36 《說文解字詁林》第 2 冊，頁 1017b。
37 同前註。

堅。_句多才也。」³⁸王氏分析說：

> 《詩・卷阿・正義》引「堅也」，不引「多才也」者，「多才」
> 為賢，人所共知，故第引「堅也」，後人合「堅、多才也」為
> 一句，則不可通，遂疑堅為賢之譌衍而刪之也。臤部曰：「堅
> 也。古文以為賢字。」能部曰：「能獸堅中，故稱賢能。」³⁹

按王氏所論，此類句讀說解結構亦可作如此理解：「d：e。f也。」
d、e二字相同，兩者可以是古今字的關係，f則是申說之辭。可以作
以下表解：

d：	e。	f也
字例	同字/古今字	申說
覭	覛（句）＊	幸　也
顚	選（句）＊	具　也
采	辨（句絕）	別　也
賢	堅（句）	多才也

＊ 為同字；無＊號則為古今字關係。

5 雙聲、疊韻句讀例

（1）梡

　　《說文》卷六上「梡」篆說解句讀，王筠《句讀》讀作：「梡、

---

³⁸ 《說文解字詁林》第 5 冊，頁 920a。

³⁹ 同前註。

楬。句木薪也。」[40]王氏說：

　　梡、楬皆其名也，二字雙聲。[41]

案：大徐本《說文》梡之切音：胡本切；楬、胡昆切，[42]兩字聲母上古同屬匣紐。[43]

（2）辬

　　《說文》卷九上「辬」篆說解句讀，王筠《句讀》讀作：「辬、駁。句文也。」[44]王氏於「駁」字下說：

　　小徐作駮，借字也。辬、駁雙聲，可為連語，亦可單用，故以駁說辬。《廣韻》：「斑、駁也，文也。」「辬、同上，見《說文》。」可以徵其句讀也。[45]

案：大徐本《說文》辬之切音：布還切；駁、北角切，[46]兩字聲母上古同屬幫紐。[47]

---

40 《說文解字詁林》第 5 冊，頁 920a。

41 同前註。

42 同前註，頁 919b、920a。

43 參考陳復華‧何九盈：《古韻通曉》（北京市：中國社會科學出版社，1987 年 10 月），頁 313。

44 《說文解字詁林》第 7 冊，頁 1028a。

45 同前註。

46 同前註，頁 1027b；《說文解字詁林》第 8 冊，頁 416a。

47 同註 43，頁 288、211。

（3）譺

　　《說文》卷三上「譺」篆說解句讀，王筠《句讀》讀作：「譺、欺。句調也」[48]王氏說：

> 依元應引改。《玉篇》：「欺也，啁調也。」故知欺字句絕。《字林》云：「欺，調也，亦大調曰譺之。」譺、欺疊韻、兩字一義。又申之以調者，謂此欺乃嘲弄之欺也。[49]

案：大徐本《說文》譺之切音為五介切；欺、去其切，[50]韻部分別屬上古之月部及之部。[51]《廣韻》：「譺、魚記切」，[52]屬之部，[53]所以王氏說兩字疊韻。

（4）夐

　　《說文》卷四上「夐」篆說解句讀，王筠《句讀》讀作：「夐、營。句求也。」[54]王氏於「營」字下說：

> 以疊韻字釋之，亦寓辨正之意。下文所引《書·序》今本作營

48　《說文解字詁林》第 3 冊，頁 609b。
49　同前註。
50　《說文解字詁林》第 3 冊，頁 609a；第 7 冊，頁 849b。
51　同註 43，頁 238、137。
52　見陳彭年（961-1017）等重修，周祖謨（1914-1995）校：《校正宋本廣韻》（臺北市：藝文印書館，1976 年 4 月），頁 254。
53　同註 43，頁 138。
54　《說文解字詁林》第 4 冊，頁 4b。

求，乃以訓義改本文也。許君辨之，是當時据本已有然者。[55]

案：大徐本《說文》夐切音為朽正切、營則余傾切，[56]上古同屬耕部。[57]

以上四個句讀例子，可按以下說解結構來理解：「i：j。k也。」i、j是兩字雙聲或疊韻互訓，k則是申說之辭。可以用以下表解說明：

i：	j。	k也
字例	雙聲/疊韻	申說
梡	榾（句）	木薪也
辡	駮（句）	文也
諆	欺（句）	謂也
夐	營（句）	求也

6 其他

綜合而言，以上五類見於王筠《句讀》的例子，都是以許語句首一字與所釋篆字有轉注，或是有通假、同義、同字，又或是有雙聲、疊韻等音義關係，而句末以「某也」，或「某某也」，作為申說之辭。

此外，王筠《句讀》另有以許語句末「某也」一詞與所釋篆字有轉注，或有通假等音義關係而自成一句的條例：

（1）彪

《說文》卷五上「彪」篆說解，王筠《句讀》讀作：「彪、虎

---

55 同前註。

56 《說文解字詁林》第 4 冊，頁 3a；第 6 冊，頁 748b。

57 同註 43，頁 286、283。

文。句彪也。」[58]王氏說：

> 虍、彪皆訓虎文，而彪、彪雙聲，可以通借，故先訓以虎文，而後以彪通其名也。[59]

（2）賀

《說文》卷六下「賀」篆說解，王筠《句讀》讀作：「賀、以禮物相奉。句慶也。」[60]王氏說：

> 《書》曰：「儀不及物」，則物雖輕于禮，然自是兩事。大徐無物字，非。「慶也」自為一句，轉注也。[61]

（3）姎

《說文》卷十二下「姎」篆說解，王筠《句讀》讀作：「姎、女人自稱姎。句我也。」[62]王氏說：

> 《釋詁・釋文》引作「女人稱我曰姎。」《釋詁》：「卬、我也。」《郭注》：「卬猶姎也，語之轉耳。」[63]

58　《說文解字詁林》第 4 冊，頁 1358b。

59　同前註。

60　《說文解字詁林》第 5 冊，頁 1151a。

61　同前註。

62　《說文解字詁林》第 10 冊，頁 74b。

63　同前註。

（4）餱

《說文》卷五下「餱」篆說解，王筠《句讀》讀作：「餱、乾食。句糧也。」[64]王氏說：

> 所以見《大雅》「乃裹餱糧」之為複語，且以補米部糧下說之不備也。《篤公劉・釋文》曰：「糧、餱也。」《字林》：「餱、乾食也。」《詩・無羊》：「或負其餱。」[65]

（5）宇

《說文》卷七下「宇」篆說解，王筠《句讀》讀作：「宇、屋邊。句檐也。」[66]王氏說：

> 依元應引補。先以屋邊指其處，再以檐廣其名。[67]

（6）隖

《說文》卷十四下「隖」篆說解，王筠《句讀》讀作：「隖、鄭地。句阪也。」[68]王氏說：

> 言隖者鄭國地名也。地名而不從邑者，以其本是阪名，因為地

---

64 《說文解字詁林》第 5 冊，頁 74b。
65 同前註。
66 《說文解字詁林》第 6 冊，頁 656b。
67 同前註。
68 《說文解字詁林》第 11 冊，頁 656b。

名也。[69]

（7）隩

《說文》卷十四下「隩」篆說解，王筠《句讀》讀作：「隩、水隈。句崖也。」[70]王氏說：

> 博三名也。字與水部澳同，彼第云隈崖也，此加水者，以字從𨸏也。《釋丘》：「隩隈。崖內為隩，外為隈。」[71]

（8）印

《說文》卷九上「印」篆說解，王筠《句讀》讀作：「印、執政所持。句信也。」[72]王氏說：

> 《玉篇》：「印、執政所持之也，又信也。」之字蓋譌，而由此知為兩句矣。……執政所持者，執是政則持是印。每官各一，前官不付後官也。信也者，符𢎘瑞印一類之物，故皆以信說之，而璽亦說以印也。《釋名》：「印、信也。」[73]

綜合以上八例而論，王筠一律以許語句末一語為所釋篆字訓釋之詞。「䜊、彪也」，因為兩字雙聲通借，所以可以互訓；「賀、慶也」，兩

字屬於轉注為訓;「娸、我也」,則是語轉為訓;「餱、糧也」,「宇、
檐也」,「隝、阪也」,「澳、崖也」,「印、信也」諸條,則是異字為
訓。[74]正因如此,上述諸例都不可與上句連讀。以下用表解加以說
明:

字例	申說	訓詞	(備註)
彪	虎文。(句)	彪也	雙聲通借
賀	以禮物相奉。(句)	慶也	轉注
娸	女人自稱娸。(句)	我也	語轉
餱	乾食。(句)	糧也	同義
宇	屋邊。(句)	檐也	同義
隝	鄭地。(句)	阪也	同義
澳	水隈。(句)	崖也	同義
印	執政所持。(句)	信也	同義

第三節　王筠研究《說文》句讀的貢獻

前節所述為王筠《句讀》全書分析《說文》句讀的通例。他對
《說文》的句讀研究成績,可以總結為以下三點:

---

74 異字為訓:用與被訓釋字不同的字作訓釋字來訓釋字義。如《詩·召南·何彼穠
矣》:「王姬之車。」鄭箋:「之,往也。」見《中國語言學大辭典》,頁178。

1 分析精細，考據廣博，所下句逗合理可取

（1）葭

《說文》卷一下「葭」篆說解，王筠《句讀》讀作：「葭、茅。
句菅也。」[75]王氏說：

> 《釋艸》：「菅、葭，茅。」《離騷》：「索葭茅以筵篿」，似葭茅
> 連文，而許如此說之者，所以斷《爾雅》之句讀也。云茅者，
> 謂葭是茅類，故《離騷》言葭茅。菅也者，謂一名菅也。《爾
> 雅》三字為句，不見葭字，故一名葭自為句矣。闞部說曰：
> 「艸也，楚謂之菅，秦謂之葭。」知《釋艸》不連葭茅為句。
> 陸璣《詩疏》亦曰：「菅，一名葭。」[76]

以上根據《楚辭》《爾雅》《詩疏》資料，以及見於《說文》其他部首
的材料，來訂正許語的句讀。

（2）設

《說文》卷三上「設」篆說解，王筠《句讀》讀作：「設、施。
句陳也。」[77]王氏說：

> 設施者，恆言也。然施自是旗，故再以陳申之。陳者，敶之借
> 字。《廣雅》：「設，施也。」《月令‧注》：「設，陳也。」[78]

---

75 《說文解字詁林》第 2 冊，頁 593b。
76 同前註。
77 《說文解字詁林》第 3 冊，頁 571b。
78 同前註。

以上根據《廣雅》《禮記》注文所見資料，來訂正許語的句讀。

（3）剡

《說文》卷四下「剡」篆之說解，王筠《句讀》讀作：「剡、銳。句利也。」[79]王氏於「銳」下說：

> 《廣雅》：「剡、銳也。」《易·釋文》《聘禮·釋文》《長笛賦·注》，皆引《字林》：「剡、銳也」。[80]

又在許語「利也」下說：

> 《釋詁》：「剡、利也。」《郭注》引《詩》「以我剡耜」，今《詩》作「覃」，《傳》曰：「覃、利也。」許君不逕引《釋詁》而先之以銳者，謂此乃鋒芒之利，非刃之利也。故《晉語》：「大喪大亂之剡也，不可犯也」，《韋注》：「剡、鋒也」。[81]

以上根據《廣雅》《經典釋文》《文選注》所引《字林》資料，以及《爾雅》《毛傳》《晉語·韋注》的說法，去訂正《說文》的句讀。

（4）棨

《說文》卷六上「棨」篆說解，王筠《句讀》讀作：「棨、傳。句信也。」[82]王氏分析說：

---

79 《說文解字詁林》第 4 冊，頁 835a。
80 同前註。
81 同前註。
82 《說文解字詁林》第 5 冊，頁 863a。

謂棨一名傳，所以為信也。《漢書・文帝紀》：「除關無用傳」，張晏曰：「傳、信也，若今過所也。」李奇曰：「傳、棨也。」《顏注》：「棨者，刻木為合符也。」《古今注》：「凡傳皆以木為之，長五寸，書符信于上，又以一板封之，皆封以御史印章，所以為信也，如今之過所。」[83]

以上根據《漢書》注文及《古今注》等史書所說，去訂正《說文》的句讀。

（5）侚

《說文》卷八上「侚」篆說解，王筠《句讀》讀作：「侚、均。句直也。」[84]王氏說：

《釋言》：「侚、均也。」《詩・節南山》：「昊天不侚」，《傳》曰：「侚、均。」許君為均字未顯，故以直伸之。直者，相當直也。《玉篇》《廣韻》皆曰：「侚、均也，直也。」不知許君意，分而為兩義矣。[85]

以上根據《爾雅・釋言》《毛傳》《玉篇》《廣韻》等語言文字專書所說，去訂正許語的句讀。

（6）挏

《說文》卷十二上「挏」篆之說解，王筠《句讀》讀作：「挏，

---

83 同前註。

84 《說文解字詁林》第 7 冊，頁 104a。

85 同前註。

攦。_句引也。」⁸⁶王氏說：

> 《韻會》兩引。一同，一作「推引也」，則沿《廣韻》之誤
> 也。《字書》：「挏、攦也，引也。」蓋撞挏之器重，須兩手抱
> 之，故曰攦；須往來推引之，故曰引也。《玉篇》引《呂氏春
> 秋》：「百官挏擾」，挏、動也。《淮南子・俶真訓》：「撢掞挺
> 挏」，《注》云：「攦引來去不定也。」⁸⁷

以上根據《韻會》《干祿字書》《淮南子》注文的說法，以及《玉篇》
所引《呂氏春秋》等資料，去訂正許語的句讀。

（7）縪

《說文》卷十三上「縪」篆說解云：「縪、紆未縈繩」⁸⁸，王筠
《句讀》作：「縪、紆。木縈繩也。」⁸⁹王氏詳細考證說：

> 《類篇》《韻會》引，未作朱。《六書故》引：「紆木縈索也。」
> 《士喪禮・釋文》引：「縈繩也。」《眾經音義》引同，又云：
> 「江沔之間，謂縈收繩為縪」，筠未能定，《釋例》依文說之。
> 今別為說曰：當作「紆木縈繩也」，紆字句絕。紆下云：「一曰
> 縈也」，此謂紆與縪同義也。木縈繩者，以曲木縈收其繩也。
> 《廣雅》：「縪、紆索也。」《士喪禮》：「陳襲事于房中，西領
> 南上，不縪」，《注》：「縪、讀為縪，屈也。江沔之間，謂縈收

---

86 《說文解字詁林》第 9 冊，頁 1224a。
87 同前註。
88 《說文解字詁林》第 10 冊，頁 693b。
89 同前註，頁 694b。

繩為緟。」《史記・楚世家》:「王緒繳蘭臺」,徐廣曰:「緒、
縈也,音爭。」[90]

以上根據《廣雅》《儀禮》注文及字書、韻書、史書所引材料,去訂
正許語的句讀。

（8）醧

《說文》卷十四下「醧」篆說解,王筠《句讀》讀作:「醧、
私。句宴歙也。」[91]王氏說:

《字林》同。醧與食部「餤」一字。私者,醧之別名。《釋名》
《毛傳》皆曰:「餤、私也。」《詩・楚茨》:「諸父兄弟,備言
燕私」,是也。《常隸》:「飲酒之餤」,《魏都賦・注》引《韓
詩》:「飲酒之醧」,《韓詩》云:「夫飲之禮,不脫屨而即序
者,謂之禮。跣而上坐者,謂之宴。能飲者飲之,不能飲者,
已謂之醧。」《角弓》:「如食宜醧」,字與餤同從食。[92]

以上根據《字林》《爾雅》《詩》《文選》注文等資料,去訂正許語的
句讀。

（9）險

《說文》卷十四下「險」篆說解,王筠《句讀》讀作:「險、

---

90 同前註。
91 《說文解字詁林》第 11 冊,頁 839a。
92 同前註。

阻。句難也。」[93]王氏說:

> 險、阻一事而兩名,難則其義也。險言其體之峻絕,阻言用之
> 隔閡,內外之詞也。《玉篇》:「險,難也,阻也。」《易‧蹇‧
> 象傳》:「蹇,難也,險在前也。」[94]

以上根據《玉篇》及《易傳》申說許語的句讀。

2 勘證審慎,重視他書所引《說文》語句

　　王筠說解《說文》句讀,有不少是根據古書所引的古本《說文》
立說。如《說文》卷三上「胑」篆說解:「胑、釁布也。」[95]王筠《句
讀》就這樣斷句:「胑、釁。句絕布也。」他自注說:「依李注《上林
賦》引改。」[96]案:此條資料見於《文選》卷八。[97]《說文》卷九上
「須」篆說解:「須、面毛也。」[98]《句讀》訂改為:「須、而。句絕毛
也。」王氏自注說:「依《集韻》引改。」[99]案:此見於《集韻‧十
虞》[100]。《說文》卷九下「崖」篆說解:「崖、高邊也。」[101]《句讀》
訂改為:「崖、岸。句高邊也。」王氏自注說:「依元應引補。」[102]

93　《說文解字詁林》第 11 冊,頁 459b。

94　同前註。

95　《說文解字詁林》第 3 冊,頁 454b。

96　《說文解字詁林》第 3 冊,頁 455b。

97　蕭統(501-531)編、李善(約 630-689)注:《文選》(北京市:中華書局出版,
　　1981 年 7 月),頁 125a。

98　《說文解字詁林》第 7 冊,頁 999b。

99　《說文解字詁林》第 7 冊,頁 1000b。

100　見《集韻》,頁 165。

101　《說文解字詁林》第 8 冊,頁 78a。

102　《說文解字詁林》第 8 冊,頁 78b。

案：此見於《一切經音義》卷六四。[103]《說文》卷十二上「乚」篆說解云：「乚、玄鳥也。」[104]《句讀》訂改為：「乚、燕。句乙。句絕元鳥也。」王氏於「乙」下自注說：「依《廣韻》引改。」[105]案：此見於《廣韻・五質》。[106]除上述諸例外，還有其他例子，以下再舉數條詳說：

（1）穮

《說文》卷七上「穮」篆說解云：「耕禾閒也。」[107]王筠《句讀》讀作：「穮、耨。句鉏田也。」[108]王氏說：

> 依《詩・載芟》釋文引改。以耨解穮，廣二名也。再申之曰鉏田，以漢語實之也。經典言穮者少，言耨者多，故以曉人。古用鉏為鉏鋤，無鉏田之語，漢人乃言之也。《字林》：「穮、耕禾閒也。」案：以耕代耘，吾鄉用之于秫，其名曰郝。《爾雅》：「郝郝，耕也。」是也。呂氏不用《說文》者，意謂此耨以耙而不以鋤，故指實其事也。[109]

案：《詩・載芟》「緜緜其麃」句下，鄭玄箋說：

> 麃，表嬌反，芸也。《說文》作穮，音同，云：「穮、耨，鉏田

103　《正續一切經音義》（上海市：上海古籍出版社，1986 年 10 月），頁 2569
104　《說文解字詁林》第 9 冊，頁 935b。
105　《說文解字詁林》第 9 冊，頁 937a。
106　見《廣韻》，頁 472。
107　《說文解字詁林》第 6 冊，頁 432b。
108　《說文解字詁林》第 6 冊，頁 434a。
109　同前註。

也。」《字林》云：「穮、耕禾間也。」[110]

上述這節資料正是王筠《句讀》所本。按《史記・蘇秦列傳》：「釋
鉏耨以干大王」[111]，《戰國策・燕一》：「竊釋鉏耨而干大王也」[112]，
「鉏」、「耨」兩字均作耕具解，都是名詞。《史記・龜策列傳》：「鉏
之耨之」[113]，《集解》引徐廣曰：「耨、除草也」[114]，則是動詞，與
王氏所引「鉏田也」的詞義相同，都是動詞。大小徐皆作「耕禾
閒」[115]，都及不上王筠所說那樣精要可取。

（2）疥

《說文》卷七下「疥」篆說解云：「搔也。」[116]王筠《句讀》
作：「疥、搔。句瘍也。」[117]王氏引書解釋說：

> 依《禮記・釋文》引補。一作「瘙也」，一作「瘙瘍也」，皆非
> 也。《易通卦驗》：「人民疥瘙」，瘙字緣疥，亦從疒。《春秋繁
> 露・五行順逆篇》：「民疾疥搔」，字與許同，是也。《內則》：

---

110 漢・毛亨傳、鄭玄箋、唐・孔穎達疏：《毛詩正義》（臺北市：臺北藝文印書館，
　　景印清嘉慶 20 年（1815）南昌府學重刊宋本《十三經注疏》，附《校勘記》，1973
　　年 5 月版），頁 748a。

111 司馬遷（前 145-前 86？）：《史記》（香港：中華書局，1982 年 11 月），頁 2266。

112 劉向（前 79-前 8）集錄：《戰國策》（上海市：上海古籍出版社，1978 年 5 月），
　　頁 1054。

113 見《史記》，頁 3232。

114 見《史記》，頁 3233。

115 案：大徐作「耕禾閒也。」小徐作「耕禾閒。」見《說文解字詁林》第 6 冊，頁
　　432b、433b。

116 《說文解字詁林》第 6 冊，頁 864b。

117 《說文解字詁林》第 6 冊，頁 865b。

「疾痛苛癢而敬抑搔之」，《注》：「苛，疥也。」是知疥必癢，癢必搔，故一病兩名，或分言，或合言。又申之曰瘍也者，舉其統名也。《後漢書・鮮卑傳》：「蔡邕曰：『夫邊垂之患，手足之蚧搔』。」則借蚧為疥。《管子》：「寡有疥騷」，又借騷為搔。[118]

案：《禮記》《鄭注》：「苛，疥也。……疥音界。《說文》云：瘙、癢也。」[119]《經典釋文・禮記音義》「苛芥」下引《說文》：「瘙、瘍也。」[120]《一切經音義》也引《說文》說解「疥」字凡三次：卷二「疥癰」下引《說文》：「疥、瘙也。」[121]卷四「疥癬」下引《說文》：「搔也。從疒，介聲。」[122]卷二十「癬疥」下引《說文》：「疥、騷也。從疒，介聲。」[123]又《續一切經音義》卷八「瘡疥」下又引《說文》：「瘙也。從疒，介聲。」[124]《左傳・昭公二十年》「齊侯疥」，孔疏引《說文》：「疥、搔也。」[125]至於大小徐本《說文》皆說：「搔也。」[126]王筠則根據《禮記・釋文》所引補上「瘍也」兩字，將本篆的說解訂正為：「搔。瘍也。」又於「搔」下標明「句」字，正因為恐怕讀者會將「搔瘍」連讀，而乖離了許慎說解疥篆的原

118 同前註。

119 《禮記注疏》，頁 518b。

120 唐・陸德明（556-627）：《經典釋文》（臺北市：鼎文書局，1975 年 3 月），頁 186b。

121 見《正續一切經音義》，頁 101。

122 同前註，頁 151。

123 同前註，頁 762。

124 同前註，頁 3970。

125 晉・杜預注、唐・孔穎達疏：《左傳注疏》（臺北市：臺北藝文印書館，景印清嘉慶 20 年（1815）南昌府學重刊宋本《十三經注疏》，附《校勘記》，1973 年 5 月版），頁 856b。

126 《說文解字詁林》第 6 冊，頁 864b。

意。

（3）覬

《說文》卷八下「覬」篆說解云：「𣢸幸也。」[127]王筠《句讀》
讀作：「覬、𣢸。句幸也。」[128]王氏註釋說：

> 以𣢸說覬，謂其同字也。𣢸下云幸也，故仍以伸之。元應、李
> 善皆引「覬、幸也」，不引「𣢸」字，是知《說文》句讀者。
> 又作驥，《廣雅》：「驥，企也。」《韓勑碑》：「莫不驥思，嘆卭
> 師鏡。」[129]

案：《一切經音義》引《說文》說解「覬」的字義僅有一條—卷九
七「覬欲」下引《說文》云：「覬、望也，從見豈聲」[130]，而沒有解
作「𣢸幸也」。卷八二則有「覬覦」一詞，下引《聲考》云：「𣢸幸
也」[131]，則與今本《說文》所說相同。《文選・冊魏公九錫文》：「羣
凶覬覦」，《注》引《說文》：「覬、幸也。」[132]清代段玉裁、王念孫
（1744-1832）兩位乾嘉學者對此字皆有考證。段玉裁《說文注》欠
部𣢸下說：

> 𣢸、幸也。覬𣢸疊韻。古多作幾，漢人或作驥，亦作冀。於从

---

127 《說文解字詁林》第 7 冊，頁 768b。

128 《說文解字詁林》第 7 冊，頁 769a。

129 同前註。

130 見《正續一切經音義》，頁 3632。

131 見《正續一切經音義》，頁 3229。

132 見《文選》，頁 500a。

豈取意，豈下曰：「欲也。」[133]

王念孫《廣雅疏證》在「驥、企也」一條下說：

《易是類謀》：「在主驥用」，鄭注云：「驥、庶幾也。」又《文王世子注》引《孝經說》云：「大夫勤於朝，州里驥於邑。」字或作冀，又作覬，並同。[134]

其實，除此以外還有一些材料可以佐證。《左傳・桓公二年》：「下無覬覦」，杜注引《說文》：「欲也。」[135]《後漢書・盧芳傳》：「臣非敢有所貪覬」，《注》：「覬、望也。」[136]《禮記・檀弓》：「天久不雨，吾欲暴尪而奚若」，《注》：「尪者面鄉天，覬天哀而雨之」[137]，《釋文》：「（覬）音冀，本又作幾。」[138]《國語・魯語》：「吾冀而朝夕修我」，《注》：「冀、望也。」[139]《楚辭・離騷》：「冀枝葉之峻茂兮」，《注》：「冀、幸也。」[140]《九章・悲回風》：「吾怨往昔之所冀兮」，《注》：「冀、幸也。」[141]《文選・登樓賦》：「冀王道之一平兮」，

133　《說文解字詁林》第 7 冊，頁 769a。

134　王念孫：《廣雅疏證》（北京市：中華書局，據嘉慶年間王氏家刻本景刊，1983 年 5 月），頁 161b。

135　見《春秋左傳正義》，頁 97b。

136　范曄（398-445）撰：《後漢書》（香港：中華書局香港分局出版，1971 年），頁 507。

137　見《禮記注疏》，頁 201b。

138　見《經典釋文》，頁 173a。

139　韋昭（204-273）注：《國語》（上海市：上海古籍出版社，1978 年 3 月），頁 208-209。

140　見洪興祖（1090-1155）：《楚辭補注》（香港：香港中華書局，1963 年 8 月），頁 21。

141　見《楚辭補注》，頁 265。

《注》:「賈逵《國語注》曰:『冀、望也。』冀與覬同。」[142]案:
覬,見《廣韻‧六至》,几利切,上古屬微部;欯,見《廣韻‧八
未》,居气切,上古屬物部。[143]覬、欯二字微物對轉,可以通借。
覬、冀、欯、幸、驥諸字,古書注文的解釋都相近,可以互為訓解。

　　近人張舜徽(1911-1992)《說文解字約注》在「覬」篆說解下
說:

　　　　覬即豈之後增體,說詳豈下。覬、欯又雙聲也。[144]

在「豈」篆說解下又說:

　　　　豈之得義,蓋與喜字同意。見豆豐盛而手取之,則悅樂義出
　　　　矣。豆者,食肉器。古食肉用手,今青海邊陲猶然,蓋遠古遺
　　　　俗耳。食肉用手,或左或右,故豈字上從𠂇,亦可從彐也。見
　　　　肉豐盛則欲義生,此與羨字同意。孳乳為覬,欯幸也。[145]

綜觀上論,張氏的說法比較合理。然而,經傳史書中皆未見「欯幸」
一詞。《說文》「欯」篆下云:「幸也」,應該是「覬」字的說解原文。
王筠引《一切經音義》及《文選注》所引之《說文》以證明本句的句
讀是合理可信。「欯」應該是「幸」字的別體寫法。

---

142 見《文選》,頁 163a。

143 參考王力:《同源字典》(北京市:商務印書館,1987 年 4 月),頁 393。及《說文
　　解字詁林》第 7 冊,頁 768b、800b。

144 張舜徽:《說文解字約注》(鄭州市:中州書畫社,1983 年 3 月),卷 16,頁 19a。

145 同前註。

（4）鬘

　　《說文》卷九上「鬘」篆說解云：「帶結飾也。」[146]王筠《句讀》作：「鬘、帶結。句頭飾也。」[147]王氏於「帶結」下說：

> 言帶結謂之鬘也。帶結者，《西京賦注》引作「帶髻」，謂以帶繞髻也。即《李注》所云：「以麻雜為髻，如今撮者。」是也。

又於「頭飾也」下這樣說：

> 依《西京賦注》引補。又申以此者，恐嫌于《左傳》：「帶有結」，故申之曰「帶結」，乃首上之飾也。《廣韻》：「鬘、婦人結帶。」《類篇》：「鬘、袜領也。」《西京賦》「朱鬘」，薛綜注：「絳帕額，露頂髻。」[148]

案：《文選‧西京賦注》引《說文》：「鬘、帶髻，頭飾也。」[149]「結」、「髻」二字，按傳統音韻學理分析屬質月旁轉關係[150]，兩字都是以「吉」為聲符。漢人有借「結」為「髻」的用法，如《史記‧貨殖列傳》：「賈椎髻之民」[151]，《漢書‧貨殖傳》髻作結。[152]《漢書‧

---

146 《說文解字詁林》第 7 冊，頁 1052a。

147 《說文解字詁林》第 7 冊，頁 1053a。

148 同前註。

149 見《文選》，頁 46b。

150 髻、古活切，月部。結、古屑切，質部。參《古韻通曉》，頁 237、244 及《同源字典》頁 412。

151 見《史記》，頁 3278。

152 班固（32-92）撰、顏師古（581-645）注：《漢書》（北京市：中華書局，1983 年 6

陸賈傳》:「尉佗魋結箕踞見賈。」[153]《李陵傳》:「兩人皆胡服椎結。」[154]《貨殖傳》:「賈魋結民。」[155]《西南夷兩粵朝鮮傳》:「此皆椎結。」[156]以上顏師古都一律注作:「結、讀曰髻。」[157]《說文》「結」篆說解作「締也」,[158]「締」下說:「結不解也。」[159]清人徐灝(1810-1879)《說文解字注箋》說:

> 凡以繩屈之為椎謂之結,古者佩觿,專為解結用也。結之引申為絜束,為收斂,為聯絡,為積聚,為屈曲,為終已。又為交結,為固結,為結構。古髻字但作結。[160]

誠如徐氏所說,「結」是可以引申為「髻」。《楚辭・招魂》:「激楚之結」,王逸注:「頭髻也」[161],可以為證。

3 注意書中體例及許語結構,說解句逗通達而清晰

(1) 河

《說文》卷十一上「河」篆說解,王筠《句讀》讀作:「河、

　　月),頁 3690。

153 見《漢書》,頁 2111。

154 見《漢書》,頁 2458。

155 見《漢書》,頁 3690。

156 見《漢書》,頁 3837。

157 見《漢書》,頁 3690、2111、2458、3837。

158 《說文解字詁林》第 10 冊,頁 568a。

159 《說文解字詁林》第 10 冊,頁 569b。

160 《說文解字詁林》第 10 冊,頁 568b。

161 見《楚辭補注》,頁 353。

水。句絕出敦煌塞外昆侖山。」[162]王氏於「水」下說：

> 《水經注》引「浾、水也」，由此知之。水也者，謂水名也，
> 《說文》不言某名。[163]

案：《說文》水部涑下云：「水。出發鳩山，入於河。」[164]涪下云：
「水。出廣漢剛邑道徼外，南入漢。」[165]潼下云：「水。出廣漢梓潼
北界，南入墊江。」[166]江下云：「水。出蜀湔氐徼外崏山，入海。」[167]
浧下云：「水。出蜀汶江徼外，東南入江。」[168]湔下云：「水。出蜀郡
緜虒玉壘山，東南入江。」[169]沫下云：「水。出蜀西徼外，東南入
海。」[170]溫下云：「水。出犍為涪，南入黔水。」[171]灊下云：「水。出
巴郡宕渠，西南入江。」[172]沮下云：「水。出漢中房陵，東入江。」[173]
涂下云：「水。出益州牧靡南山，西北入湹。」[174]沅下云：「水。出牂
牁故且蘭，東北入江。」[175]淹下云：「水。出越嶲徼外，東入若

---

162 《說文解字詁林》第 9 冊，頁 10b。
163 同前註。
164 《說文解字詁林》第 9 冊，頁 12a。
165 《說文解字詁林》第 9 冊，頁 13b。
166 《說文解字詁林》第 9 冊，頁 15a。
167 《說文解字詁林》第 9 冊，頁 16b。
168 《說文解字詁林》第 9 冊，頁 26a。
169 《說文解字詁林》第 9 冊，頁 31b。
170 《說文解字詁林》第 9 冊，頁 35a。
171 《說文解字詁林》第 9 冊，頁 38a。
172 《說文解字詁林》第 9 冊，頁 42a。
173 《說文解字詁林》第 9 冊，頁 43a。
174 《說文解字詁林》第 9 冊，頁 46a。
175 《說文解字詁林》第 9 冊，頁 49b。

水。」[176]按以上諸篆說解，它們的體例都是：「水。出某某。」於某
水下所說的，皆是地理、山川等專名。酈道元（？-527）《水經注》，
則這樣解釋：「河水。出其東北阪」[177]，「沮水。出北地直路縣」[178]，
「沮水。出漢中房陵縣淮水」[179]，「涪水。出廣魏涪縣西北」[180]，「沫
水。出廣柔徼外」[181]，「沅水。出牂柯且蘭縣」[182]，上述諸例都是分
作兩句來說。關於這方面的說解形式，錢大昕提出的《說文》句讀體
例可以佐證，他說：

　　　諸山水名，云山在某部，水出某郡，皆連上篆讀。[183]

王筠吸收了《水經注》的體例去分析《說文》的說解句讀。《句讀》
水部諸篆說解在許語「水」字下均有圈點，[184]而在山部說解猲、
嶠、崋、崞四篆的說解語句中「山」字下，都是這樣下句逗。[185]王
筠的用意就是要將許語首字分開，如「山」、「水」兩字都應獨立為
句，以此說明篆字的屬性。至於「山」、「水」兩字下之「出某某」則
另為一句，目的是要分辨清楚這是說解地理位置之辭。所以《句讀》

176　《說文解字詁林》第 9 冊，頁 50b。

177　酈道元：《水經注》（臺北市：臺灣商務印書館，1975 年《四庫全書珍本別輯》），
　　　卷 1，頁 2b、3b-4a。

178　《水經注》，卷 16，頁 34a。

179　《水經注》，卷 32，頁 13a。

180　《水經注》，卷 32，頁 19a。

181　《水經注》，卷 36，頁 9b。

182　《水經注》，卷 37，頁 19b。

183　見錢大昕：《說文連上篆字為句》，《說文解字詁林》第 1 冊，頁 1053b。

184　見《說文解字詁林》，頁 165-177。

185　猲下云：「山。在齊地。」嶠下云：「山。在蜀湔氐西徼外。」崋下云：「山。在弘
　　　農華陰。」崞下云：「山。在鴈門。」見《說文解字詁林》第 8 冊，頁 13b、19a、
　　　24a、25b。

水部「河」篆之說解句逗，特別用「句絕」兩字加以標示，又引《水經注》作補充說明，理由是恐防讀者在這個關鍵之處，錯下句逗而誤解原文意思。事實上，《句讀》在「河」字以下各個篆字的說解，都一律依此例斷句。

　　以上為據《水經注》體例論證許語句讀的例子。

（2）昕

　　《說文》卷七上「昕」篆說解，王筠《句讀》讀作：「昕、旦。_句明也。日將出也。」[186]王氏說：

> 二徐本皆誤，惟元應引是。然此篆當在睹之前，何也？自睹以下九字皆是明，而睹、晢、曉、昕，乃晝之明，與夜暗對，故以昕領之。睹字不見於經，故當在其下。其說解但當云明也，不當言旦，如晢、曉下皆曰明可證。惟昕是綱領字，故以旦廣其名，以日將出定其時，以下三字皆視此矣。昭、晤、旳、晃、曠，乃日之明，與陰晦對，故以昭領之，而說曰日明也。下四字但云明也，皆視此矣。小徐本已亂，大徐本乃在部末，尤謬矣。《詩》：「旭日始旦」，《傳》云：「旭日始出，謂大昕之時。」《士昏禮記》：「凡行事必用昏昕。」《文王世子》：「大昕鼓徵。」[187]

以上王氏據《說文》篆字排列次序立說。然而《一切經音義》卷五五「昕赫」下引《說文》云：「昕、旦明也，日將出也。」[188]《續一切

186　《說文解字詁林》第 6 冊，頁 113a。

187　同前註。

188　見《正續一切經音義》，頁 2208。

經音義》卷十「牛昕」下引《說文》亦云「且明，日將出也，從日斤
聲也。」[189]而未有作：「昕、旦、明也」的斷句，這與王氏所說並不
脗合。段玉裁《說文解字注》本篆的說解作：「且明也」[190]，與玄應
的引述相同，是接近許慎的解釋原意。王筠的說法自成道理，可備一
說。

（3）攺

　　《說文》卷三下「攺」篆說解，王筠《句讀》讀作：「攺、撫
也。從攴，亡聲。讀與撫同。」[191]王氏於「同」字下說：

　　　　與、當作若，讀若撫句絕，同自為句。凡同文而異部者，語例
　　　　如此。[192]

據王氏所說，本篆說解句讀應為：「攺、撫也。從攴、亡聲。讀若
撫。同。」然而，段玉裁《說文解字注》、桂馥《說文解字義證》兩
書，均以「讀與撫同」為一句。[193]近人馬敘倫（1884-1970）《說文解
字六書疏證》有這樣分析：

　　　　王筠曰：「手部撫之古文㧑，亦從凵聲。」劉秀生曰：「凵聲古
　　　　在明紐唐部，無聲古在明紐模部，模唐對轉。故㧑從凵聲得讀
　　　　若撫，《詩·蕩》：『時無背無側』，《漢書·五行志》作『呂凵背

---

189 見《正續一切經音義》，頁 4048。
190 《說文解字詁林》第 6 冊，頁 112b。
191 《說文解字詁林》第 3 冊，頁 1238b。
192 同前註。
193 同前註。

凵反』；《左‧昭十二年》：『賓須無』，《十五篇》：『費無極』。《漢書‧古今人表》無並作凵，並其證。」倫按說解曰：「無也。讀與撫同。」是攴、撫一字矣。撫下曰：「安也。一曰循也。」循當為揗。揗者，摩也。《十二篇》：「拊，揗也。」是撫為捬摩之義。安為揗之引申義。撫為拊摩，故從手。則此當從又，為撫之異文。[194]

按馬氏所論，攴、撫二字，應該是同義詞。張舜徽《說文解字約注》本篆說解引錢坫（1741-1806）說：

此撫循字，亦同用撫。《廣雅》：「撫、安也。」[195]

張氏接著論說：

今人稱以手平其痛處為摸，有安貼之意，摸即攴之語轉。故攴字從攴，從攴猶從又也。許君以撫釋攴，又讀與撫同，則二字實是一字。故《玉篇》以為攴之或體。今則撫行而攴廢矣。[196]

單周堯師《說文釋例異部重文篇研究》一文，對攴、撫二字，曾作深入研究，並據《尚書‧孔傳》所引，及《說文》、甲文、金文等有關「才」、「攴」、「又」諸部之文字，考訂「撫」、「攴」二字實為《說

194 馬敘倫：《說文解字六書疏證》第 2 冊（上海市：上海書店，1985 年 4 月），卷 6，頁 141。
195 見《說文解字約注》，卷 6，頁 61。
196 同前註。

文》之異部重文。[197]案：無、亡兩字在上古聲母同屬明紐，是一對雙聲字。[198]攴象手有所執持之形，有舉手作事的意思，與手的詞義相近，可以互通。王筠《說文釋例》說：

> 攴部坄下曰：「撫也。讀與撫同。」是以重文作注兼作音也。《玉篇》曰：「坄、或作撫」，《韻會》曰：「撫、古作坄」，引《說文》曰：「古《尚書》撫字也」，與今本異。[199]

誠如王氏所說，坄、撫兩字的確是異部重文。

以上為王筠據重文理論以說明《說文》句讀之例。

（4）麭

《說文》卷六下「麭」篆說解，王筠《句讀》讀作：「麭、桼垸已，句復桼之。」[200]王氏說：

> 麭者，《輟耕錄》所謂黑光也；垸，以桼和灰而鬌也。桼垸者，漢人常語，以《巾車・杜注》知之。已者，畢也，作桼器者，以木片骨灰桼塗之，暴之曠日，故曰桼垸已也。石磨令平，乃復以桼發其光也。[201]

---

197 單周堯：《說文釋例異部重文篇研究》（香港：香港大學中文系出版，1988 年 10 月），頁 122-127。

198 見《古韻通曉》，頁 164、274。

199 見《說文釋例》，頁 158b。

200 《說文解字詁林》第 5 冊，頁 1075a。

201 同前註。

案：桼、漆兩字古代通用。《說文・桼部》：「桼、木汁，可以髹物。」[202]《玉篇・木部》：「桼、木汁，可以髹物，今為漆。」[203]《周禮・春官・巾車》：「漆車」，鄭玄注曰：「漆車，黑車也。」[204]清代學者阮元（1764–1849）《十三經校勘記》說：

岳本漆作桼，《漢讀考》漢人用桼字，經文作漆者正同。[205]

此外，《漢書・賈山傳》：「冶銅錮其內，桼塗其外。」[206]也可以佐證。清人饒炯《說文解字部首訂》說：

又謂以木汁髹物曰桼，而動字矣。[207]

案：《淮南子・齊俗訓》：「漆不厭黑。」[208]《說山訓》：「上丹而上漆則不可。」[209]《泰族訓》：「丹青膠漆。」[210]以上皆是名詞。垸字《說文》有收，許慎解釋為：

---

202 《說文解字詁林》第 5 冊，頁 1069b。
203 《大廣益會玉篇》，頁 72b。
204 漢・鄭玄注、唐・賈公彥疏：《周禮注疏》（臺北市：臺北藝文印書館，景印清嘉慶 20 年（1815）南昌府學重刊宋本《十三經注疏》，附《校勘記》，1973 年 5 月），頁 417b。
205 《周禮注疏》，頁 426a。
206 見《漢書》，頁 2328。
207 《說文解字詁林》第 5 冊，頁 1071b。
208 漢・高誘注：《淮南子》（上海市：上海中華書局，1923 年《四部備要縮影本》），卷 11，頁 3a。
209 《淮南子》，卷 16，頁 7b。
210 《淮南子》，卷 20，頁 6b。

　　以黍和灰而鬃也。從土，完聲。一曰補垸。[211]

　　唐人玄應《一切經音義》卷七三引《通俗文》：「燒骨以黍曰垸。」[212]《周禮・地官・角人》：「凡骨物於山澤之濃」，鄭玄注曰：「骨、入漆垸者。」[213]這正是「黍垸」兩字相連用作一詞的例證，與許慎的解法脗合。《說文・土部》：「垸、補垸」，小徐作「補垣」[214]，這是解作修補垣墙。《漢書・地理志》：「原都漆垣，莽曰漆牆。」[215]可以證明。張舜徽《說文解字約注》有這樣分析：

> 王氏所言，即湖湘間所稱磨光黍也。凡黍飾器用者，多有此法。大氏鬃取一器，先必以黍加灰塗之者，所以彌其坼隙，平其窪下也。待其既乾，然後重黍之，則平滑矣。蓋麭之言包也，所以包鬃其外也。本書土部：「垸、以黍和灰而鬃也。」此乃鬃飾一器之始事，及其既黍，乃復以石磨之，又加黍然後發光，最為精美矣。[216]

張氏的說解十分精細，合理可信。今天，在香港仍有木工技師以近似手法飾整木質家具，其中有謂「打磨拋光」之工序，與此古法甚似。然而，王氏書中所下的句逗，就充份反映出他是十分重視文字的語意關係，研究態度非常認真，分析審慎又細緻。

---

211 《說文解字詁林》第 10 冊，頁 1166b。

212 《一切經音義》，頁 2892。

213 見《周禮注疏》，頁 250a。

214 《說文解字詁林》第 10 冊，頁 1166b。

215 見《漢書》，頁 1617。

216 見《說文解字約注》，卷 12，頁 9b-10a。

第四節　小結

　　綜觀上述所舉各例，王筠所討論的《說文》句讀，如昕、攺、河、鬣、麴等條，皆與書中條例或語法結構有關，而餘下諸例，如儲、須、誾、荐、仄、貢、朴、覢、賢、辯、譺、夐、彪、賀、姎、隝、印、察、槃、設、綌、疛等，則以許慎語句中的首字，或句末「某也」的單音詞，分別與《說文》篆字有轉注、或通假、或義同、或同字、或雙聲、或疊韻關係，所以要下句讀加以分開理解。不過，王氏對《說文》句逗之討論也有若干值得斟酌、商榷之處，特別是對一些許語之訓解句逗與段說有所分歧。基於香港學者陳遠止已有專文闡析有關研究[217]，於此不另闢章節贅說。總的來說，王氏所論，考據深入，說解精闢，論證別樹一幟，他斟酌《說文》篆字之詞素特質及詞義之間的相互關係，為後世研讀《說文》的人，不但豎立了正確的學習楷模，予以明白而清晰的指引，而且提供了豐富而寶貴的參考材料，對於《說文》研究的確是貢獻良多。[218]

217　有關王筠論述《說文》句讀之失誤，陳遠止《說文王筠句讀辨疑》有詳論，可參考其有關章節及結論部分（頁 356-359）。

218　案：學者李洪堯曾據《說文》之互訓材料，探究上古單音詞與複音詞之關係，據李氏之研究，《說文》全書 9353 字中，存互訓關係者凡 186 組，其中 61 組直接形成雙音詞，如：「邦，國也。」「珍，寶也。」（名詞類）；「吹，噓也。」「追、逐也。」（動詞類）；「謹，慎也。」「枯，槁也。」（形容詞類），此類雙音詞佔互訓關係總數之 32.8%。綜觀李氏之研究，蓋亦與王氏所注意者相發明。詳見李洪堯：〈淺析說文中的互訓所形成的雙音詞〉，收入袁曉園（1907- ）主編：《漢字漢語學術研討會論文集》下冊（長春市：吉林教育出版社，1991 年 8 月），頁 358-366。

第三章
《說文句讀》的字形研究

第一節　引言

　　清代學者段玉裁在撰寫王念孫《廣雅疏證序》裏，曾經清楚指出文字形音義的相互關係及其研究綫索。他說：「聖人制字，有義而後有音，有音而後有形。學者之考字，因形以得其音，因音以得其義」[1]。事實上，中國文字大多數是形音義的合體，每一個字的形、音、義均有互為相關的特質，所以有時很難只集中於一項研究。《說文解字》是中國第一部具系統性的字典，書中文字「據形聯系」，以五百四十部首編排，也可以說是一部「因形求義」的專著。至於它的說解文字體例，一般都是先解釋字義，再辨析字形結構，最後譬況文字的讀音。王筠的《句讀》在研究字形方面，特別用心，每每在許慎說解以外，多作補充、訂正及闡發討論。以下依據王書所述，總其要緒，加以歸納說明，並於論說王氏對字形研究之成就後，再評論其闕失。

第二節　《句讀》對字形研究的成就

　　王筠於《句讀》一書對字形之研究分析，可從《說文》條例、許語說解、金石材料、字體、筆劃、重文，以及其分別文、累增字等自

---

[1]　見段玉裁：《廣雅疏證序》，王念孫：《廣雅疏證》（北京市：中華書局，1983 年 5 月），頁 1a。

創理論，作重點式的分類理解。以下分項逐一舉證說明：

1 闡明《說文》條例

王筠對許慎的說解，有不少獨到闡發。現條舉其中與字形有關例子說明：

（i）說明指事字例

《說文》對指事字及象形字的分析，一律以「象形」，「象某某之形」等術語立說，對初學者而言，較易產生概念上的混淆。王筠在《句讀》裏就特別說明《說文》之有關條例，清楚解開讀者困惑。以下是王筠對指事字的說明例子：

（1）亼

《說文》亼下云：「三合也。從亼一。象三合之形。」[2]王筠《句讀》於「象三合之形」下說：「實指事字也」[3]。

（2）爪

《說文》爪下云：「丮也。覆手曰爪。象形。」[4]王筠《句讀》於「象形」下說：「實指事字」[5]。

以上是王氏指出《說文》篆字為指事字的例子。基於字形結構比較簡單，容易讓人理解，所以書中沒有再加以詳細解釋。

2　《說文解字詁林》第 5 冊，頁 136b。

3　《說文解字詁林》第 5 冊，頁 137b。

4　《說文解字詁林》第 3 冊，頁 955b。

5　同前註。

（3）西

　　《說文》西下云：「鳥在巢上。象形。」[6]王筠《句讀》於「象形」下說：「弓象鳥形。⊗象巢形。實指事字也」[7]。

　　以上是王氏據篆形結構加以說解之例。

（4）乚

　　《說文》乚下云：「匿也。象迟曲隱蔽形。」[8]王筠《句讀》於「象迟曲隱蔽形」下說：「乚指事，其體簡。隱形聲，其體繁。」[9]

　　上述是王氏據字形之繁簡特徵，說解指事字的例子。

（5）予

　　《說文》予下云：「推予也。象相予之形。」[10]王筠《句讀》依《釋詁・疏》引補作「象兩手相予之形」，並明白指出：「實指事字」[11]。

　　以上例子，王氏均先交待《說文》所據，然後再進一步說明該字之構成是屬於指事條例。

（ii）說明通體象形字例

　　王筠在《文字蒙求》和《說文釋例》兩書，已將象形分為「純象形」及「變體象形」兩類。[12]《句讀》書中又建立了「通體象形」之

6　《說文解字詁林》第 9 冊，頁 962b。

7　《說文解字詁林》第 9 冊，頁 946a。

8　《說文解字詁林》第 10 冊，頁 367a。

9　《說文解字詁林》第 10 冊，頁 367b。

10　《說文解字詁林》第 4 冊，頁 525b。

11　《說文解字詁林》第 4 冊，頁 553a。

12 見《文字蒙求》，卷 1；《說文釋例》，卷 2。

說。書中例子有鹿、廌、莧、鼎、后、壺、主諸例，[13]以下列舉其中三例，加以說明：

（1）鹿

《說文》鹿下云：「獸也。象頭角四足之形。鳥鹿足相似。從匕。」[14]王筠《句讀》於許語下說：「桂氏曰：『鳥當作鼂。鼂下云：「足與鹿同，從匕。」《韻會》引作從比。』案：通體象形，不得又從比會意，鼂下云足與鹿同，不云從比，足以見例。」[15]

（2）廌

《說文》廌下云：「解廌。獸也。似山牛一角。古者決訟，令觸不直。象形。從豸省。」[16]王筠《句讀》於許語下說：「既云象形，則通體象形矣。安得云下半從豸省。況字之上半似鹿，張揖又謂其獸似鹿，何不云鹿省乎？」[17]

（3）莧

《說文》莧下云：「山羊細角者。從兔足。莧聲。」[18]王筠《句讀》於許語下說：「⺶，其角也。目，其首也。⺖則足與尾也，似通體象形。」[19]

---

13 案：鼎、后、壺、主四字，王筠《句讀》亦謂「通體象形」，分別見《說文解字詁林》第 6 冊，頁 332b；第 7 冊，頁 1073a；第 8 冊，頁 982b；第 4 冊，頁 1442b。

14 《說文解字詁林》第 8 冊，頁 527a。

15 《說文解字詁林》第 8 冊，頁 527b-528a。

16 《說文解字詁林》第 8 冊，頁 518a。

17 《說文解字詁林》第 8 冊，頁 518b-519a。

18 《說文解字詁林》第 8 冊，頁 578b。

19 同前註。

案：甲骨文之鹿、廌二字，字形作 🦌🦌 [20]；金文亦有鹿字，作 🦌 [21]，都是獨體象形字。綜合王筠《句讀》所說，上述三例同是本著字形的整體構形立論，他針對著《說文》說解的矛盾，據形剖析，辨解疑惑。此外，《句讀》又有「全體象形」之說 [22]，所持理據與通體象形原理基本相同，可以互相發明（可參考《句讀》「尢」、「矢」二篆說解），於此不再贅說。

（iii）說明「象形」語例

許慎說解文字，用語比較精簡，《說文》所用象形術語，有時拘限於篆形筆勢結構立論，頗令讀者困惑，難以清楚理解。王筠在《句讀》裏加以補充，特別在許語「象形」、「象某某之形」等語句下，附上說明，並加以辨解分析。例如：

（1）黽

《說文》黽下云：「鼃黽也。從它。象形。」[23]王筠《句讀》於「象形」句下解釋說：「ㄕ象其腹」[24]。

---

20 徐中舒（1898-1991）：《甲骨文字典》（成都市：四川辭書出版社，1988 年 11 月），頁 1079 所引。

21 陳初生編纂：《金文常用字典》（西安市：陝西人民出版社，1987 年 4 月），頁 897 所引。

22 案：《句讀》謂全體象形字有鳥、缶、矢等例。

23 《說文解字詁林》第 10 冊，頁 1044a。

24 《說文解字詁林》第 10 冊，頁 1044b-1045a。

（2）巢

《說文》巢下云：「鳥在木上曰巢。在穴曰窠。從木。象形。」[25]
王筠《句讀》於「象形」下解釋說：「巛者鳥形，ㅌㅋ者巢形也」。[26]

以上兩例，王氏從解釋小篆的字形結構入手，以說明許慎所謂
「象形」的意思。

（3）齒

《說文》齒下云：「口齗骨也。象口齒之形。」[27]王筠《句讀》針
對篆字筆形結構詳細註解：

> 口張則齒見。一者、上下齒中間之虛縫。㸚則齒形。[28]

（4）壼（𛀁）

《說文》壼下云：「宮中道。從口。象宮垣道止之形。」[29]王筠
《句讀》解釋說：

> 口象垣，餘象道，道雖四通而其形周遮者，則宮闕為之限隔
> 也。[30]。

25　《說文解字詁林》第 5 冊，頁 1045b。
26　《說文解字詁林》第 5 冊，頁 1066a。
27　《說文解字詁林》第 3 冊，頁 242a。
28　《說文解字詁林》第 3 冊，頁 242b。
29　《說文解字詁林》第 5 冊，頁 1108b。
30　同前註。

從以上兩例，可以看到王筠詳細剖析許慎所謂「象某某之形」的
用意。

（5）只

《說文》只下云：「語巳詞也。從口。象气下引之形。」[31]王氏
《句讀》針對篆字下部的兩筆，加以解釋說：「謂八在口之下也。」[32]

（6）亦

《說文》亦下云：「人之臂亦也。從大。象兩亦之形。」[33]王氏
《句讀》詳細解釋說：

> 此象形之變為指事者也。亦在臂下曲隈之處，非如兩胠之自生
> 一骨，兩乳之突起一肉，豈可以點象其形，蓋以點記兩臂之
> 下，謂亦在是耳。[34]

上兩例都是指事字。[35]許慎《說文》一律以「象某某之形」立
說，王筠特意將有關文字的指事意符揭示出來，清楚交待指事字的特

---

31 《說文解字詁林》第 3 冊，頁 424b。
32 同前註。
33 《說文解字詁林》第 8 冊，頁 945b。
34 《說文解字詁林》第 8 冊，頁 946a。
35 任學良《說文解字引論》論指事造字法：「指事的『事』表示事物，包括事和物。
　舊說以為只包括事，是不全面的，如『本』『末』都是『物』。指事字一般可分為兩
　部分：一是形象，二是所指。形象部分是一個象形字，所指部分不是字，僅僅表示
　意之所指；前者實而後者虛（當然這裏的虛實是相對而言）。刃字的刀就表示形
　象，『一』表示意之所指。所指部分的位置對於造成某字關係極大，如所指在木下
　為本，在木上為末。……指事字是在象形字之上加事物，不只一個形象。」（福州
　市：福建人民出版社，1985 年 9 月），頁 32-33。

徵，讓讀者明白此為指事字，不可以與象形字混淆。

（iv）說明會意字例

　　許慎《說文解字敘》說：「會意者，比類合誼，以見指撝。武、信是也。」[36]王氏《句讀》裏也間中在許慎說解語句下注明「會意」，有時又作補充說明，目的是要將該篆字的會意特點加以辨析。有關例子如下：

　　（1）卒

　　《說文》「卒」下云：「所以驚人也。從大從羊。」[37]王氏《句讀》說：「此謂字是會意。」[38]

　　以上只交待該字屬於「會意」條例。

　　（2）𡶜

　　《說文》「𡶜」下云：「入山之深也。從山從入。闕。」[39]王氏《句讀》說：

> 會意字未有如此粗淺者，且造此字將何用哉？在入部而先言從山，紊其主從，而又云闕，是無音也。疑非許君所收。[40]

36　《說文解字詁林》第 11 冊，頁 924b。

37　《說文解字詁林》第 8 冊，頁 991b。

38　《說文解字詁林》第 8 冊，頁 992b。案：王氏之「此謂字是會意」，其意即「謂本字是會意」。

39　《說文解字詁林》第 5 冊，頁 167a。

40　《說文解字詁林》第 5 冊，頁 167b。

以上是王氏先說明本篆為會意，然後按《說文》所述內容，質疑非許慎書中所收的字例。

（3）及

　　《說文》「及」下云：「隶也。從又人。」[41]王筠《句讀》說：

　　　　又人者，又持人也。隶部說曰：「又持尾者，從後及之也。」
　　　　兩字會意之法同。[42]

以上為王氏據他篆語例去論證該字所屬結構為會意。

（4）臭

　　《說文》「臭」下云：「犬視皃。從犬目。」[43]王氏《句讀》說：

　　　　小徐目下有聲字，而曰會意。毛本亦元有聲字而刪去之。孫、
　　　　鮑二本無。嚴氏曰：「徹從育聲，可以比例。」桂氏曰：「倏從
　　　　攸聲，讀若叔，是其例。」案：會意自是，亦不必委曲歸形聲
　　　　也。[44]

（5）衍

　　《說文》「衍」下云：「水朝宗于海皃也。從水從行。」[45]王氏
《句讀》解釋說：

41　《說文解字詁林》第 3 冊，頁 1031a。
42　《說文解字詁林》第 3 冊，頁 1031b。
43　《說文解字詁林》第 8 冊，頁 594a。
44　《說文解字詁林》第 8 冊，頁 594b。
45　《說文解字詁林》第 9 冊，頁 284a。

> 小徐作行聲。嚴氏曰：「行、衍，聲之轉。勸讀若演，可以比
> 例。」筠案：此字會意。洐則形聲，蓋未可比而同之，姑存嚴
> 說。[46]

以上兩例，王氏分別評論小徐、嚴、桂諸家之說，並註明該篆字為會意。

綜合而言，以上為王筠在許語「從某從某」、「從某某」的基礎上，闡析會意條例的例子。

小結

總結上述四項：（i）說明指事字例，（ii）說明通體象形字例，（iii）說明「象形」語例，（iv）說明會意字例，都是王筠在《句讀》中說明《說文》字形條例的慣常方法。王氏說解具體，淺白易懂，對於《說文》學習的普及化，不無裨益。

2 訂正許慎說解

王筠在《句讀》裏對於許慎的說解與字形分析，都做了不少訂正工夫。以下據全書所見，舉有關例子分述：

（i）訂正指事條例

（1）寸

《說文》「寸」下云：「十分也。人手卻一寸。動𧘂，謂之寸口。

---

46 《說文解字詁林》第 9 冊，頁 285b。

從又從一。」[47]王筠《句讀》解釋說:「又者,手也,一以指寸口之所。」[48]

　　案:「從又從一」是《說文》說解會意字的通例。[49]段玉裁也主張以會意條例來理解寸篆的構形。[50]徐鍇則認為:「一者記手腕下一寸,此指事字也」[51]。王筠在這裏的說解非常有力,可謂一語中的,雖然沒有明白寫上「指事」兩字,但實質上已說明該字的指事意符特徵。王氏《文字蒙求》也將本篆歸入指事,他說:「掔下一寸為寸口,故以一指之」[52],可以與之互相印證。《說文》類似這種指事字例,還有甘、末、朱、本等篆字。[53]《文字蒙求》於「甘」下說:「不定為何物,故以一指之。」[54]於「末、朱、本」三個篆字下說:「皆有形而形不可象,故以一記其處,謂在上在下在中而已」[55]然而,這幾個篆字在《句讀》裏就沒有再加以說解分析,大概這些都是比較容易通曉的字例。

47　《說文解字詁林》第 3 冊,頁 1153b。

48　《說文解字詁林》第 3 冊,頁 1154b。

49　張度(1830-1895)《說文解字索隱・會意解》說:「會意者,比類合誼,以見指撝,武、信是也。以此類推:凡合兩文成誼者,均謂之會意;其文順敘者,則訓為從某某;其文對峙者,則訓為從某從某;皆會意之正也。」見《說文解字詁林》第 1 冊,頁 576a。

50　《說文解字詁林》第 3 冊,頁 1153b。

51　同前註。

52　見《文字蒙求》,頁 52。

53　甘下云:「从口含一。一道也。」末下云:「从木。一在其上。」朱下云:「从木。一在其中。」本下云:「从木。一在其下。」見《說文解字詁林》第 4 冊,頁 1208b。及第 5 冊,頁 589a、584b、581a。

54　見《文字蒙求》,頁 46。

55　見《文字蒙求》,頁 52。

（2）面

《說文》「面」下云：「顏前也。從百。象人面形。」[56]王筠《句讀》於末句注釋說：

> 句指囗而言，屬詞不得不然，百統全頭而言，從囗包百外，所以區別其前半以為面也。[57]

案：徐鉉、徐鍇、段玉裁等文字學家都沒有對本篆加以說解，也沒有交待所屬六書條例。王筠則據篆形析論許慎所謂「象人面形」的用意，他說明了囗形的特徵，訂正「面」字的篆體是指事字。其實，王氏在《說文釋例》對面字的結構也曾加以論析，他說：

> 百既象形，而眉目鼻口皆具矣。再區之為面，是大難事，於是從百而加囗作圙。夫百兼前後，是其全也。面僅前半，是其偏也。今乃於百之外復有所加，豈有面大於首者乎？曰面之形已盡於百，於是以囗界畫其前後之交。[58]

相比之下，以上說解更見仔細，可與《句讀》的說法互相參證。

（3）矢

《說文》「矢」下云：「傾頭也。從大。象形。」[59]據許慎說解語

---

56 《說文解字詁林》第 7 冊，頁 978b。
57 《說文解字詁林》第 7 冊，頁 979a。
58 同上。另參《文字蒙求・卷二・指事》，頁 52。
59 《說文解字詁林》第 8 冊，頁 951a。

例，本篆是屬於象形。朱駿聲《說文通訓定聲》認為本篆是指事。[60]
王筠的《文字蒙求》卷二，也收有矢篆，屬指事字例。王氏的解釋是
「所从之意而少增之以指事」。[61]他在《句讀》引錄的許語「象形」一
句下再加以訂正：

> 以夭部說：「象形不申也」推之，此當云：「象形不正也」。蓋
> 矢、夭、交、尢四部，皆从「大」而小變之，故曰象交形，曰
> 象偏曲之形，知此亦不得直云象形，然「矢」是左右傾側，非
> 謂頭傾於左，猶「尢」之偏曲，不得以字屈右足，遂謂左足跛
> 者不曰尢也。[62]

按《說文》「夭」篆說解：「屈也。從大。象形」[63]，王氏依元應引補
「不申也」三字於許語「象形」下，他在「屈下」解釋說：

> 屈謂前後，字無前後，故向右屈之，然非反「矢」為「夭」。[64]

這節分析與上文正好互相發明，王氏對許慎說解的闡析與訂正更見有
力可信。

（4）飛

《說文》「飛」下云：「鳥翥也。象形。」[65]王筠《句讀》於「象

---

60 同前註。

61 見《文字蒙求》，頁 51。

62 《說文解字詁林》第 8 冊，頁 951a。

63 《說文解字詁林》第 8 冊，頁 960b。

64 《說文解字詁林》第 8 冊，頁 961a。

65 《說文解字詁林》第 9 冊，頁 917a。

形」下訂正說：

> 案：此指事字也。徐鍇曰：「上乛飞者，象鳥頭頸長毛。」卂
> 部云：「從飛而羽不見，則乍者，羽字兩向書之也。字象刺上
> 飛之形。」[66]

案：「飛」篆是對動態的描述，不是實物的描寫。許慎說「象形」，用語就似乎過於精簡，也不能說明「飛」字的本意，而且容易將六書理論混淆起來。張舜徽《說文解字約注》說：

> 舜徽按：本書羽部「翥、飛舉也。」故許即以鳥翥訓飛。鳥飛
> 舉則甚速，故引申為凡速之稱，今語恒稱人行事捷速曰飛快。[67]

這個說法足以說明「飛」之所象應是抽象的事情，張氏謂「人行事捷速曰飛快」，此類比喻性的構詞於粵方言亦常見，除「飛快」外，尚有「飛跑」、「飛撲」、「飛車/飛的（士）」、「飛毛腿」等俗用語，可作動詞或形容詞用。於此可見，王筠把許說訂正為指事頗見恰當。

（ii）訂正象形條例

（1）㐭

《說文》「㐭」下云：「穀所振入。宗廟粢盛。倉黃㐭而取之。故謂之㐭。從入回。象屋形。中有戶牖。」[68]案：上文所謂「從入回」

66　《說文解字詁林》第 9 冊，頁 917b。
67　《說文解字約注》下冊，卷 22，頁 41b。
68　《說文解字詁林》第 5 冊，頁 276a。

是《說文》的會意語例。[69]王筠在這節訓解之辭下註明「三字涉附
會」[70]，又再於「中有戶牖」一句下訂正說：

> 此以為象形，是也。下當從入回會意。入者屋形，回者戶牖
> 形，屋必有戶牖，而重複言之者，倉稟恐米蒸變，必為天窗。[71]

案：西周阿尊有「復向斌王豐」句，金文「向」字與小篆的字形很相
近。[72]「向」借作稟，作動詞用，解作受。[73]甲骨文「向」字作态。[74]
陳夢家（1911-1966）解釋說：

> 向作态，象露天的穀堆之形，今天的北方農人在麥場上作一圓形
> 的低土台，上堆麥稈麥穀，頂上作一亭蓋形，塗以泥土，謂之
> 「花籃子」，與此相似。[75]

陳氏的分析正與王筠的說法相合。「向」是實物，是象形字，王氏的
說法合理正確。

（2）玉

　　玉，篆字作王，當中本無一點，即玉石之玉。《說文》云：

---

69 參張度說，見註49。

70 《說文解字詁林》第5冊，頁278a。

71 同前註。

72 參唐蘭：《𤇾尊銘文解釋》，《文物》1976年第1期，頁60。

73 詳見洪家義：《金文選注繹》（南京市：江蘇教育出版社，1988年5月）釋「阿尊」
　　之銘文，頁39。

74 見李孝定（1918-1997）：《甲骨文字集釋》（臺北市：中央研究所歷史語言研究所，
　　1982年6月），頁1877。

75 《甲骨文字集釋》，頁1878。

「王……象三玉之連。｜、其貫也。」[76]嚴可均、段玉裁、桂馥三家均未有對玉字的字形結構加以剖析。徐鍇《說文解字繫傳》亦只說本字篆法,沒有分析許慎的說解。[77]王筠對玉篆之構形就作了詳細的分析,清楚的說明許語的意思,他說:

> ｜當作及,九字一句。三玉連言,以玉為主,故三字可出,實
> 非以三字象玉,｜字孤立,又本是虛字,何以貫乎?王部一貫
> 三,不言｜貫,則本文可知。[78]

王筠先按玉字的篆形結構立說,分析其為三玉連排,而｜是貫串三塊玉的形符。他在《說文釋例》裏也曾說:「玉以｜象貫形」。[79]案:《說文》有「貫」、「毌」兩字,是一對同源字。「毌」字《說文》解作「穿物持之也。從一橫貫。象寶貨之形。」[80]王筠解釋說:「毌則為錢貫也」[81]。由此可知這兩個篆字在形義都是相近相通。王筠在《文字蒙求》的卷一「象形」下說:「三畫正均為王」。[82]案:金文所見玉字,其字形結構一如王筠所說,作王乙亥簋、玉縣妃簋,[83]甲骨文作丰、丰、丰,[84]象多塊玉石串成一起的形態。當代金文專家陳初生(1946-)《金文常用字典》說:

---

76 《說文解字詁林》第 2 冊,頁 227b。

77 徐氏說:「王中畫近上,玉三畫均也。」見《說文解字詁林》第 2 冊,頁 229a。

78 《說文解字詁林》第 2 冊,頁 230b。

79 見《說文釋例》,頁 115a。

80 《說文解字詁林》第 6 冊,頁 278b。

81 見《說文釋例》卷 11,頁 250b。

82 見《文字蒙求》,頁 24。

83 見《金文常用字典》,頁 40。

84 見《金文常用字典》,頁 40 引。另見《甲骨文字集釋》,頁 129。

金文則作等長的三畫，中豎上下均不出頭，第二橫在第一第三橫間之正中，與王字中橫偏上有別。[85]

晚清碩儒王國維（1877-1927）《觀堂集林・卷三・說玨朋》，曾有這樣的解釋：

> 殷時玉與貝皆貨幣也……其用為貨幣及服御者皆小玉小貝而有物焉以繫之。所繫之貝玉，於玉則謂之玨，於貝則謂之朋，然二者於古實為一字，玨字殷虛卜辭作丰、作丰，或作丰，金文亦作丰，皆古玨字也。[86]

由此可證王筠的說法是正確不誤。

（3）壺

《說文》「壺」下云：「昆吾。圜器也。象形。從大，象其蓋也。」[87]案：壺本身是實物，許慎的說解謂從大，頗令人費解，二徐、桂、段諸家均未有論及本篆之形體結構。據《古籀補》《金文編》所錄壺字，多是全體象形，大似是壺上之蓋：🏺仲伯壺、🏺鄭羛叔賓父壺、🏺史僕壺、🏺虞司寇壺、🏺丙公壺、🏺右走馬嘉壺、🏺盛季壺，以上諸體都可以看出大是壺蓋。[88]王筠在《句讀》裏作出訂正：

85　見《金文常用字典》，頁 40。

86　王國維：《觀堂集林》卷 3，頁 20。見《王國維遺書》冊 1（上海市：上海古籍書店，1983 年 9 月）。

87　《說文解字詁林》第 8 冊，頁 982a。

88　《說文解字詁林》第 8 冊，頁 983。

云象形，則通體象形矣，又言從大，特為部分系聯言也。不然
者，象人形之大，大小之大，皆不可以為蓋。[89]

王氏根據篆字構形訂正「大」形是壺蓋，確是合理可信。許慎本句說
解的「從」字似是衍文，假如把它刪去，作「大，象其蓋也」會更合
乎全體象形條例的說法。清人饒炯在他的《說文解字部首訂》說：

象形。炯案：篆本全體象形，然上蓋似大，許君恐人誤以為大
篆，因於象形之後，復申之曰大象其蓋也。後人加從，則許意
遂晦，而六書之例亦難通矣。[90]

饒氏的分析正好為王筠的說法提出佐證。

（4）目

《說文》「目」下云：「目，人眼。象形」[91]徐鉉、徐鍇、嚴可均
等專家都沒有分析本篆的字形結構。段玉裁則有以下的分析：

象形、總言之，嫌人不解二。故釋之曰：「重其童子
也。」……按人目由白而盧，童而子，層層包裹，故重畫以象
之。[92]

段氏這種說法比較轉折，亦頗為牽強，難以令人信服。王筠別具心

---

89 《說文解字詁林》第 8 冊，頁 982b。
90 《說文解字詁林》第 8 冊，頁 983a。
91 《說文解字詁林》第 4 冊，頁 10a。
92 《說文解字詁林》第 4 冊，頁 10b。

思，在《句讀》裏詳細考證說：

> 特區別之曰人眼，即當作 ⬭ 矣，人眼橫，獸眼縱，魚鳥眼圓，形不一也。篆特象人眼之形而庶物沿襲用之。……《博古圖》作 ◎ 者，有匡，有黑睛，有童子。作 ⬭ 者已省童子矣。罷、眾等字從 ⬭，中二筆斜向。秦碑從 ⦚ 者亦斜向，略存古法也。⦚ 則平之，為楷所眩也，恐許君原本不如此。[93]

案：甲骨文有目字，作 ⬭ 一期甲二一五、⬭ 一期佚五二四、⬭ 一期乙三〇六九、⬭ 一期後下三四、五、⬭ 一期前四、三二、六、⬭ 一期拾一〇、三、⬭ 一期鐵一六、一、⬭ 三期甲一二三九、⬭ 四期戬一一、三。[94]金文也有目字，作 ⬭ 屰目父癸爵、⬭ 目 ⅳ 且壬爵、⦚ 目爵。[95]日本文字學家高田忠周（1881-1946）解釋說：

> 按《說文》：「目，人眼，象形，重童子也。◎，古文目。」此解非是，字元作 ⬭，象形，而首即 ⦚ 字之省變也。目固屬于首系，⬭ 省作 ⬭，又豎以為 ⦚，變以為 目。目亦晚出古文，而《說文》古文作 ◎，必係轉寫之誤矣。[96]

近代學者高鴻縉（1893-1963）則說：

> 《說文》：「目，人眼也。象形，從二，重童子也。◎ 古文

---

93 《說文解字詁林》第 4 冊，頁 11a。
94 《甲骨文字典》，頁 361。
95 見容庚（1894-1983）編著：《金文編》（北京市：中華書局，1985 年 7 月），頁 233。
96 見周法高主編：《金文詁林》第 5 冊（香港：香港中文大學出版，1975 年），頁 2103。

目。莫六切。」按字原象人目形，不見重童子。[97]

兩位專家學者的說法，都與王氏所論相近，或曾經參考過他的著作。
事實上，王筠在《說文釋例》裏也曾引金文為證，他說：

> 蓋許君時，目字篆文固如此，其從之者又如此，許君不之改，
> 是也。然因其中央兩畫而謂之重童子，則誤矣。鐘鼎文有
> ⟨圖⟩⟨圖⟩兩體，⟨圖⟩正象目形，其作⟨圖⟩者，蓋因黑睛與童子之色
> 不甚遠，遂省之也。……漸而作篆者講整齊，以⟨圖⟩為偏旁，則
> 難於配合，始變作⟨圖⟩，而並本字改之矣。[98]

王筠的說法證據充實，合乎道理，其論說文字之精深功力，由此亦可
見一斑。

(iii) 訂正會意條例

《說文》剖析會意文字的用語，以「從某從某」，「從某某」為正
例。[99]王筠在《句讀》裏說解《說文》，每當踫到有可疑或《說文》語
例不明白的地方，就會提出自己的看法，逐一加以訂正。例如：

(1) 嚻

《說文》嚻下云：「多言也。從品相連。」[100]朱駿聲《說文通訓
定聲》說本篆是指事，段玉裁《說文注》則說是會意，但是兩家都沒

---

97 同前註。
98 《說文解字詁林》第 4 冊，頁 11。
99 參張度說，見註 49。
100 《說文解字詁林》第 3 冊，頁 372a。

有進一步說明箇中道理。[101]王筠《句讀》則如此解釋：

> 與及從彳引之同法，乃會意之別種。小徐從品山相連，非也。
> 眾口交叫，發言盈盈，紛拏糾牽，故以三口相連見意。[102]

王氏說法合理而明白。本字的上一部分構件是由三個「口」組成，即所謂從三口。從字的構形來看，已有多言的意思。在三口的品形下的ㄩ形，其實是連結三口的示意符號，不可以作「山」字理解。王氏在書中強調「品山相連，非也」，正是要讓讀者加倍留意。

（2）夃

《說文》「夃」下云：「秦以市買多得為夃。從┓從夂。益至也。從乃。」[103]段氏《說文注》謂：「說从乃夂之意，乃夂者，徐徐而益至也。」[104]朱駿聲《說文通訓定聲》則認為：「從乃從夂，皆舒運留難之意」。[105]王筠《句讀》詳細解釋本篆的構形構意，並清楚辨明許慎之說，他說：

> 既得便宜，則屢往矣。故又從乃。乃，及之古文乁也。《韻會》
> 引《說文》，篆作刉。說曰從┓，則是第一古文。然曰今文作
> 夃，从乃，誤固了然也。是知上一從乃，字是而地誤，下一從
> 乃，字誤而地是，何也？夂，至也；乃亦至也。會意而兩意重

101　《說文解字詁林》第 3 冊，頁 372b。
102　《說文解字詁林》第 3 冊，頁 373a。
103　《說文解字詁林》第 5 冊，頁 400b。
104　《說文解字詁林》第 5 冊，頁 400a。
105　《說文解字詁林》第 5 冊，頁 401a。

複，故必分為兩體說之，小徐無從乃，《韻會》從之，《汲古》
亦依之刊去，則字在夂部而先言從孑，非例也。[106]

其實，王氏在《說文釋例》已對本篆的構形提出了一些意見：

　　丞字從古文及，而其說解，上云從孑，下云從乃。毛宸以為複
　　而刊去之，初不知其所以然之故也。蓋本作從孑，而讀者不知
　　其為古文及，故未敢加注，或以其形似篆文乃，遂加從乃二字
　　也。設有知之者，注曰孑古文及字，省此疑矣，不亦有用矣
　　乎！[107]

王氏對會意字形與許慎語例的辨析，委實分析得很透徹。張舜徽
《說文解字約注》也主張依從王氏的說法，並說可以刪去「從孑」一
語，[108]此足見王氏之說可取。

（3）則

　　《說文》「則」下云：「等畫物也。从刀从貝。貝古之物貨也。」[109]
徐鍇《說文解字繫傳》說：

　　則，節也。取用有節。刀所以裁製也。會意。[110]

---

106 《說文解字詁林》第 5 冊，頁 400b。
107 《說文解字詁林》第 5 冊，頁 401a。
108 《說文解字約注》中冊，卷 10，頁 55b。
109 《說文解字詁林》第 4 冊，頁 838a。
110 《說文解字詁林》第 4 冊，頁 839a。

徐氏之說較轉折，亦未依據字形加以辨析。段氏《說文注》則說：

> 說從貝之意，物貨有貴賤之差，故從刀，介畫之。[111]

段氏依據會意條例說解，「貝」、「刀」合誼，自然成理。至於許慎所謂從某從某之說，王筠就另有闡發，他在《句讀》這樣說：

> 先刀於貝者，等物者為主，為物所等者為從也。等物不用刀，而從刀者，刀之所畫者微，分釐豪忽，不可紊也。貝部已云古者貨貝矣。此必諄復者，漢時行錢，不復知貝可等畫也。[112]

王氏指出會意有主從之不同，很有道理，此正是他研治《說文》別具心得之處。

（4）利

《說文》「利」下云：「銛也。從刀。和然後利，從和省。」[113]王筠《句讀》注釋說：

> 此字會意而意不可會，故分兩體說之。此先解從刀，乃字之正義。[114]

又在「從和省」句下說：

---

111 同前註。
112 《說文解字詁林》第 4 冊，頁 839b。
113 《說文解字詁林》第 4 冊，頁 831b。
114 《說文解字詁林》第 4 冊，頁 832a。

此又解從禾，以與利字相黏合。然此所云利，乃下文引《易》
之利，豈是鋁，蓋古義失傳，故不免支詘耳。[115]

考之金文、甲骨文，「利」篆都是從禾：利篆，師遽方彝、利篆二、利
鼎（以上為金文）[116] 一期前四·三九·八、一期林一·一八·一四、一期人一〇九四、
一期寧二·七六、二期甲一六四七、二期後下五·一五、三期粹一一六二、三期一五八八、
三期鐵一〇·二、三期通七三三（以上為甲骨文）[117]。「利」字的本義應該
是指禾稻收穫，由於收割必要用刀，用刀割禾然後就有利（即得到好
處，《孟子·梁惠王上》：「王何必曰利」，此「利」就是利益之意），
所以利篆是從刀從利。王筠認為從刀是利的「正義」，是理據充份的
見解。

（iv）訂補說解內容

王筠《句讀》以大徐本所錄篆字，以及書中許君語句之說解為首
要研究材料。然而，對於可疑或表述不明之處，會提出自己的看法，
並加以訂補。全書例子頗多，以下略舉幾例說明：

（1）弓

《說文》「弓」下云：「以近窮遠。象形。」[118]段玉裁《說文注》
作「窮也，以近窮遠者，象形。」以「窮」、「弓」兩字疊韻為訓。桂
馥《說文義證》亦指出「窮」、「弓」兩字聲相近。[119]王筠《句讀》則

---

115 同前註。

116 見《金文編》，頁 284。

117 見《甲骨文字典》，頁 471。

118 《說文解字詁林》第 10 冊，頁 458b。

119 《說文解字詁林》第 10 冊，頁 456。

訂作「以近窮遠，故曰弓也，象形。」又按形、音關係解釋其補訂理
由：

> 依元應引補，古音弓如肱，故《小戎》《閟宮》弓與膺、縢、
> 興、音、乘、綏、增、徵為韻。《論語・堯曰篇》窮與躬、
> 中、終為韻。呂部「躳」下收俗躬字，從弓聲。於此又以窮說
> 弓，然則弓之變音如躬，其在後漢乎？[120]

（2）匪

　　《說文》「匪」下云：「器似竹篋。从匚，非聲。」[121]案：各類
《說文》版本及段、桂諸家均依此說。王筠《句讀》則對本篆之許語
說解有所訂改，他解釋說：「當云竹器似篋」[122]，再於下文詳引古籍
所見，以證明「匪」字有借作「篚」，由此論說「匪」字本是一種竹
製的器具。

　　以上為與字形結構相關例子，以下關於訂改許語訓解與形義闡釋
之例：

（3）彗

　　《說文》「彗」下云：「掃竹也。从又持甡。」[123]案：小徐《說文
繫傳》《段注》《義證》「掃」字均作「埽」。[124]王筠《句讀》於「埽

---

120 同前註。
121 《說文解字詁林》第 10 冊，頁 407a。
122 《說文解字詁林》第 10 冊，頁 408。
123 《說文解字詁林》第 3 冊，頁 1048a。
124 《說文解字詁林》第 3 冊，頁 1048b。

竹」下補上「所以用埽者也」一句，並於下解釋：

依元應引補，「以用」當作「用以」。[125]

（4）如

《說文》「如」下云：「从隨也。从女从口。」[126]案：小徐《說文繫傳》、段、桂等諸家所本皆依許說訓解，作「從隨也」。[127]王筠《句讀》則作「隨從」，並據《說文》體例及書證解說：

依《韻會》引乙轉。媥、絲二字下，皆曰「隨從也」。《釋名》：女，如也。婦人外成如人也。故三從之義：少如父教，嫁如夫命，老如子言。[128]

小結

總合上述各例，屬於指事的，有寸、面、矢、飛諸字；屬於象形的，有肙、玉、冊、目諸字；屬於會意的，有吅、及、則、利諸字。按王筠《句讀》所論，有辨析字形結構，也有訂正許慎說解形義之語例，如上所述之弓、匪等字，都是精要清楚，書證充實，且有創見之研究成果。既可以補訂前人之不足，又可以紓解後學困惑，其在字形說解分析方面，的確貢獻良多。[129]

---

125 《說文解字詁林》第 3 冊，頁 1048b-1049a。
126 《說文解字詁林》第 10 冊，頁 145b。
127 《說文解字詁林》第 10 冊，頁 146a。
128 同前註。
129 王氏《說文句讀》亦有訂正篆字構形及許語字形訓解之例，有關例子有戰、孖、祖、欠、簜等。

3 徵引金文，說解有力

　　清人研究《說文》而能夠引用金文論證，王筠可說是其中重要學者。王氏在《句讀》全書中所引用之鐘鼎銘文十分豐富，計有：宗周鐘、博古圖、齊侯鎛鐘；鄭伯盤、寰盤、散氏盤、積古齋·伯侯父盤；仲俼父鼎、無專鼎、周智鼎、奎父鼎、積古齋·孟申鼎、王子吳鼎、積古齋·師旦鼎、積古齋·頌鼎、乙公鼎；周召伯虎敦、仲駒父敦、陳侯敦、周敔敦；立簋、伯季簋；筠清館·齊侯匜；筠清館·伯鼻父盉、齊候甗、積古齋·晉銅尺、筠清館·周父癸角、積古齋·秦斤銘等數十種，[130]可謂冠絕同儕。[131]以下舉些例子說明：

（1）霸

　　《說文》「霸」下云：「……⿱。古文霸或作此。」[132]王筠《句讀》注釋說：「鼎彝器銘作⿰，即此。」[133]

---

130 以上資料，詳見王筠：《說文句讀》（上海市：上海古籍出版社，1983 年 9 月版）。

131 案：段玉裁、桂馥、嚴可均和朱駿聲諸家，研治《說文》均較少徵引金文。其間即使有所論及，亦不如王氏之深入。

黃德寬·陳秉新《漢語文字學史》謂王筠《說文釋例》成就有三，其（2）為：「利用金文等古文字資料研究漢字字形結構、訂正《說文》說解之誤。……王筠在字形分析上之所以能夠超逾前賢，主要得力於古文字資料的運用。」（見《漢語文字學史》〔合肥市：安徽教育出版社，1990 年 11 月〕，頁 147。）

金錫準《王筠的文字學研究》第二章釋例篇第三節論《說文釋例》之態度及成就說：「……清代樸學大盛，金石名家輩出，嚴可均著《說文翼》，莊述祖《說文古籀疏證》，更是有系統地以金石文字來考訂《說文》了。但是，奇怪的是，《說文》四大家中只有王筠能大量地運用金石文字的研究成果來考訂《說文》，所以他能在段玉裁之後研究《說文》而仍然能有成就。」（臺北市：國立臺灣師範大學國文系博士論文，1988 年），頁 106-107。

132 見《說文解字繫傳》，《說文解字詁林》第 6 冊，頁 217a。

133 《說文解字詁林》第 6 冊，頁 218a。

（2）期

《說文》「期」下云：「……⿱冂口。古文期。從日丌。」[134]王筠《句讀》注釋說：

> 積古齋王子申盞蓋銘：「眉壽無𩱏」，與此文相近。[135]

以上兩例是王氏引金文論證《說文》之古文，說解扼要清晰，信而有徵。

（3）盉

王筠《句讀》在《說文》「盉」篆說解原文「調味器也」，[136]引金文論證說：

> 依《廣川書跋》引補。積古齋穴盉、平安館𨻰盉、筠清館伯鼻父盉茲女盉，其文有⿰皿禾⿰皿禾⿰皿禾⿰皿禾諸形，皆左皿右禾。其詞則曰般盉，曰寶盉，其為器名無疑。雖調味之器可借為調和之詞，然惟鬻下云「五味盉羹也」。《初學記》引之即作和。且許引《詩》，亦云和鬻也，則盉字恐是後人改，其鼎下鬻下皆作和，與經典同，可徵也。[137]

---

134 《說文解字詁林》第 6 冊，頁 225b。
135 《說文解字詁林》第 6 冊，頁 226a。
136 《說文解字詁林》第 4 冊，頁 1403a。
137 同前註。

桂馥、段玉裁、朱駿聲三家均依二徐本，作「調味也」。[138]王筠則引金文加以訂正，辨明盉是實物，論說有力，辨析有理。

（4）保

《說文》「保」下云：「……㐁。古文保不省。」[139]王筠《句讀》在此句下論說：

> 案此字似許君之誤。《春秋左氏經》：「齊人來歸衞俘。」《杜注》《公羊》《穀梁》《經》《傳》皆言「衞寶」，此《傳》亦寶。惟此《經》言俘，疑《經》誤。案：㘴為古文孚，則㑏定為古文俘。古寶俘同聲，故《左氏》偶然借俘為寶。許君尊《左氏》為古文。鐘鼎文寶字亦作保，故采《左氏》㑏字，不系之寶下而系保下，以形相似也。否則㑏篆係傳寫之誤。太保彝作㑏，從保從任，《左傳》見上文。齊侯甗作㑏，則從任子會意，亦可證。[140]

案：《說文》所謂「古文保不省」，各家說解片面而不詳備。王筠則引金文為依據，詳細解釋「保」字之古文構形構意，他的分析是紮實具體而且道理充足。

（5）孫

《說文》「孫」下云：「子之子曰孫。从子从系。系，續也。」[141]

---

138 《說文解字詁林》第 4 冊，頁 1403。
139 《說文解字詁林》第 7 冊，頁 11b。
140 《說文解字詁林》第 7 冊，頁 12b。
141 《說文解字詁林》第 10 冊，頁 502b。

王筠《句讀》引金文詳細解釋說:

> 謂繼續乎子也。思魂切。許君不收孫于子部,蓋訂正之意也。
> 周公￼鐘、立簠皆作￼,從系明白。乙公鼎作￼,從古文糸亦
> 明白。伯季簠作￼、則從系而省。盂尊作￼,陳侯敦作￼,仲
> 駒父敦￼。￼字在小篆為幺,在鐘鼎文為玄。幺義尚合,元義
> 則不合。若謂糸即絲字,孫、絲雙聲,則嫌其迂曲。惟銘文之
> 作￼￼者最多,楮妃彝作￼,糸皆在臂之下,因得系屬之義,
> 而知小篆之從系。[142]

案:徐鍇、段玉裁、朱駿聲三家都指出本篆的字形是會意結構,[143]但
是他們所說都及不上王筠徵引金文作證那麼具體可信。

(6)冊

《說文》「冊」(篆作￼)下云:「象其札一長一短,中有二編之
形。」[144]關於「冊」字的形體結構,徐鉉、徐鍇、嚴可均、桂馥諸家
都沒有說解。段氏則以小篆形體立說,謂「象其札一長一短」是指五
直筆有長短,「中有二編」則是字中的二橫筆。[145]王氏《句讀》就另
有見解,他說:

> 一長一短,是兩札也,有長有短,是參差也。……鄭注《尚
> 書》,三十字一簡之文,是每札所容者三十字,《周易》字少則

---

142 《說文解字詁林》第 10 冊,頁 503b。

143 《說文解字詁林》第 10 冊,頁 502b、503b。

144 《說文解字詁林》第 3 冊,頁 384b-385a。

145 見《說文解字注》,《說文解字詁林》第 3 冊,頁 385b。

札少,《毛詩》字多則札多。……金刻冊字,約有屮、屮、
屮、屮、屮、屮諸札,其長短或齊或不齊,亦似用筆之變,非
果有參差也。[146]

據近代金文專家容庚（1894-1983）《金文編》所錄,金文冊字有屮、
屮、屮、屮、屮、屮、屮諸形[147],其直筆或長或短,或
齊或不齊。徐中舒《甲骨文字典》所引甲骨文,冊字作屮－期甲二三七、
屮－期京一八〇、屮－期前七・一二・四、屮－期存一・三七五、屮－期合一五七、屮三期甲一四八三、
屮四期二二六三諸形,[148]筆劃亦是參差不齊。徐氏解釋說:

據此（《說文》冊篆說解）則冊象編簡之形,然漢墓出土簡冊
之形制,皆由大小長短相同之札編結而成,並非一長一短。甲
骨文冊字之豎畫有一長一短作屮形者,亦有長短相同作屮形
者,其豎劃之長短參差當由刻寫變化所致。[149]

通過徐氏的分析,可以進一步印證王筠的說法,確是闡釋合理而可
信。

小結

總合上述各例而論,王筠利用金文材料比勘許篆之研究結論皆具
證據堅實、合理可信的特質。誠然,徵引金文材料研究《說文》,可

---

146 見《說文解字詁林》第 3 冊,頁 386b。
147 見《金文編》,頁 126-127。
148 見《甲骨文字典》,頁 200。
149 同前註。

說是王氏畢生研究小學之重要特色,在乾嘉當世而言,要算是一位別
具成就的金文研究專家。[150]吳大澂(1835-1902)《說文古籀補》《字
說》,孫詒讓(1848-1908)《字原》等引用金文研究古文字之鉅著,
都是繼王筠《句讀》後才刊行問世,此或許可反映出其金文研究對後
世之影響。

4 辨明篆、隸變化

　　在清代眾多《說文》專著之中,如段玉裁《說文解字注》、桂馥
《說文解字義證》、朱駿聲《說文通訓定聲》、嚴可均‧姚文田
(1758-1827)《說文校義》等著作,都是以疏解許慎說解、辨析文字
與六書關係,以及訓詁字義詞義為主,而對於《說文》之篆體、秦漢
隸體的結構變化,就較少詳細討論。王筠研究《說文》範疇比較廣
闊,對篆、隸字體構形,書寫的一點一畫,都細心注意。他在《說文
釋例》已開設專題章節加以考究[151],至於《句讀》一書,又豐富而仔
細的討論到篆、隸間之訛變,說解不但深入淺出,而且見解獨特精
闢,研究成果為後世之相關研究打下了重要基礎,值得學者繼續探
擘。以下分篆、隸兩類,各舉字例,看看王氏在這方面的研究:

---

150 黃德寬‧陳秉新《漢語文字學史》評王筠對字形之研究說:「王筠在字形分析上之
　　所以能夠超逾前賢,主要得力於古文字資料的運用。儘管王筠對字形的分析并不
　　是完全正確,然而他開創以古文字證《說文》的研究方法,其意義遠遠超過他對
　　字形的具體分析。」(頁 147-148。)

151 案:王筠《說文釋例》卷 5 及卷 13,均有論及《說文》篆、籀、隸體之變,及
　　俗、或之體。(北京市:中華書局,1997 年 12 月,頁 118-124,頁 302-327。)

（i）篆變

（1）開

《說文》「開」下云：「張也。從門從幵。」[152]王筠《句讀》說：

　　小徐作幵聲，非也。小篆仿古文門之形而變之，遂與幵字相似。[153]

《說文》開字的古文作鬨，[154]有兩手作開門之勢，應是會意字。[155]以上是王氏據古文字形，說明篆變之例。

（2）囪

《說文》「囪」下云：「在牆曰牖，在屋曰囪，象形。」[156]王筠《句讀》於「象形」下，注釋說：

　　外其匡也，內其櫺也，上出之筆，乃起筆處耳，故古文無之。[157]

案：《說文》囪字古文作囱。[158]

152　《說文解字詁林》第 9 冊，頁 1024b。

153　《說文解字詁林》第 9 冊，頁 1025b。

154　《說文解字詁林》第 9 冊，頁 1024b。見大徐本所引。

155　《段注》於「鬨古文」下曰：「一者，象門閂；從門者，象手開門。」《說文通訓定聲》曰：「按：從門從門一。一者、關也。小篆與古文不異，筆畫整齊之耳。非從幵也。」又王筠《繫傳校錄》曰：「此會意兼指事也。」以上諸說，見《說文解字詁林》第 9 冊，頁 1025。

156　《說文解字詁林》第 8 冊，頁 889a。

157　《說文解字詁林》第 8 冊，頁 890a。

158　《說文解字詁林》第 4 冊，頁 832a，見大徐本。

（3）淵

《說文》「淵」下云：「……從水。眾聲。」[159]王筠《句讀》說：

> 眾字從𡇒，而從之之字多作𤔔者，是由古人作篆，於正中起
> 筆，偶露一鋒，後人遂為典要，惟以為從血者，斯近人之鹵莽
> 耳。[160]

上述三例，王氏都是依據篆體筆勢書法去說明篆變，其說解理路清
晰，分析合乎情理。

（4）鼓

《說文》「鼓」下云：「……從壴支。象其手擊之也。」[161]王筠
《句讀》說：

> 支當作攴。弓部弢從攴。攴象垂飾，與鼓同意。佩觿曰：「鼓字
> 從支。」其謬誤有如此者。然從攴則當云象垂飾，不當云象手
> 擊。案：籀文𡔷，各本及《玉篇》竝同。惟汪刻小徐本作𡔷，
> 是書刊汲古篆文而刻之，此字校改，必所據本固然。從又者，
> 手也。從木者，桴也，乃足象手擊之，小篆省本為屮耳。[162]

---

159 《說文解字詁林》第 9 冊，頁 399b。是說依《繫傳》。

160 《說文解字詁林》第 9 冊，頁 399b-400a。

161 《說文解字詁林》第 4 冊，頁 1291b。

162 《說文解字詁林》第 4 冊，頁 1293a。

王氏分析正確。徐中舒《甲骨文字典》對「鼓」字有以下解說：

> 從𣌭壴從�，�或作�，同。象手持鼓錘擊鼓之形。壴象鼓形，為名詞，�象擊鼓之形，為動詞。[163]

考之金文，鼓字作𣋓鼓𤰞、𣋓克鼎、𣋓㪤鐘、𣋓師㝅簋、𣋓師㝅簋，[164]字的右旁俱為手持枹之形，而不是《說文》所謂「從支」，這很明顯是因篆變而產生的訛誤。王筠依據字義去論證字形，確是分析得具體而切當。

（5）豐

《說文》「豐」下云：「……從豆。象形。」[165]王筠《句讀》注釋說：

> 既云象形，不應從屮。案：癸亥殳巳鬲作豐，豐兮阝敦作豐，豐姞敦作豐，皆不從屮，知小篆係傳寫之訛。不然者，丰之作丰丰，見《韻會》引《說文》。小篆之丰丰，殳巳鬲之丰丰，皆與相似，何不言丰丰聲，則以兩敦之𣓀 𣓀，其形大遠，知𣓀但象豐滿之形也。但是指事而非象形耳。[166]

以上王筠根據金文論證篆體的變化，同時又辨明豐字的篆體是指事字。

---

163 見《甲骨文字典》，頁 517。

164 見《金文常用字典》，頁 519-520。

165 《說文解字詁林》第 4 冊，頁 1334b。

166 《說文解字詁林》第 4 冊，頁 1336a。

（6）彝

《說文》「彝」下云：「……此與爵相似。」[167]王筠《句讀》注釋說：

> 彝爵皆酒器，爵從鬯，鬯之※即米也，從又與廾皆手也，爵上半象雀形。《韻會》云：「彝從互象形。」案：鼎彝多作饕餮文，互蓋象之，金刻作 [金文] 最多，中象鳥形，左則三點兩點不等，蓋米形。下從収與小篆同，則尤與爵似也。又案：遣小子敦作 [金文]，拍盤作 [金文]，㝬彝作 [金文]，皆從系，未見從互者，似小篆變錯。[168]

案：彝字甲骨文作 [甲骨文]一期合集一四二九四、 [甲骨文]三期甲三五八八、 [甲骨文]五期前五・一・三、 [甲骨文]五期三九三二， [甲骨文]五期合集三六三九〇，[169]而未見有「從互」的構件。徐中舒《甲骨文字典》說：

> 象雙手捧鳥形。古者宗廟祭祀，每以鳥為犧，甲骨文彝字正象以鳥獻祭之形。後更取鳥形以為宗廟器，故名其器曰彝。……金文作 [金文]者女甗、 [金文]史頌簋， [金文]登尊，於鳥之雙翼處加 ε，象縛其雙翼形，此即《說文》篆文從系之所本，又金文於鳥形喙端每加：。《說文》篆文從米乃小點之譌。[170]

---

167 《說文解字詁林》第 10 冊，頁 767b。
168 《說文解字詁林》第 10 冊，頁 769a。
169 見《甲骨文字典》，頁 1413。
170 同前註。

於此，可見《說文》云：「從⼾」，是據篆形立說，王筠所謂「小篆變錯」是正確的判斷。

（ii）隸變

（1）兜

《說文》「兜」下云：「……舟或兜字。」[171] 王筠《句讀》說：「隸變為弁，又作卞。」[172]

（2）旡

《說文》「旡」下云：「……從反欠。」[173] 王筠《句讀》說：

欠，長息也。反之是不得息也。居未切。今變隸作旡。[174]

以上為王氏以隸體結構立論之例。

（3）収（拜）

《說文》「収」下云：「引也。從反廾。」[175] 王筠《句讀》說：

當作從収相背。本字之⺘是左手，⺅是右手。普班切。隸變作大。[176]

---

171 《說文解字詁林》第 7 冊，頁 723a。

172 《說文解字詁林》第 7 冊，頁 725b。

173 《說文解字詁林》第 7 冊，頁 861b。

174 《說文解字詁林》第 7 冊，頁 862a。

175 《說文解字詁林》第 3 冊，頁 814a。

176 《說文解字詁林》第 3 冊，頁 814b。

案：𠦴部之樊、變兩篆字形，其下面之「大」形，篆文皆作𠦴。[177]

（4）㒼

《說文》「㒼」下云：「……讀若畏偄之偄。」[178]王筠《句讀》
說：

> 亦借為㒼。《考工記·輈人》：「馬不契需。」先鄭云：「需，讀
> 若畏需之需。」蓋隸書㒼、需皆變為需，故㒼譌為需。[179]

以上是因聲借而訛變之例。

（5）寋

《說文》「寋」下云：「……寋或从寒省。」[180]王筠《句讀》說：

> 此與上文從塞省聲之寒，隸變同體，故彼字多借塞，此字直不
> 見經典，為其無別也。[181]

案：王氏以從寒省之寋及與從塞省聲之寒，說明有隸變而同體的情
況。

177　見大徐本。《說文解字詁林》第 3 冊，頁 815b、817a。

178　《說文解字詁林》第 8 冊，頁 1046b。是說依《繫傳》。

179　《說文解字詁林》第 8 冊，頁 1047a。

180　《說文解字詁林》第 8 冊，頁 1271b。

181　《說文解字詁林》第 8 冊，頁 1272a。

（6）乃

《說文》「乃」下云：「……凡乃之屬皆從乃。」[182]王筠《句讀》
說：

> 目錄作*，左筆下垂，雖于字義不合，而隸之作乃，即由此
> 起。[183]

案：《說文》「乃」篆作*，[184]許慎釋為「曳詞之難也，象氣之出
難」。[185]隸書的「乃」字，應該是*之變體。

（7）棗

《說文》「棗」下云：「……從重朿。」[186]王筠《句讀》說：

> 棗高，故重之，棘卑且叢生，故竝之，而古人不拘。《周禮》
> 九棘，即棗也。惟朿篆作*，與來相似，故東方朔曰：「來來者
> 棗也。」然口給之詞，不可以說六書。《梁休碑》垂棘，字從
> 竝來，亦猶此也。隸法多譌朿矣。[187]

王氏指出「朿」、「來」兩篆體字形相似，於是隸變之後，有譌「朿」
為「來」的情況發生，這種說法值得初學者注意。

182　《說文解字詁林》第 4 冊，頁 1234b。
183　《說文解字詁林》第 4 冊，頁 1235a。
184　見大徐本。《說文解字詁林》第 4 冊，頁 1234a。
185　同前註。
186　《說文解字詁林》第 6 冊，頁 317a。
187　《說文解字詁林》第 6 冊，頁 317b。

小結

　　文字的變化，如許慎在《說文敘》中所論，自周宣王史籀開始，七國時有異體文字，到秦世而興起小篆，程邈開創隸字，事實上時代越久，字體的訛變也就越多。[188]綜合上述所引各例而言，王筠的論說方法委實是有力可取，有據字形論析，也有以書法筆勢立說，說解都是信而有徵。對於研究字形演變這個課題來說，王筠在乾嘉之世確是一位重要的啟導者。[189]

5 創「觀文」之說

　　許慎《說文解字敘》說：「仰則觀象於天，俯則觀法於地，近取諸身，遠取諸物。」[190]古人創制文字，是根據物象的形貌來描繪。以象形來呈示所要表達的訊息，應是最常見常用的方法。然而，在觀察

188　許慎《說文敘》曰：「及宣王大史籀著大篆十五篇，與古文或異。……其後諸侯力政，不統於王，惡禮樂之害己，而皆去其典籍。分為七國，田疇異畝，車塗異軌，律令異灋，言語異聲，文字異形。秦始皇帝初兼天下，丞相李斯乃奏同之，罷其不與秦文合者。……是時秦燒滅經書，滌除舊典，大發吏卒，興役戍，官獄職務繁，初有隸書，以趣約易。……三曰篆書，即小篆。秦始皇帝使天下杜人程邈所作也。」於此《段注》曰：「下杜人程邈為衙獄吏，得罪幽繫雲陽。增減大篆體，去其繁複。始皇善之，出為御史。名書曰隸書。」見《說文解字詁林》第 11 冊，頁 900a-937a。

　　另參章太炎（1869-1936）：《國學略說》（香港：香港寰球文化服務社出版，1963 年 2 月），頁 17-18。

189　案：自王氏而後，研究文字訛變者，近世有蔣善國《漢字形體學》、張振林《試論銅器銘文形式上的時代標記》、裘錫圭《文字學概要》、梁東漢《漢字的結構及其流變》等著作。（參黃德寬・陳秉新：《漢語文字學史》「關於漢字字形發展演變的研究」，頁 332-333。）

190　見《說文解字詁林》第 11 冊，頁 899a。

描繪的過程中，人所看見的物象，由於身處的位置與視察角度不同，而有不同的寫法，例如有出自仰望的，也有側看的，有俯視的。諸如此類，不同的觀望角度就勾劃出不同的物象形態。由此可見，研究字形有必要認真理解其觀看物象的角度，特別是從造字者的視角來分析。王筠開創了「觀文」之說，他在《說文釋例》裏已建立「平看」、「尌起看」、「放倒看」等條例[191]，兼且引例證論，逐一闡明，說法頗有新意。王氏《句讀》就繼續將這種理論加以發揮，例如：

（1）冓

　　《說文》「冓」下云：「……象對交之形。」[192]王筠《句讀》說：

　　　　對，謂廿廾兩相對也。交謂｜以連其廿廾也。《五經文字》：「冓象上下相對形。」不但遺｜未說，且屋之構架，在上不在下，張參不知此字當平看。用此彌知許說之精。[193]

以上是王氏所謂「平看」之例。

（2）匸

　　《說文》「匸」下云：「受物之器。象形。」[194]王筠《句讀》於「象形」下說：「當側觀之。」[195]

191　見王筠《說文釋例》卷14「觀文」篇，頁344b-345b。
192　《說文解字詁林》第4冊，頁519a。
193　《說文解字詁林》第4冊，頁519b。
194　《說文解字詁林》第10冊，頁397b。
195　《說文解字詁林》第10冊，頁398b。

（3）曲

　　《說文》「曲」下云：「象器曲受物之形也。」[196]王筠《句讀》解釋說：

　　　　《廣韻》《集韻》引，皆作𠚖。夢英篆同，是也。匚之籀文𠥓，仰之則𠚖也。[197]

以上「匚」、「曲」二例，王氏以淺白易明文字，說明他的「觀文」見解。

小結

　　綜觀《句讀》全書，王氏根據「觀文」的理論去說解字形的，有冓、匚、曲三例。然而，在他早期刊行的《說文釋例》，當中所論說的就比較豐富：論平看的，有日、月、井、田、止、足、牛、羊、瓜、米、冓諸例；論豎起看的，有云、雨、山、石、人、子、大、夫諸例；論放倒看的，有水、益、目、龜、舟、車等例。[198]當中以目、禾、壺、夭諸篆文的說解最為仔細，尤其是對實物形態的分析，更充份的驗證了他所創的「觀文」理論。近代文字學家馬敘倫的《說文解字六書疏證》、書法家康殷（1926-1999）的《古文字形發微》，在說解字形時，也多引用立體圖畫，參合篆文形體立論，[199]這也可能是導

---

196 《說文解字詁林》第 10 冊，頁 417b。是說依《繫傳》。

197 《說文解字詁林》第 10 冊，頁 418a。

198 見王筠《說文釋例》卷 14「觀文」篇，頁 344b-345b。

199 案：以立體圖畫立論，馬氏之例甚夥，如：舍、會、高、京、良諸篆說解均是，

源於王氏的「觀文」說法。

6 闡明「重文」、「俗、或、省」諸體

許慎《說文敘》說：「今敘篆文，合以古籀。」[200]交待了《說文》收字雖然是以篆文為主，也同時參用古文、籀文。晚清學者桂坫（1867-1958）《古籀篆文流變考》說：

> 蓋自古變為籀，籀變為篆，而字畫有增減，文體遂有異同。大抵古文尚簡，籀文尚繁，小篆則參古籀而酌其中。[201]

古文、籀文、小篆三種字體，它們之間的筆畫有減有增，形體有異有同，有些比較繁複，有些比較簡單，各類字形參互錯綜，因而產生了不少重文。清代小學專家許瀚《說文答問》曾說：

> 又其《序》云：「今敘篆文，合以古籀。」而亦有以篆文為重文者，如二之重文上，一之重文下，皆篆文者是。蓋重文為古籀者，即正文為篆文。重文為篆文者，即正文為古籀。鄭康成注《禮》，參用古文籀文，循是例也。古籀以外，又有奇字，古文之別體也。又有或、俗，篆文之別體也。許書古文宗孔氏，篆文宗《蒼頡篇》。一字而數古文，皆孔氏，奇字則異孔氏者也。一字而數或體，皆《蒼頡》。俗體，別異《蒼頡》者也。異孔氏，異《蒼頡》，而必取之者，為其合於六書也。

詳見《說文解字六書疏證》第三冊，卷 10。康氏之例亦夥，如：夏、夒諸字說解均是，詳見《古文字形發微》（北京市：北京教育出版社，1990 年 3 月版）。

200 《說文解字詁林》第 11 冊，頁 903b。

201 《說文解字詁林》第 1 冊，頁 1111a。

此重文之例也。[202]

王筠《說文釋例》曾將所輯錄的異部重文列作專文研究。[203]他在《句讀》裏疏解許篆，也間中論及重文的問題，現舉書中所論例子，說明如下：

（1）圮・醊

《說文》「配」下云：「酒色也。」[204]王筠在《句讀》裏分析說：

《玉篇》後收字中有醊字，云酒色也。案：醊者，土部圮之重文也。[205]

案：《說文》土部有「圮」篆，或體作「醊」，「圮」下說：

毀也。從土。己聲。《虞書》曰：「方命圮族。」醊，圮或從手配省，非聲。[206]

王筠在《句讀》加以解釋說：

謂配省及非皆聲也。《廣韻》：「醊，覆也。或作峃。」屵部：「峃、崩也。」[207]

---

202 《說文解字詁林》第 1 冊，見 971。
203 見《說文釋例》卷 7，頁 154a-171b。
204 《說文解字詁林》第 11 冊，頁 822b。
205 《說文解字詁林》第 11 冊，頁 823b。
206 《說文解字詁林》第 10 冊，頁 1200a。是說依《繫傳》。
207 同前註。

張舜徽《說文解字約注》說：

> 錢坫曰：「『圮、毀也。』《爾雅》文。《吳越春秋》引，作『負
> 命毀族』。」舜徽按：圮與毀，實一語也。在喉為毀，在脣則
> 為圮矣。本書屵部：「醯、崩也；㠱、㠪、崩聲」，並與圮義
> 同。圮，或體作醯，從配省聲，猶㠱從配聲耳。[208]

王氏的說法正確，「圮」、「醯」是重文，其一為正體，另一是或體。

（2）捀・奉

《說文》「捀」下云：「奉也。」[209]王筠《句讀》說：

> 此蓋以重文為說解也。奉亦從手丰聲，與捀字大同，又奉者承
> 也，其俗字作捧。而《集韻》云：「捧、兩手承也，與捀
> 同。」然則捀與奉同矣。[210]

《說文》「奉」下云：「承也。從手從収。」[211]王筠《句讀》說：

> 《詩・鹿鳴》：「承筐是將。」《箋》：「承猶奉也。」兩言從而
> 不以從収居先，則字當在手部。[212]

---

208 《說文解字約注》下冊，卷 26、頁 32b。
209 《說文解字詁林》第 9 冊，頁 1259b。
210 同前註。
211 《說文解字詁林》第 3 冊，頁 790a。
212 同前註。

朱駿聲《說文通訓定聲》說:

> 奉也。从手夆聲。字亦作捧,按當為奉之或體。今系于此。[213]

馬敘倫《說文解字六書疏證》也認為「捀」乃「奉」之異文,並引《急就篇》佐論。[214]張舜徽《說文解字約注》說:

> 捀與奉實一字。古無輕脣音,古人讀奉,正如今之言捧也。後人失其讀,乃復增手傍作捧。俗體之興,多緣於此。[215]

案:「奉」,篆書作𡗜,有以手舉物之意,因此《說文》釋作:「承也」。[216]「捀」,從手,夆聲,是個形聲字,《說文》釋作「奉」。[217]兩字音、義俱同,可見張氏所釋正確。當今粵語也有「捧高」、「捧起」、「捧場」的口語詞,一律保留舊讀,皆不讀輕脣音f,一如張氏所謂,是古音遺風。王筠說「捧」是「奉」之重文,辨解得相當清楚合理。

(3) 葩‧華

《說文》「葩」下云:「華也。」[218]王筠《句讀》說:

> 張衡《思元賦》:「百卉含葩。」《李注》:「蘤、古花字,本誤

---

213 《說文解字詁林》第 9 冊,頁 1260a。

214 《說文解字六書疏證》第 6 冊,卷 23,頁 78。

215 見《說文解字約注》下冊,卷 23,頁 46b-47a。

216 《說文解字詁林》第 3 冊,頁 790a。

217 《說文解字詁林》第 9 冊,頁 1259b。

218 《說文解字詁林》第 2 冊,頁 731b。

作蘳，音為詭切。非此之用也。」案：別本作葩古花字，是
也。《說文》無蘳、花二字，而李氏云爾者，謂《說文》之
「葩、華也」、與「竝、併也」一類，以本篆之重文為說解
也。[219]

桂馥《說文解字義證》說：

《夏小正》：「三月拂桐芭。」馥案：《月令》：「三月桐始
華。」《夏小正》云：「楊則花而後記之花。」……戴君震曰：
《文選·琴賦》：「若眾葩敷榮曜春風。」《注》：「古本葩字為
花貌。」郭璞曰：「葩為古花字，含音于彼切。」《字林》：「音
于彼切。」張衡《思元賦》曰：「天地絪縕，百草含葩。」今
考葩字，當為蘳字之訛。《後漢書·張衡傳》所載《思元賦》，
作「百草含蘳」。《注》引張揖《字詁》曰：「蘳、古花字
也。」考花字起於後代，古書皆作華。陸德明云：「古讀華如
敷」，此蓋本字本音，而漢時或讀如韡，俗遂通作花。蘳之古
音讀如韡，故《字詁》謂「蘳、古花字」。[220]

根據桂氏的考證，可以明白王氏所謂「葩」、「華」是一對重文的理
由。

重文之說，王氏在《說文釋例》裏曾提出十分精闢的見解。單周
堯師也有專文探討重文。[221]上述所引三例，是《句讀》獨有，相信應

---

219 《說文解字詁林》第 2 冊，頁 732a。
220 同前註。
221 見單周堯：《說文釋例異部重文編研究》（香港：香港大學中文系出版，1988 年 10
　　月）及《讀王筠〈說文釋例·同部重文篇〉札記》，刊於《古文字研究》第 17 輯

是王氏晚年新發現。此外,《句讀》對重文分析,還有跂、企;溁、
濩等字,值得一起參考研究。[222]

研究《說文》學者都會知道,許慎在書中收錄了不少異體字。清
人朱珔（1769-1850）在《說文重文考敘》說:

> 其云或从某者,篆文正體外之別體也。其云古文某,古文亦不
> 一體也。其云奇字某者,《敘》所稱即古文而異者也。……若
> 夫俗从某者,則舉鄉壁虛造不可知之書,刊而正之。[223]

由於象形是以「隨體詰屈」來表示字義,而文字的筆畫多寡,以及物
象的繁簡形體,本來並無一定規限,所造的文字是否恰當,能否流傳
下來,其關鍵在於如何準確傳達訊息。先秦時期,由於當時文字還未
統一,異體字形廣泛流行,所謂或體、俗體之類,實在司空見慣、屢
見不鮮。清人鄧廷楨（1775-1846）《雙研齋筆說》說:

> 《說文》諸部,皆首列小篆,凡部末所記文若干,皆小篆也。
> 綴古文、籀文、或體於後,凡部末所記重若干,皆兼古、籀、
> 或體而計之也。[224]

清人張行孚《說文或體不可廢》說:

（北京市:中華書局出版,1989 年 6 月）,頁 362-404。

222 案:跂、企;溁、濩等字例,分別見於《說文句讀》（上海市:上海古籍出版社,
1983 年 9 月）,頁 248、1503。

223 《說文解字詁林》第 1 冊,頁 330b-331a。

224 《說文解字詁林》第 1 冊,頁 1112b。

鄭君《周禮‧外府職》注云：「古字亦多或。」而王筠則謂「《說文》之有或體也，亦謂一字殊形而已，非分正俗於其間也。」自大徐本所謂或作某者，小徐間謂之俗作某，段氏於是概視或體俗字，或微言以示意，或昌言以相排，蓋未將或體詳考之也。[225]

由此可見，或體、俗體不容忽視，是十分值得細入研究的課題。王筠《說文釋例》已有專文討論，[226]至於《句讀》一書對或體、俗體的分析則有以下例子：

（1）袴‧絝

《說文》「襗」下云：「絝也。」[227]王筠《句讀》說：

> 《玉篇》：「袴也。」袴即絝之俗體。他書未有以襗為絝者。[228]

又於「絝」篆下說：

> 《漢書‧外戚傳》：「雖宮人使令皆為窮絝，多其帶。」《顏注》：「絝、古袴字，窮絝即今之緄襠袴也。」[229]

《說文》沒有「袴」篆，顧野王的《玉篇》及顏師古的《漢書注》則

225　《說文解字詁林》第 1 冊，頁 1093a。
226　《說文釋例》卷 5「或體‧俗體」篇，頁 121a-124b。
227　《說文解字詁林》第 7 冊，頁 477b。
228　《說文解字詁林》第 7 冊，頁 478a。
229　《說文解字詁林》第 10 冊，頁 661a。

有「袴」字，由此可以推斷此字應在六朝時才出現。

（2）仵・忤・牾

《說文》「午」下云：「牾也。」[230]王筠《句讀》說：

> 《廣雅》：「午、仵也。」《淮南・天文訓》：「午者、忤也。」
> 仵、忤皆牾之俗體。[231]

又《說文》「牾」下云：「逆也。」[232]王氏《句讀》分析說：

> 《呂覽・明理篇》：「夫亂世之民，長短頡牾，百疾。」《高
> 注》：「牾、猶大牾逆也。……既無節度，大逆為變詐之疾
> 也。」俗作牾。[233]

案：《說文》沒有「仵」、「忤」兩篆，此兩字大概是漢代之後出現的
隸楷文字。

（3）璗・玏

《說文》「玲」下云：「玲璗。石之次玉者。」[234]王筠《句讀》說：

> 《玉篇》玲與玳同。璗俗作玏。《司馬相如傳》：「玳玏元

---

230 《說文解字詁林》第 11 冊，頁 772a。
231 《說文解字詁林》第 11 冊，頁 773a。
232 《說文解字詁林》第 11 冊，頁 775b。
233 《說文解字詁林》第 11 冊，頁 776b。
234 《說文解字詁林》第 2 冊，頁 347b。

屬。」張揖曰：「瑊玏，石之次玉者。」《禹貢》：「厥貢惟球琳
琅玕。」鄭本琳作玲，云：「美石也」。[235]

案：《說文》沒有「玏」篆。

（4）拹・搚

《說文》「邍」下云：「搚也。」[236]王筠《句讀》在這句下說：

> 《玉篇》《集韻》引作愶。愶者，以威力相恐愶也，既非此
> 義，《說文》亦無愶。《玉篇》：「搚、摺也。拹、上同。」則搚
> 者拹之俗字。《公羊・莊元年・傳》：「搚幹而殺之。」《釋文》
> 作拹，云：「亦作拉，皆同。」[237]

《說文》手部下有「拹」篆。[238]「搚」字則不見於《說文》，應是後
出文字。

（5）效・傚

《說文》「效」下云：「象也。」[239]王筠《句讀》說：

> 《小雅》：「君子是則是傚。」傚即效之俗字。《左傳》：「則而
> 象之。」[240]

235　《說文解字詁林》第 2 冊，頁 348a。
236　《說文解字詁林》第 3 冊，頁 131b。
237　《說文解字詁林》第 3 冊，頁 132a。
238　《說文解字詁林》第 9 冊，頁 1244a。
239　《說文解字詁林》第 3 冊，頁 1195b。
240　《說文解字詁林》第 3 冊，頁 1196a。

案:《說文》沒有俶篆。

　　以上五例所論說的都是《說文》沒有收的俗體字。然而,《句讀》全書談及上述俗體字卻不少。[241] 至於《說文》所收錄的漢代俗體字,王筠在《釋例》裏曾討論的有:觲‧觓、鼏‧鎡、攱‧豉、鉬‧躬、褒‧袖、冰‧凝、蟲‧蚊、屵‧塊等。[242] 如前所說,王氏的《說文釋例》成書較早,在晚年編撰《句讀》時,另有發現,例如:

(1) 營‧芎

　　《說文》「營」下云:「營薅。香艸也。從艸宮聲。司馬相如說:芎或從弓。」[243] 王筠《句讀》於本句下解說:

> 宮、弓古音不同。躬下云:「俗或從弓。」知芎亦俗字,不當
> 列之篆文。《藝文志》曰:「《凡將》則頗有出矣」,謂《凡將》
> 將出於《蒼頡》正字之外也。[244]

(2) 爽‧爽

　　《說文》「爽」下云:「明也。從焱從大。㸅篆文爽。」[245] 王筠《句讀》在本句下說:

---

241 《句讀》所論之俗體字,尚有:錧‧輨、苣‧炬、嚏‧啑、齚‧昨、翅‧翼等。
　　詳見《說文句讀》(上海市:上海古籍出版社,1983 年 9 月版)。
242 《說文釋例》,卷 5,頁 122a-123b。
243 《說文解字詁林》第 2 冊,頁 516b。
244 同前註。
245 《說文解字詁林》第 3 冊,頁 1330a。

夰、放也。於爽意亦自有合，而段氏以𡘙為俗字，謂其當刪，
蓋是。[246]

（3）隼、雖

《說文》「雖」下云：「祝鳩也。從鳥。隹聲。」「𨾊雖或從隹
一。一曰鶉字。」[247]王筠《句讀》詳細討論說：

> 《爾雅·釋文》郭注曰：「鴟音焦，本又作焦，本或作鵻。」
> 案：鴟即雖，與鵻皆鵻之譌也，詳見《說文韻譜校》。又案《釋
> 鳥》：「鷹隼醜。」《釋文》：「隼、本或作鵻。」案：隹即鳥
> 也，無勞更加，似陸氏所据《說文》，已譌鵻為雖。然《釋
> 鳥》首句曰：「隹其鳩鴀。」《釋文》曰：「隹、如字，旁或加
> 鳥，非也。」是陸氏以隹為正，以雖為俗，據字論之，未嘗檢
> 《說文》，其釋《詩》「四牡翩翩」者，雖曰：「本又作隹。」
> 不復斥雖為俗，以當時《毛詩》固然也。陸氏與元應同時，元
> 應引《說文》：「鵻，祝鳩也。」則當知陸氏所見《說文》亦當
> 與之同。以雖為隹之俗，猶以鵻為隼之俗，皆是也。《說文》
> 收鵻者，蓋小篆之誤。[248]

王筠從以上例子說明《說文》同部俗體的特點，此可與《說文釋例》
之說相互補充。

---

246 《說文解字詁林》第 3 冊，頁 1330b。

247 《說文解字詁林》第 4 冊，頁 382b。

248 《說文解字詁林》第 4 冊，頁 385。

　　至於或體方面，王氏《句讀》也用了不少工夫討論，例如：

（1）獘・斃

　　《說文》獘下云：「頓。仆也。从犬，敝聲。《春秋傳》曰：『與犬，犬獘。』𣦵獘或从死。」[249]王筠《句讀》說：

> 案：從死偏枯，故以為或體。經典斃字，有死有不死，如《鞌之戰》：「射其右，斃於車中。」又曰：「韓厥俛定其右。」若其已死，何定之云。《哀二年・傳》：「鄭人擊簡子，中肩，斃於車中。」下文固曉然不死也。[250]

以上是王氏引經說明《說文》或體之例。

（2）廡・庌

　　《說文》「庌」下云：「廡也。從广，牙聲。」[251]王筠《句讀》說：

> 五下切。案：牙古音吾，恐庌、廡本是一字兩體。許君引《周禮》依先鄭改訝為庌，是庌本不見於經。廡字雖見《洪範》，而林部引作無，則《晉語》曰：「不能蕃廡。」亦當是本作無，因為有無字所專，乃借廡以為別。然必有本義而后有假借，可知廡字為周秦所有，故兼有籒文，庌直是廡之或體，自牙字變為五加切，始成兩字。然則家、麻韻，自後漢已萌芽也。[252]

---

249 《說文解字詁林》第 8 冊，頁 638a。
250 《說文解字詁林》第 8 冊，頁 639a。
251 《說文解字詁林》第 8 冊，頁 95b。
252 同前註。

案：本篆下另有「廡」篆。[253]如王氏所說，這是周秦時之重文或體字。

（3）戻・戻

《說文》「戻」下云：「柔皮也。从申尸之後。尸，或從又。」[254]王筠《句讀》作「柔皮也。從又申尸之後也。」[255]王氏於「尸或從又」句下說：

> 句上當大書戻篆，而說之曰：「戻或從又。」叉、又皆手，乃柔皮之工之手也。疒部痎之之籀文痎、車部輆，皆從此戻。則戻之有或體戻明矣。《集韻》：「戻，忍善切。」《說文》：「柔皮也。尼展切，弱也。一曰：柔皮也。」雖未合為一字，而其義固同也。[256]

以上為王氏據《說文》他部去考證或體之例。

　　誠然，王筠《說文釋例・卷五》已有專文討論或體，[257]現在所列舉之《句讀》或體字例，並不見於《釋例》，此皆王氏晚年研究心得。[258]此外，《句讀》尚有：襦・襩・襡；抒・捁；僊・仙等幾組或

---

253 《說文解字詁林》第 8 冊，頁 96a。

254 《說文解字詁林》第 7 冊，頁 624b。

255 《說文解字詁林》第 7 冊，頁 625b。

256 同前註。

257 《說文釋例》卷 5，頁 121a-122a。

258 《說文釋例》卷 5 之或體字有：纛・集；華・芛；秫・术；晨・晨；穅・康；処・處；蠱・蟲；飆・颮等。

體字，[259]由於王氏所論皆引自段玉裁、桂馥、王念孫諸家之說，未見個人創獲，不再贅說。

　　許慎《說文》所錄的文字，除籀文、小篆、古文、或體字以外，另有省體文字，例子如晶部：星‧曟或省；晨、農或省。[260]然而，文字之所以有繁有省，是一種字體發展的自然現象。[261]王氏《句讀》對於省文就特別注意，而且自有一番見解。如《說文》「昏」下「古文昏」，王氏解釋說：

　　　　戴東原曰：「古文𣄼不省，譌為從甘。」案：如此說，則篆當
　　　　作𣄼，說亦當云古文不省。然甘部甚從甘匹。古文匚從口匹，
　　　　則文不成義。蓋古文多隨筆之變，彼省此增，不必執泥。[262]

又如《說文》「詩」下「古文𡶩」，王氏在許語「古文詩省」下說：

　　　　當云從𡳿聲，安能豫知小篆而省之乎？[263]

259　見《說文句讀》（上海市：上海古籍出版社，1983 年 9 月），頁 1122、1720、
　　　1094。

260　《說文解字詁林》第 6 冊，頁 195a、198b。

261　蔣善國（1898-1986）說：「簡體字和繁體字從有漢字以來就有了。勞動人民在不同
　　　區和不同時代分別造字，各不相謀，一個字出現了許多繁簡不同的異體，這是很
　　　自然的事。」《漢字學》（上海市：上海教育出版社，1987 年 8 月），頁 227。
　　　唐蘭（1901-1979）亦認為文字的演變有兩個方向，其一是輕微地漸進地在那裏變
　　　異，而文字的演變是不外刪簡和增繁的兩種趨勢。詳見《古文字學導論》（香港：
　　　太平書局出版，1978 年 5 月），頁 43b-44a。

262　《說文解字詁林》第 2 冊，頁 1281a。

263　《說文解字詁林》第 3 冊，頁 485a。

如上引述，簡單的一兩句說話，就體現出王筠對文字形體變化的精闢
看法。事實上，王氏在《句讀》談及文字省變的例子很多[264]，現舉幾
個具代表性的例子論說：

（1）晶・晶

　　《說文》「雷」下云：「……从雨。晶象回轉形。」[265]王筠《句
讀》在本句下分析說：

> 嚴氏曰：「《韻會》引作晶聲，無『象回轉形』四字。」筠案：
> 靁從晶聲，亦裘從求聲之比。晶者，晶之省也。象回轉形，當
> 在晶下。[266]

又在許語「⿳田田田古文靁。⿳田田田亦古文靁。」下說：

> 嚴氏曰：「當作⿱田田、晶下云：『靁。間有回。回、靁聲也。』
> 知古無回矣。《汗簡》引作⿱田田，《韻會》引古作晶。筠案：⿱田田
> 如世所畫靁鼓形，四面旋繞，故曰象回轉形也。《地官・鼓
> 人》鄭注：「靁鼓、八面鼓也。」案：靁動八方，故以八面象
> 之。作字則不相宜，故四之，以四正概四隅也。作晶者，變邪
> 為正也。作晶者，省之也。諸部從晶者，皆當從晶省。[267]

---

264 《句讀》所論省體，有㷀・然・沆・穴・是・諟・認・忌・諍・爭・扁・論・
　　麓・鹿、盛・成・反・晨・㸯・寅等。詳見《說文句讀》（上海市：上海古籍出版
　　社，1983 年 9 月版）。
265 《說文解字詁林》第 9 冊，頁 742a。
266 《說文解字詁林》第 9 冊，頁 744a。
267 同前註。

以上是王氏說明古文與篆文省體關係的例子。

（2）[篆字]‧枲

　　王筠《句讀》於《說文》「枲」下云：「麻子也。從木、台聲。」[268]釋曰：

　　　　小徐本曰：台者從辝省聲。戴同引蜀本同，此因籀文附會耳。[269]

《說文》在本篆說解下附有古文[篆字]，許慎說：「籀文枲。从𣏟从辝。」[270]王氏《句讀》釋曰：

　　　　元應引作𣏟，則從木辝聲矣，非也。𣏟是古麻字，故從之，小
　　　　篆省其半，故作枲也。木是虛字，枲則物也，從之則倒置。[271]

（3）䵍‧[篆字]

　　王筠《句讀》在《說文》「䵍」下說：「杜林以為朝旦。非是從黽從旦。」王氏所謂「非是」是後人所加。[272]他在這句說解之下分析說：

　　　　此當云：「揚雄說：匽䵍，蟲名。從黽。杜林以為朝旦，從
　　　　旦。」凡兩體不相黏連者，無不分為兩義說之也。然亦許君例

268　《說文解字詁林》第 6 冊，頁 587a。案：《繫傳》作「麻子也」。
269　《說文解字詁林》第 6 冊，頁 588a。
270　《說文解字詁林》第 6 冊，頁 587a。
271　《說文解字詁林》第 6 冊，頁 588a。
272　《說文解字詁林》第 10 冊，頁 1062b。

不駁小篆，致此周章耳。古文鼀，從皂聲。小篆省匕為一，遂
不成聲，猶之古文黽從夵，小篆作黽，九為一，遂不成形。即
觀《廣韻》作鼀，而又以鼀為古文，則古今流變，居然可知
矣。[273]

案：以上兩例，王氏據《說文》籀文以考訂篆書的省體，分析得十分
清楚細緻。

（4）悤‧匆

《說文》「悤」下云：「多遽悤悤也。從心囱。」[274]王筠《句
讀》於「從心囱」句下，討論古今字之省體說：

悤悤，今作匆匆。匆即囱之省文。蓋囱櫺縱橫糾結，事之窘
迫者似之，故悤入囱部。[275]

以上是王氏按古文字形字義，論說《說文》省文的例子。

（5）燔‧膰‧燔

《說文》「燔」下云：「宗廟火孰肉。」[276]王筠《句讀》說：

經典作燔者，省肉也。作膰者，省火也。與火部燔字異義。
《左‧襄二十二年‧傳》：「與執燔焉。」《釋文》云：「（燔）

---

273 同前註。
274 《說文解字詁林》第 8 冊，頁 894a。
275 同前註。
276 《說文解字詁林》第 8 冊，頁 903a。

又作膰，……祭肉也」，異義。古《春秋左氏》說：「祳、社祭
之肉，盛之以蜄，宗廟之肉，名曰膰。」今《春秋·公羊》
《穀梁》說：「生居俎上曰祳，孰居俎上曰膰。」[277]

以上是王氏引經典所見之省字論說許篆例子，他對俗體流變之重視，
於此可知一二。

小結

綜上所論，包括重文、俗體、或體、省體四項，當中有關例證皆
散見於《句讀》。誠然，王氏所論並不及《說文釋例》所說之深入而
有系統。這完全因為《句讀》這部書的精神主要在於疏解篆文和許
語，以薈萃諸家之論為要，而不是一部發凡起例專著。不過，本節所
舉例子也足以反映出王筠對文字研究的深邃功力，書中常有創見，亦
可補訂《說文釋例》之不足。大陸學者董希謙、張啟煥編著《許慎與
說文解字研究》，有一節關於「奇字、或體、俗體」的討論，也引用
了王氏說法及其字例，並稱許他對或體、俗體的研究成果。[278]單周堯
師《說文釋例有關籀文、或體、俗體諸篇之研究》一書，對王氏的說
法也有深入探討與評論。[279]王筠對當代學術界之影響，由此可知。

---

277 《說文解字詁林》第 8 冊，頁 904a。

278 見董希謙、張啟煥：《許慎與說文解字研究》（開封市：河南大學出版社，1988 年
6 月），頁 65-59。

279 見單周堯：《說文釋例有關籀文或體·俗體諸篇之研究》，《香港中國語文學會專
刊》第一本（香港：香港語文學會出版，1986 年 12 月）。

7 創「分別文」·「累增字」之說

「分別文」、「累增字」之說，早見於王氏《說文釋例》，他說：

> 字有不須偏旁而義已足者，則其偏旁為後人遞加也。其加偏旁
> 而義遂異者，是為分別文。[280]

陳海洋（1954-）主編《中國語言文學大辭典》將分別文的定義作出
了簡要修訂和分析：

> （分別文）指增加偏旁後表示古字引申義或假借義的後起字。
> 如「境」為「竟」的分別文，「獅」為「師」的分別文。[281]

然而，王筠在《釋例》曾這樣論說：

> 其種有二，一則正義為借義所奪，因加偏旁以別之者也。（冄
> 字之類──王氏原注）一則本字義多，既加偏旁，則祇分其一
> 義也（佮字不足兼公侯義──王氏原注）[282]

「累增字」之說，王氏則認為：

---

280 《說文釋例》，第 8 卷，頁 173b。

281 陳海洋主編：《中國語言學大辭典》（南昌市：江西教育出版社，1991 年 2 月），頁
 33。

282 《說文釋例》，第 8 卷，頁 173b。

其加偏旁而義仍不異者，是謂累增字。[283]

至於《中國語言學大辭典》所下的定義是：

（累增字）指增加偏旁後表示古字本義的後起字。如「腰」本作「要」，「腰」為「要」的累增字。[284]

然而，王氏在《說文釋例》有些說法值得注意：

一則古義深曲，加偏旁以表之者也。（哥字之類——王氏原注）一則既加偏旁，即置古文不用者也。（今用復而不用复——王氏原注）一則既加偏旁而世仍不用，所行用者反是古文也。（今用因而不用㧱——王氏原注）[285]

綜合而論，據王氏所析，累增字一共有三類。如前所述，《句讀》成書後於《說文釋例》，書中對分別文、累增字的研究，有作進一步補充。[286]現在根據《句讀》所見，舉一些論得精要的例子說明於下：

---

283 同前註。

284 見《中國語言學大辭典》，頁33。

285 見《說文釋例》，第8卷，頁173b。

286 案：《句讀》所見之分別文有薅・褥、詞・同、柔・腬、增・曾、公・公、位・立、羲・永等。所見之累增字有薊、朿、晨・申、導・道、臍・齊、于・吁、桀・磔、楳・某、陷・臽等。詳見《說文句讀》（上海市：上海古籍出版社，1983年9月版）。

i 分別文

（1）申・電

《說文》「電」下云：「陰陽激耀也。從雨。申聲。」[287]王筠《句讀》於本篆下加以說解：

> 虹之籀文從申，云：「申，電也。」知申是古電字，電則後起之分別文。[288]

王氏分析正確。金文「申」字有乁丙申角、∤矢方彝、ʒ即簋、ʒ叔鼎、丮楚子簠、ʒ毛尹簋幾種寫法。[289]陳初生《金文常用字典》說：

> 「申」字甲骨文作ʒ、ʒ、ʒ，于省吾謂「本象電光回曲閃爍之形，即『電』之初文。『申』字和『雨』字為形符，則變為形聲字。」古人見電光閃爍於天，認為神所顯示，故金文又以「申」為「神」，「神」為「申」的孳乳字。臨沂出土的竹簡，其中唐勒《殘賦》的「神貴」，《淮南子・覽冥訓》作「電奔」，《說文》「虹」之籀文作ʒ，云：「從申。申、電也。」[290]

近世學者田倩君（1919-）說：

287　《說文解字詁林》第 9 冊，頁 753a。
288　《說文解字詁林》第 9 冊，頁 754a。
289　《金文詁林》第 15 冊，頁 8345；《金文常用字典》，頁 1173。
290　見《金文常用字典》，頁 1173。

甲骨文中之申字，如）甲·二二九三、ᢗ乙·八六五八、ᢗ乙·九七一、ᢗ乙·六二一四、與周金文中之申字，如ᢗ楚公鐘、ᢗ不娶敦、ᢗ大克鼎其形曲屈，極象雲中之電光。王筠謂「古電字祇作申，借用既久，仍加雨別之。」《繫傳校錄》准此□知古電字即申字。申字借為他用，因以加雨之意符，是為電字。[291]

臺灣學者李孝定（1918-1997）《甲骨文字集釋》也認為「申」是「電」的本字，李氏說：

> 許書虹下出古文蚰，解云：「申，電也。」實即此字初誼。契文雷作ᢗ若ᢗ，金文雷作ᢗ ᢗ，其中所从並即以此字象電燿屈折激射之形，葉（案：此指葉玉森氏，見李書4386頁）說是也。小篆電字，从雨从申，乃偏旁累增字，蓋雨申（案：李氏自注：電字古文）每相將，且申又假為支名之日久，遂為借義所專，不得不另造从雨之電，以為本字耳。許君以「神也」訓申，乃其引申誼。蓋古人心目中自然界一切現象均有神主之，且申神音近，故許君援以為說耳。清儒治《說文》者，不知申為電之本字，故於許君「神也」之解所說乃無一當。[292]

誠如李氏所論，「申」是「電」的本字確是昭然明白，不過他說清儒所說無一適當，似乎看漏了王筠。其實，王氏早已發其端緒，現在以甲骨文、金文等字形結構加以驗證，更足以說明王筠在《說文》研究上的高瞻遠矚。

---

291 《金文詁林》第 15 冊，頁 8351-8352。
292 《甲骨文字集釋》第 14 冊，頁 4388-4389。

（2）或‧國

　　王筠《句讀》於《說文》「國」下云：「邦也。從囗，從或，或亦聲。」[293]釋曰：

　　　　或者，封域也。古邦，封通用，故許君以邦釋國。而金刻國字皆作或，知國亦或之分別文。[294]

案：「國」字金文有「或」、「國」兩體：或[獨尊]、或[保卣]、或[毛公鼎]、秦公及王姬鐘、或[王孫鐘]、國[䣄國差]、國[蔡侯鐘]、國[蔡侯鐘]、或[未距𢧤]、國[都𣪕鼎]、或[彔卣]、[295]陳初生《金文常用字典》論析說：

　　　　國字初文作或，保卣銘字从戈从囗、囗象邑外四界之形，戈示以武器護衛。囗或省作口，口或加點作𡇿。字或加匸作匭，或加囗作國，為小篆所本。《說文》：「或，邦也。⋯⋯域、或又从土。」是或，域、國本為一字。[296]

陳氏的分析十分具體清晰，足以為王說佐證。

（3）叕、綴

　　《說文》「叕」下云：「綴。聯也。」[297]王筠《句讀》於許語

293　《說文解字詁林》第 5 冊，頁 1107a。

294　同前註。

295　《金文詁林》第 8 冊，頁 3982；《金文常用字典》，頁 651。

296　同前註。

297　《說文解字詁林》第 11 冊，頁 558b。

「綴」下說：

> 以綴說叕，則綴者叕之分別文也。不然，則綴隸糸部矣。[298]

《說文》「綴」下云：「合箸也。」[299]王氏《句讀》解釋說：

> 案：謂連合使之相箸也。《內則》：「紉箴請補綴。」《立
> 政》：「綴衣。」《正義》：「衣服必連綴著。」[300]

案：「叕」、「綴」二字同部，字義亦相近。[301]張舜徽《說文解字約
注》說：

> 作网罟者，綴耕之事也。此外若物之合箸，以絲或繩聯之，亦
> 得謂之叕，故下文以合箸訓綴。……綴即叕中之後起增偏旁
> 體，今則綴行而叕廢矣。本書箴下云：「綴衣箴也。」鐕下
> 云：「可以綴箸物者。」茵下云：「以艸補缺，或以為綴。」
> 皆用合箸義。[302]

於此足以佐證王筠謂「綴」為「叕」的分別文，正確不誤。

---

298 同前註。

299 《說文解字詁林》第 11 冊，頁 560a。

300 《說文解字詁林》第 11 冊，頁 560b。

301 案：叕、綴二字同屬叕部，均有「聯合」之義。

302 《說文解字約注》下冊，卷 28，頁 20b-21a。

（4）丩・茻・糾

《說文》「丩」下云：「相糾繚也。」[303]王筠《句讀》在本句下解
釋說：

> 以糾說丩，以見糾為丩之分別文也。《魏風・葛屨・傳》：「糾
> 糾，猶繚繚也。」[304]

又於本篆的說解「一曰：瓜瓠結丩起」下說：

> 丩，當作茻，以茻說丩，又以見茻亦丩之分別文也。茻下
> 云：「艸之相丩者。」以丩說茻，與此說丩，正使交互以相鉤
> 連也。[305]

考之《說文》，「丩」、「茻」、「糾」三篆都是同部。[306]茻下云：「艸之
相丩者。從屮丩，丩亦聲。」[307]王筠《句讀》註解說：

> 上文言瓜瓠矣，薦與女蘿亦然。唐《本艸・秦芁・注》：「或作
> 糾。」案：當作此茻。[308]

303　《說文解字詁林》第 3 冊，頁 439b。
304　《說文解字詁林》第 3 冊，頁 440a。
305　同前註。
306　案：丩、茻、糾三篆同屬丩部。
307　《說文解字詁林》第 3 冊，頁 441b。
308　《說文解字詁林》第 3 冊，頁 442。

《說文》「糾」下云:「三合繩也。」[309]王筠《句讀》說:

> 依《解嘲‧李注》引乙轉。《字林》:「糾、兩合繩。繹、三合
> 繩。」《漢書音義》:「二股謂之糾,三股謂之繹。」《易‧坎
> 卦‧釋文》:「劉云:三股曰徽,兩股曰繹。」案:此類往往各
> 書不一,不可以律《說文》。糸部:「紉、繹繩也。」「徽、三
> 糾繩也。」蓋用麻而絞急之,謂之紉;以紉而三合之,謂之
> 糾;以糾而三合之,謂之徽,故曰三糾,謂糾者三也,與本文
> 相對。[310]

馬敘倫《說文解字六書疏證》有這樣的分析:

> 𦃃為丩之後起字。瓜藤亦艸也。當為丩重文。[311]

文字訓詁專家黃侃(1886-1935)《黃侃手批說文解字》於這三個篆字
上眉批:

> 𦃃由丩來。糾由丩來。侃云:同丩。[312]

於此足以佐證王筠的見解是合理。

---

309 《說文解字詁林》第 3 冊,頁 442b-443a。案:各本均作「繩三合也。」清儒沈濤
    《說文古本考》謂古本作「三合繩也。」王筠《句讀》亦然。
310 《說文解字詁林》第 3 冊,頁 443a。
311 《說文解字六書疏證》第 2 冊,卷 5,頁 18。
312 黃侃:《黃侃手批說文解字》(上海市:上海古籍出版社,1987 年 7 月),頁 55。

（5）厽、垒、絫

《說文》「垒」下云：「絫墼也。」[313]王筠《句讀》於本句下說：

絫、《廣韻》《集韻》引作垒，非也。《玉篇》云：「累也。」可證。以絫說厽及垒，所以見絫、垒皆厽之分別文耳。[314]

案：《說文》「厽」、「垒」、「絫」三篆都是同部。[315]張舜徽《說文解字約注》說：「下文絫、垒二篆，皆厽之增體字。」[316]馬敘倫《說文解字六書疏證》曾廣徵諸家的說法去辨明三篆之間關係，論說足以補訂王說。馬氏的分析是這樣：

王筠曰：「朱文藻本篆作厽。坺者，一畚土也。然則厽即是吾鄉之莎墼。然莎墼上方，而字作尖形者，象其不正方也。垒、厽一字，殆後人恐其不顯，加土以表之。《集韻》謂厽、垒一字。《廣韻》謂垒字出《字林》。」（案：上說見《釋例》卷七）吳善述曰：「三石為品，變為畾，又變為厽。」徐灝曰：「戴侗云：『畾省為畾。厽即畾之省。』灝按戴說正是也。軍壁曰壘，即以坺土為壁，義與垒同。」倫按：篆本作品，以疑於品而作厽，亦或隸變。如凷之作公矣。戴謂厽即畾之省，畾為畾之省，其實畾不必為畾之省，或三或四，固無嫌也。金文田字亦有省作口者，見畷字彊下，故字可作品品。然則本書從

---

313 《說文解字詁林》第 11 冊，頁 551b。

314 《說文解字詁林》第 11 冊，頁 552a。

315 案：厽、垒、絫三篆同屬厽部。

316 《說文解字約注》下冊，卷 28，頁 19a。

晶得聲之字即從品也。此本象累坡土為牆壁形，即壘之初文，引申為增累之義，說解蓋本作絫也。[317]

ii 累增字

（1）朿・莿

《說文》「莿」下云：「茦也。從艸，刺聲。」[318]王筠《句讀》曰：「莿者、朿之絫增字。」[319]案：《說文》有「朿」、「茦」二篆，[320]「朿」下云：

> 木芒也。從木。象形。凡朿之屬皆從朿。讀若刺。[321]

王筠《句讀》在「木芒也」句下注解說：

> 在艸曰芒，在木曰朿。《釋草》、《方言》皆作刺，以讀若改本文也。艸部之莿，又其孳育者矣。[322]

至於《說文》「茦」下云：「莿也。」[323]王氏《句讀》如此注釋：

> 《釋草》：「茦、刺也。」刺不從草。郭云：「草刺鍼也。」然

---

317 《說文解字六書疏證》第 8 冊，卷 28，頁 29-30。
318 《說文解字詁林》第 2 冊，頁 635b。
319 同前註。
320 案：朿篆見於朿部，茦見於艸部。二篆異部重文。
321 《說文解字詁林》第 6 冊，頁 315a。
322 《說文解字詁林》第 6 冊，頁 315b。
323 《說文解字詁林》第 2 冊，頁 628b。

許廁之艸名中，則當是艸名。若艸木之芒，自當以朿疏之，特群書未有訓為艸名者，又恐後人亂之。[324]

張舜徽《說文解字約注》說：

艸之中實有因莖葉朿多能刺傷人，而直名之為菜者，今鄉僻俗語猶存此名。許沿雅訓以蒋解菜，自當目為艸之專名，而未可但以艸芒之通名為說也。菜、刺皆朿之後起增偏旁體，蒋又其疊增體耳，實一字也。[325]

於「蒋」篆說解下，張氏又說：

舜徽按：蒋、菜非但為一物，實即一字也。《玉篇》：「蒋，芒也；草木針也。」然蒋乃朿之疊增體。[326]

由此可見，王氏分析正確，「蒋」是「朿」之絫增字。

（2）于・吁

《說文》「吁」下云：「驚語也。从口从亏。亏亦聲。」[327]王筠《句讀》說：

于乃古字，吁則絫增字也。《詩》「于嗟麟兮」之類，是本文，

---

324 《說文解字詁林》第 2 冊，頁 629a。

325 《說文解字約注》上冊，卷 2，頁 31a-31b。

326 同前註，頁 32a。

327 《說文解字詁林》第 4 冊，頁 1272a。

非借字。《呂刑》:「王曰吁。」馬本作于。許君說于曰:「於
也」,即是吁義。故吁不得在口部。[328]

王氏解說正確無誤。《說文》「于」下云:「於也。象气之舒亏。从丂
从一。」[329]張舜徽《說文解字約注》說:

> 王筠曰:「于當為吁之古文。《詩》皆連嗟言之:『于嗟麟兮』,
> 《傳》以為嘆詞;『于嗟乎騶虞』,《傳》以為美之;『于嗟闊
> 兮』,《傳》以吁嗟釋之。此三《詩》蓋皆用本義,非省借
> 也。」(案:上詳見於《釋例》卷十六〈存疑〉)舜徽按:王氏
> 謂于即吁之古文,是已。凡人有所嗟嘆,皆其气凭礙結於內而
> 後發越於外。故此字从丂,與号字从丂同意。特号有聲,故从
> 口;亏但有气越出,故从一也。[330]

張氏的分析正好補證了王筠的說法。

(3) 厈・岸;厓・崖

《說文》「厓」下云:「山邊也。從厂,圭聲。」[331]王筠《句讀》
說:

> 案:崖、岸二字,設隸諸山部,而說之曰:「從山,厓聲」;
> 「從山,厈聲」。於事甚易,許君不然者,蓋以如是則崖、岸

---

328 《說文解字詁林》第 4 冊,頁 1272b。
329 《說文解字詁林》第 4 冊,頁 1264b。
330 《說文解字約注》上冊,卷 9,頁 46a。
331 《說文解字詁林》第 8 冊,頁 147a。

即厓、斥之絫增字矣。許君說斥曰水崖，而崖承之，是崖岸皆
主乎水也。說厓曰山邊，而厂下曰厓巖，是厓、斥皆主乎山
也，故入厂部。而說此四字，並云干聲圭聲，所以區別之也。[332]

馬敍倫《說文解字六書疏證》也主張這種說法，他先引述專家之說，
再加以論析：

沈濤曰：「《一切經音義‧十六》引：『岸、高邊也。』馮振心
曰：『厂、厂一字，崖、厓亦一字。崖、厓亦即厂、厂之轉注
字也。』」倫按：馮說是也。厓訓山邊。山邊為厓斥之通義。
此訓《一切經音義》引作「岸高邊。」慧琳《一切經音義‧八
十一》引《倉頡》：「崖，山高邊也。」蓋本作「岸也。山高邊
也。」崖、厓一字，則當有一字出《字林》。倫疑《倉頡》本
作厓，傳寫者以通用字易之。厂、干、圭、皆舌根音，故相轉
注。[333]

以上足以論證王氏的觀點是合理可取。

（4）畕‧畺‧疆

《說文》「畺」下云：「界也。從畕，三、其界畫也。疆，畺或从
彊土。」[334]王筠《句讀》在「畕」篆的說解「比田也」下說：

疑畕是古文，畺、疆皆其絫增字。顏注《急就篇》：「疆、比田

---

332 《說文解字詁林》第 8 冊，頁 147b。
333 《說文解字六書疏證》第 5 冊，卷 18，頁 18。
334 《說文解字詁林》第 10 冊，頁 1321a。

之界也。」[335]

又在「彊、畺或从彊土」一句下說：

> 《眾經音義》引《廣雅》：「畺、場界也。」今本作疆場。積古
> 齋使賓鈃、史伯碩公鼎，皆省彊為畺。[336]

案：「畕」、甲骨文作畕[一期庫四九·二]；「畺」、甲骨文作[一期後下二·一七]。[337]徐
中舒《甲骨文字典》解釋說：

> 從畕從弓，為彊之原字。古代黃河下游廣大平原之間皆為方形
> 田圍，故畕正象其形。從弓者，其彊域之大小即以田獵所用之
> 弓度之。《說文》：「畺、界也。從畕，三其界畫也。彊，畺或
> 从彊。」按三乃羨畫而非界畫，田圍四圍已自有界，不須更作
> 界畫也。《說文》以彊為弓有力，而以畺、彊為彊界之彊。[338]

案：金文「畕」作[祼伯友鼎]。[339]當代金文專家周法高（1915-1994）認為
「畕」與「畺」是同一個字。[340]「畺」、金文作[毛伯簋]、[孟鼎]、[不娶簋]、
[散盤]、[頌簋]、[史頌鼎]。[341]近代金文專家丁山這樣分析：

---

335 《說文解字詁林》第 10 冊，頁 1322a。
336 同前註。
337 《甲骨文字典》，頁 1474。
338 《甲骨文字典》，頁 1475。
339 《金文詁林》，第 14 冊，頁 7511。
340 同前註。
341 《金文詁林》，第 14 冊，頁 7513。

畕之屬有畺字。許云：「界也。從畕，三、其界畫也。」畺一作疆，從土，彊聲。山按：《詩‧楚茨》：「萬壽無疆。」（案：丁氏原文疆作彊，今依《十三經注疏》訂正。）漢白石神君碑引疆作畺。《書‧召誥》：「無疆惟休。」古文書疆亦作畺。證以《周禮‧載師》：「以大都之田任畺地。」《肆師》：「與祝侯禳于畺。」……疆並作畺。《隸續》載〈正始石經殘字〉亦以畺為疆，頗疑畺字出壁中古文。畕為商周間通用之字，疆為周末新字，蓋其時彊已借為強弱字，乃別土作疆，以為疆界字，其實畕、畺、疆一名，惟彊為疆界疆場之正字耳。[342]

陳初生《金文常用字典》也指出「疆」字初文作「畕」。[343]張舜徽《說文解字約注》在「畕」、「畺」二篆下辨析說：

二田相比，則見疆界之意。……許以界訓聲畺亦雙聲也。以造字言，畕為最初古文，其後增體為畺，復增為疆。今則疆行而畕畺並廢矣。[344]

以上所論足以印證王說的確是合理可信。

小結

　　王筠所說的累增字與分別文，兩者都是在文字的初期形體中增加

342 《金文詁林》第 14 冊，頁 7519-7520。
343 《金文常用字典》，頁 1105。
344 《說文解字約注》下冊，卷 26，頁 47。

義符；前者屬異體字，後者則不是。[345]累增字的初文與增體字，應該
是古今區別字的關係，兩字的字義後來在使用上有所發展，如「要」
本義是人的腰部，「腰」屬後出文字，是「要」之累增字。大陸訓詁
專家楊樹達說這些為象形加旁字。[346]分別文則有同化或假借的關係，
古文字專家唐蘭（1901-1979）說這是繁化字，又稱踵益字。[347]

　　本節所舉例子，都是王筠《說文釋例》卷八《分別文‧累增字》
篇中所沒有說及，[348]這大抵是王氏晚年的研究心得。《句讀》論及分別
文字的例子還有：位‧立；偕‧皆；俱‧具；否‧不；緟‧重等。[349]
至於累增字則有：楳‧某；陷‧臽；殘‧戔；撎‧弄；辯‧辡等。[350]
篇幅所限，不再詳論。

　　關於文字有累增的形體，段玉裁、朱駿聲、孔廣居、邵瑛等清代
《說文》學者也略有提及，[351]只是沒有像王筠那樣自創術語，清楚分

---

345 見單周堯：《說文釋例累增字篇研究》，《東方文化》（香港：香港大學亞洲研究中
　　心出版，1984 年），第 22 卷第 2 期，頁 1。

346 楊樹達：《中國文學概要‧文字形義學。》（上海市：上海古籍出版社，1988 年 9
　　月），頁 85-86。

347 唐蘭：《中國文字學》（香港：太平書局，1978 年 2 月），頁 132-134。

348 案：《說文釋例》卷 8《分別文‧累增字》所論之分別文有曾‧增、介‧界、然‧
　　嘫、斁‧典、伯‧百、殰‧臭、製‧制等。所論之累增字有公‧仒、怡‧台、
　　逢‧夆、叢‧藂、枝‧支、逮‧隶、礜‧臤、校‧爻、貯‧宁等。詳見《說文釋
　　例》（北京市：中華書局出版，1987 年 12 月），頁 174a-181b。

349 案：所引幾組分別文，見於《說文句讀》（上海市：上海古籍出版社，1983 年 9 月
　　版）。

350 所引幾組累增字，見於《說文句讀》（上海市：上海古籍出版社，1983 年 9 月
　　版）。

351 單周堯說：「考段玉裁《說文解字注》之『某與某音義同』、『某與某音義皆同』，
　　及朱駿聲《說文通訓定聲》之『某實某之或體』、『某當為某之或體』、『某即某之
　　或體』，或王筠《說文釋例》之異部重文，或即王氏之累增字也。又孔廣居《說文
　　疑疑》之『某即某之篆文』，邵瑛《說文解字群經正字》之『某、某古今字』，皆
　　相當於王氏之累增字。」《說文釋例累增字篇研究》，頁 51。同註 333。

析說明，這正是王氏在文字學上的一項重要貢獻。[352]

第三節　《句讀》對字形研究的失誤

按本文對王筠《句讀》全書的研究，其對字形研究之失誤可以歸納為以下三點：

1 立例過繁，說解混淆不清

王筠分析六書，所訂條例比較繁瑣細碎，說解間中有混淆不清之處。以下根據《句讀》所論，列舉若干論說失誤字例，加以訂正：

（1）朵

《說文》「朵」下云：「樹木垂朵朵也。從木。象形。此與采同意。」[353]王筠《句讀》在「從木。象形」下說：

> 云象形，則不從短羽之几可知矣。實半會意，半指事字。[354]

王氏所謂「半會意，半指事字」實在不可理解，許慎說：「樹木垂朵朵也。」意思就是指生於樹上之物，可以是花、可以是果、可以是葉，所謂樹木上垂下之物象。《說文》有「卥」篆，許慎解釋說：「艸木實垂卥卥然。象形。」[355]句式與朵之說解相同。又有「槖」篆，

---

352 同上，見單文第三節之結論，頁 51。
353 《說文解字詁林》第 5 冊，頁 613a。
354 《說文解字詁林》第 5 冊，頁 613b。
355 《說文解字詁林》第 6 冊，頁 301a。

許慎說：「木也。從木。其實下垂，故從夃。」[356]張舜徽《說文解字約注》這樣說解「朵」篆：

木之言朵朵，猶山之言巋巋也。推之禾乑為稞，耳乑為聸，耳小乑為貼，耳大為耽，皆雙聲同義，語原一也。[357]

其實，段玉裁《說文注》也說得很清楚：

凡枝葉華實之垂者，皆曰朵朵，今人但謂一華為一朵。[358]

誠如許慎所說，「朵」本來是形容詞，是描述物件下垂的形態，後來再轉作量詞。《說文》有「果」篆，許慎說：

木實也。从木。象果形在木之上。[359]

從音韻上分析，《說文》「果」篆、古火切；[360]「朵」篆、丁果切，同屬上古歌部。[361]「果」字是經傳常見字；「朵」則比較少見，[362]或者因為這是後出文字。按目前所見的甲骨文、金文資料都沒有「朵」

---

356 《說文解字詁林》第 6 冊，頁 304b。

357 《說文解字約注》中冊，卷 11，頁 35b。

358 《說文解字詁林》第 5 冊，頁 613b。

359 《說文解字詁林》第 5 冊，頁 591a。

360 《說文解字詁林》第 5 冊，頁 591a、頁 613a。

361 參陳復華・何九盈：《古韻通曉》（北京市：中國社會科學出版社，1987 年 10 月），頁 182、186。

362 案：據阮元（1764-1849）：《經籍纂詁》（上海市：上海古籍出版社，1989 年 10 月）所錄，「朵」、「果」於經籍中多用其引申義，詳見《經籍纂詁・上聲二十哿》，頁 555、557。

字。「果」字甲骨文作❀，[363]與「朵」篆字形結構相近，「果」上之
「田」，與朵上之「几」，都不是字，因此若用會意條例來解釋就不見
恰當。事實上，許慎已明白地指出「朵」是象形，王筠卻以「半會意
半指事字」立說，這種說法十分牽強，既迂回重疊，又混淆矛盾，實
在難以成立。

（2）交

《說文》「交」下云：「交脛也。从大。象交形。」[364]王筠《句
讀》在「象交形」一句下說：

> 矢夭變大字之首，交允變大字之足，皆以會意為指事。[365]

王氏所謂「以會意為指事」，確實令人費解。他的《文字蒙求》也曾
將「交」與「禿」、「矢」、「夭」、「允」，一並歸入卷二的指事類，[366]
王氏說：

> 不入增文會意者，此意盡於形，彼意餘於形也，惟交字與此
> 近，然彳本會意字，從而增之，故亦為會意。[367]

他又在《說文釋例》卷一說：

---

363 詳見王延林《常用古文字字典》（上海市：上海書畫出版社，1987 年 4 月）所引，
　　頁 342。
364 《說文解字詁林》第 8 冊，頁 968a。
365 《說文解字詁林》第 8 冊，頁 968b。
366 見《文字蒙求》，頁 50。
367 見《文字蒙求》，頁 51。

> 矢、夭、交、允皆從大而少增之以指事。
>
> 大字本係指事，則此四字者，或增之，或變之，非會意而何？
>
> 曰：否。仍用大意而增之變之，乃為會意。[368]

王氏將「矢」、「夭」、「交」、「允」這些字，說得十分含混，既說是指事，又說是會意，委實令人困惑難曉。其實，許慎的會意條例明白指出它的成立條件是「比類合誼，以見指撝」[369]，並舉「武」、「信」兩字為例[370]，清楚說明會意字必然並類而成義。然而，「交」、「矢」、「夭」、「允」都是獨體成文，又怎可說成會意？近世學者研究六書，對指事的分析，一般都主張分為以下三類：（i）純符號性指事字、（ii）在象形字上加指事性符號指事字、（iii）用增筆、損筆、變體等辦法構成指事字。[371]按「交」字的篆文作𡗝，此為「大」之變體。「大」是人正面企立兒，𡗝象人屈曲雙脛交疊兒，是變體指事字。臺灣學者杜學知《六書今議》曾分象形為具體象形及抽象象形兩類。[372]關於抽象象形之說，杜氏引清末國學大師廖登廷（1852-1932）《六書說》佐論，廖氏說：

> 有以字象物，字遂專屬其物者，如山、水、犬、馬之類，段氏

---

368 《說文釋例》，卷 1，頁 25a。

369 見《說文解字詁林》第 11 冊，頁 900a。

370 同前註。

371 《說文》指事條例之分析，詳參：

  i 董希謙・張啟煥：《許慎與說文解字研究》，頁 92。

  ii 高明：《中國古文字學通論》（北京市：文物出版社，1987 年 4 月），頁 51-52。

  iii 林尹（1909-1983）：《文字學概說》（臺北市：正中書局，1985 年 6 月），頁 87-88。

  iv 蔣善國：《漢字學》（上海市：上海教育出版社，1987 年 8 月），頁 116。

372 杜學知：《六書今議》（臺北市：正中書局，1977 年 6 月），頁 37-45。

所謂實字者；有以字象物，而字不專屬其物者，如八、天、交、文之類，段氏所謂虛字者；無論虛實，皆象形也。[373]

杜氏再總結說：

抽象之象形，其義獨在所象物形之外，人多不曉，誤認為六書之指事或會意，則失之遠矣。廖氏以為「無論虛實，皆象形也。」是故不論具象之象形，抑或抽象之象形，皆應屬之象形矣。[374]

誠如杜氏所論，「交」篆為「大」之變體象形，屬抽象之象形而不是指事，這即是許慎的象形義界「畫成其物，隨體詰屈」。[375]王氏「以會意為指事」的說法，確實不能成立。

（3）后

《說文》「后」下云：「繼體君也。象人之形。施令以告四方，故𠂆之。從一口，發號者君后也。」[376]王筠《句讀》在「發號者君后也」一句下說：

案：許君說解，桂氏、段氏皆疑之。然無疑也，此字以會意為象形，與身字以形聲為象形，皆象形之變例，彼云象人之身，與此云象人之形同也，皆指事之全體言。彼云從人申省聲，與

373 見《六書今議》，頁 43。

374 同前註。

375 《說文解字詁林》第 11 冊，頁 900a。

376 《說文解字詁林》第 7 冊，頁 1071b。

此施令以下四句同，彼分為兩體，此分為三體也。或疑后字何以象人形，則說解中君字兩見，固謂二字同義，亦二字同形也。[377]

王氏所謂「以會意為象形」之說，實在是牽強之辭。桂馥、段玉裁兩人說解此字時不敢妄下定論[378]，正因為他們自知難以據許語而自圓其說。考之甲骨文，「后」字有〔圖〕拾十四‧十七、〔圖〕前‧六‧二三‧一‧、〔圖〕後‧上‧下‧九‧十三、〔圖〕後‧下‧十‧一幾種寫法，[379]李孝定《甲骨文字集釋》引葉玉森的見解，並加以分析說：

后乃司之反書，即司字。卜辭似假作祠。《堯典》「汝后稷」之后，經生聚訟紛紜。鄭玄、王充、劉向並引棄事作汝居稷官。近儒俞樾、王先謙遂據以訂正，謂后為居譌。予思卜辭后字與后形同，知《堯典》古文必為「汝司稷」。又卜辭后字叚毓為之，一作〔圖〕形。古文傳寫訛變，或誤〔圖〕為〔圖〕。鄭玄等所見之本，乃更譌作居矣。[380]

李氏贊同葉說，並說「后」與「司」似是同一字。[381]考之金文，

377 《說文解字詁林》第 7 冊，頁 1073b。

378 案：桂氏曰：「馥案：上文云『象人之形』，謂〔圖〕為橫〔圖〕也。此又云『故〔圖〕之，從一口』，所未能詳。」又段氏曰：「謂上體〔圖〕也。〔圖〕蓋〔圖〕字橫寫。不曰从〔圖〕。而曰象人形者，以非立人也。下文后解亦曰象人。」見《說文義證》，《說文解字詁林》第 7 冊，頁 1072-1073a。

379 《甲骨文字集釋》第 9 冊，頁 2859。

380 同前註。

381 《甲骨文字集釋》第 9 冊，頁 2860。

「后」有⊡龍口母鼎、⊡商尊、⊡吳王光鑑、⊡北域圖等寫法，[382]陳初生《金文常用字典》有以下論析：

> 后字甲骨文作𣮝、𣮝、𣮝、𣮝，王國維謂象產子之形，隸定作毓，為生育之本字。卜辭假此為君后字。君為發號令者，故又另造⊡字，从𠂤省从口，為君后之本字，𠂤之方向左右不別，亦用為司令之司字。[383]

徐中舒《甲骨文字典》又說：

> 母系氏族之酋長，乃一族之始祖母，以其蓄育子孫之功，故以毓尊稱之，後世承此尊號，亦稱君長為毓，典籍皆作后。王國維謂后字本象人形，𠂤當即𠂤之譌變，⊡則倒子形之訛變也。（《戩壽堂所藏甲骨文字考釋》）按王說可從，又子及倒子位於人後，故引申為先後之後。[384]

據諸位專家分析，「后」的篆體本義昭然明白。文字經歷過長久的傳寫，形體發生訛變實在很難避免，有時真的不易讓人清楚辨析。桂、段兩家就比較踏實，他們根據經典所見之字義作考證，而不敢輕言屬於哪類六書結構。王筠「以會意為象形」的說法，糾纏於篆體結構，說解含混迂曲，很難令人信服。

---

382 《金文常用字典》，頁 854。

383 同前註。

384 《甲骨文字典》，頁 1581。

2 拘牽許說，分析未盡正確

王筠疏解《說文》，主要依據許語立論，間中則作校訂補充。據
《句讀》全書體例，凡於許語有刪訂增補，就以［＿＿＿＿＿］－－－等符
號或縮小字體加以標識。[385]王氏分析字形條例，有時拘牽於許說，有
時又過於自信，有些訂補的說法，又未必正確可取。例如：

（1）身

王筠《句讀》依據《說文》「身」下云：「躬也。象人之身。從
人，厂省聲。凡身之屬皆從身。」[386]王氏在「厂省聲」句下釋曰：

> 依《韻會》改。《白虎通》曰：「申者，身也。」[387]

又在「象人之身」一句下說：

> 躬者，脊也。而經典又以躬與身皆為全體之名，故于說字形中
> 附見之。抑此說謂為象形字，下說謂形聲字，非騎牆也，此乃
> 象形之別種，以形聲為象形者也。[388]

案：「身」字本來就是獨體象形，甲骨文作ᚚ－期五八六、ᚚ－期八五○四、ᚚ－期乙

---

385 見《說文句讀》卷 1 前之「凡例」。另柳詒徵：《說文句讀稿本校記》，《中國期刊
　　彙編 2.國學圖書館年刊》（臺北市：成文出版社，1928 年 11 月）有具體闡述，詳
　　見頁 330。

386 《說文解字詁林》第 7 冊，頁 410b。

387 同前註。

388 同前註。

六六九一、𦣻一期乙七七九七；[389]金文則作𦣻叔向簋、𦣻猷簋、𦣻郑公華鐘、𦣻戈簋。[390]李孝定《甲骨文字集釋》說：

> 絜文从人而隆其腹，象人有身（即懷孕）之形，當是身之象形初字。[391]

徐中舒《甲骨文字典》則這樣解釋：

> 從人而隆其腹，以示有孕之形。本義當為妊娠。或作腹內有子形，則其義尤顯。孕婦之腹特大，故身亦可指腹。腹為人體主要部分，引申之人之全體亦可稱身。《說文》：「身、躬也。象人之身。」《易·艮》「艮其身。」虞注：「身、腹也。或謂妊娠也。」均是。[392]

許慎依據篆形立說，不足以將「身」字的本義清楚交待出來。王筠並沒有注意到問題的關鍵，他拘牽於許慎說法，認為「身」字「以形聲為象形」，這根本與「身」字的初形不合，此論難以自圓其說。

（2）牢

王筠《句讀》依據《說文》「牢」下云：「閑，養牛馬圈也。從牛，從冬省，取其四周帀也。」[393]王氏在最末一句下說：

389　《甲骨文字典》，頁 931。
390　《金文常用字典》，頁 800。
391　《甲骨文字集釋》第 8 冊，頁 2719。
392　《甲骨文字典》，頁 931。
393　《說文解字詁林》第 2 冊，頁 1065b。

二句一義，而各有所指，從冬省者，冬時牛乃入牢也，此取字
義。𠔼帀牛外，以見牢之完密，牛在其中，不畏冷也，此以字
形取義。[394]

這種說法是基於許慎的解釋而加以附會申說，完全是主觀推論。考之
古文字，「牢」字甲骨文作㊀－一期甲二六九八、㊁－一期乙九〇九一、㊂－一期甲五六九，[395]
金文則作㊃貉子卣、㊄齊文，[396]按「牢」字中的⌒形是牛馬圈之類的
象形符號，與「冬」並不關涉。清代金石名家孫詒讓《名原》曾質疑
說：

古文冬字依文則牢從𠔼，即古文冬，不必云省。依說解云四周
帀，則自是象形，與古文冬字形義復不相涉，兩義舛牾不合。
金文井人鐘云永冬，頌鼎、頌（敢皆云需冬，並借冬為終也，
其字皆作⌒作∧，則古文冬字下畫，亦不相連屬。小篆乃變為
一橫畫，連屬之。此猶廿字金文作∪、∪，篆文亦變作屮，皆
失其本形也。竊疑當以許君後一義為正。金文貉子卣牢字作
㊅，無下橫畫，即其證也。[397]

高田忠周《古籀篇》則說：

按《說文》：「㊆、閑養牛馬圈也，从牛、冬省，取其周帀
也。」此說解有誤。馬當作羊，牢為養牲之圈，故字从牛或从

---

394 同前註。

395 《甲骨文字典》，頁 82。

396 《金文常用字典》，頁 94。

397 孫詒讓：《名原》（濟南市：齊魯書社，1986 年 5 月），頁 22b-23a。

羊，又 🔲 即 🔲 之小變，此唯象畜牲之圈，非冬省也。」[398]

徐中舒《甲骨文字典》也根據放牧之事，論述甲骨文「牢」字 🔲 的形義，他說：

> 古代放牧牛馬羊群於山野中，平時並不驅趕回家，僅在需用時於住地旁樹立木椿，繞以繩牽，驅趕牛馬羊於繩欄內收養。解放前四川阿壩地區木金縣一帶豢養之牛羊，仍以樹立木椿繞繩索作 🔲 形為牢，與甲骨文字形完全相同。[399]

綜觀上述諸家的說法，足以證明許慎所謂「冬省」是不妥當。王筠看不清楚問題所在，只依據許說而加以發揮，論說空泛，完全沒有充足理據。

（3）能

《說文》「能」下云：「熊屬。足似鹿。从肉。㠯聲。」[400] 王筠《句讀》在「足似鹿」下說：

> 不言從比者（案：此指許篆 🔲），本非從比也，且㠯象其頭，肉以象其骨，此字與身字一類，兼會意形聲以為形，乃象形之別一類。[401]

398　《金文詁林》第 2 冊，頁 528。
399　《甲骨文字典》，頁 82。
400　《說文解字詁林》第 8 冊，頁 697a。
401　《說文解字詁林》第 8 冊，頁 700a。

許慎所謂「足似鹿」，是指篆字形體而言，不是指真正的熊足。王氏所謂「兼會意形聲」、「象形之別一類」，則是依照小篆和許語立說，並不是事實的真正面貌。考之金文，「能」字有 🔲沈子簋、🔲🔲能匋尊、🔲毛公鼎、🔲番生簋、🔲縣妃簋幾種寫法，[402]其中以匋尊的「能」寫法最似獸形。清代文字學家徐灝（1810-1879）《說文段注箋》說：

> 能、古熊字。《夏小正》曰：「能羆則穴」，即熊羆也。羆古作
> 🔲，从能，亦其證。假借為賢能之能，後為借義所專，遂以火
> 光之熊為獸名之能，而昧其本義矣。[403]

高鴻縉《中國字例》提出進一步的補充：

> 按能之為獸，即許書熊下云似豕，山居，冬蟄、蟄用舐掌，名
> 曰蹯，味中最美，煮之難熟者也。以其足掌特異，故其字先繪
> 其足掌，以其似豕多肉，故又从肉，但能非文字，吕聲，此獸
> 名也。[404]

當代國學專家饒宗頤先生（1917-　）也認為「能」、「熊」本是一字，他說：

> 按能乃古熊字，其證如下
> 黃　能（《左昭七年》）能　羆（《夏小正》）
> 　　‖

402　《金文詁林》第 12 冊，頁 5968。
403　《金文詁林》第 12 冊，頁 5972。
404　《金文詁林》第 12 冊，頁 5970-5971。

黃 熊（同書《釋文》）熊 羆

　‖

黃 熊（《夏本紀正義‧束皙發蒙記》）[405]

由此可知「能」字即是「熊」字。以能匋尊之⚇相比較，可以知道小篆⚇之 ⚇ 形，其實是「能」字上部的變體，ㄋ不是聲符，而是「能」的身與尾的訛變，ㄑㄑ則是前後兩足形。許慎據小篆立說，當時考古資料缺乏，此字又沒有其他相關的古文佐證，根本看不出「能」字的真相。王筠謂「不言從比者，本非從比也」，這是對的。但是他說「㠯以象其頭，肉以象其肯」，則是附會之辭。至於所謂「兼會意形聲以為形」說法，就更加牽強，完全沒有信服力。

3 過信金文，辨析形義有誤

王筠據金石契刻資料研究《說文》，成績是卓犖非凡，這在前文已有論及。不過，引用金文立論也不一定就等於正確無誤。事實上，王氏以金文論說的字例中仍有不少可以商榷及須要加以訂正的地方。現在據《句讀》所見，舉幾例論說：

（1）走

《句讀》依據《說文》「走」下云：「趨也。從夭止。夭止者屈也。凡走之屬皆從走。」[406]王氏在「從夭止」下說：「夭、當作犬，止者、足也。」又於「夭止者屈也」下，徵引金文並分析說：

---

405 《金文詁林》第 12 冊，頁 5970。
406 《說文解字詁林》第 2 冊，頁 1328b。

案：走部繼哭部，則字當從犬，犬善走也。周子白盤有𨖍字，董武鐘𨒅字，其走從犬，崋山廟碑起字，尹宙碑趙字，皆從犬。然則天止者屈也，乃篆既譌之，後人加之也。[407]

王說有三處不當：第一、說走部繼哭部，「哭」字從犬，所以「走」亦從犬，說得十分牽強；第二、以金文之𤝗為「犬」；第三、說「走」從犬，因為犬善走云云，完全是主觀兼且附會之言，根本沒有理據。其實，「犬」字小篆作𤝗，與𤝗形根本就不脗合。「走」字金文有𧺆孟鼎、𧺆令鼎、𧺆休盤、𧺆中山王響鼎、𧺆召卣、𧺆井侯簋、𧺆薛仲赤簠、𧺆大鼎、𧺆走鐘幾種寫法，[408]陳初生《金文常用字典》說：

金文走从夭从止，與小篆同。上體夭作𤝗，象人走動兩手上下擺動之形，下體或改止為彳，或益彳為辵，从止、从彳與从辵同意。[409]

康殷《古文字學新論》也說：

𧺆金、走。𤝗本意象奔跑的人形，又加示動的意符彳止，以表示跑動之意。[410]

案：甲骨文的「夭」字作𣎴一期前四‧二九‧四、𣎴三期二八一〇，[411]徐中舒《甲骨

---

407 同前註。
408 《金文詁林》第2冊，頁765。
409 《金文常用字典》，頁133。
410 康殷：《古文字學新論》（北京市：榮寶齋出版，1983年5月），頁95。
411 《甲骨文字典》，頁1164。

文字典》說：

> ［字］象人行時兩臂擺動之形，或省頭形而作［字］，同。金文走字作［字］
> ［字］孟鼎、［字］周公簋，奔字作［字］孟鼎、［字］克鼎，並從火，與甲骨文［字］同。《說
> 文》篆文作［字］，已失兩臂擺動之形。[412]

由此可證篆文［字］所從之［字］不是「犬」，王筠的說法不合道理。

（2）卜

　　《說文》「卜」下云：「灼剝龜也，象灸龜之形。一曰、象龜兆之
從橫也。凡卜之屬皆从卜。［字］古文卜。」[413]王筠《句讀》在許語最後
一句之下說：

> 金刻攴作［字］，從此文也。小徐於諸部古文從攴者仍作［字］，不誤
> 也。大徐作［字］，乃誤。[414]

案：王氏所引金刻，未知出自哪類銘文。現在所見金文，攴多作［字］，
間中也有作別體：［字］奠鼎、［字］丙伯壺（啟）、［字］中政鼎（啟）、［字］毛公鼎（救）、［字］效父
簋（效）、［字］王係鐘（政）、［字］者汈鐘（敦）、［字］、［字］師憲簋（更）、［字］鈇侯之係鼎
（賺）、［字］嬰次編鐘（救）、［字］欒書缶（敦）、［字］頌壺（攸）、［字］虞司寇壺（寇）、［字］王孫
誥鐘（攻）、［字］敔戈（敔）、［字］改盨（改）、［字］牧共簋（牧）、［字］散盤（教）[415]等金文
之「［字］」旁，字形上部的「卜」，本來就沒有固定的筆勢。然而「［字］」的

412　《甲骨文字典》，頁 1165。
413　《說文解字詁林》第 3 冊，頁 1293a。
414　《說文解字詁林》第 3 冊，頁 1294a。
415　《金文常用字典》，頁 360-393。

確是象人手持杖、棒、桴等物之形。「卜」字按許慎分析為「灼剝龜也，象龜兆之從橫也」，與舉物支打之義不同。王筠謂《說文》「卜、古文卜」是金文支作之所從，這樣判斷就不對。

第四章
《說文句讀》的字音研究

第一節 引言

　　清代學者研治小學，有提出以音韻為研究之樞紐。《說文》四大家中，以段玉裁對古音的研究成就最大，功力亦最深。段氏作《六書音韻表》，將古韻分為十七部。他的《說文解字注》（亦簡稱《段注》），也多據聲訓溯源，並開創「凡假借必取諸同部」（見《段注》示部祇下）[1]，「聲與義同原，故諧聲之偏旁多與字義相近」（見《段注》示部禛下）[2]及「凡同聲多同義」（見《段注》言部䚻下）的見解[3]。近代國學大師章炳麟（1869-1936）在《小學略說》裏指出：

　　　　段氏為《說文注》，與桂馥、王筠並列，量其殊勝，固非二家
　　　　所逮。何者？凡治小學，非專辨章形體，要于推尋故言，得其
　　　　經脈，不明音韻，不知一字數義所由生。此段氏所以為桀。[4]

　　章氏對段氏的研究可謂推崇備至，他接著又說：

　　　　若乃規摹金石，平秩符璽，此自一家之業。漢之源都，鳥篆盈

1　《說文解字詁林》第 2 冊，頁 88b。

2　《說文解字詁林》第 2 冊，頁 71a。

3　《說文解字詁林》第 3 冊，頁 712b。

4　章炳麟：《國故論衡》（上海市：鴻章書局，1912 年），上卷，頁 3b。

簡，曾非小學之事守也。專治許書，竄句增字，中聲雅詁，略無旁通，若王筠所為者，又非夫達神恉者也。[5]

誠然，王筠研治《說文》，也有不少涉及音韻與聲訓的範疇，其成就雖然不及段氏，但也有獨特的心得與貢獻。以下根據王氏《句讀》所論，列舉例證加以說明。

第二節　《句讀》字音研究釋要

以下按王氏《句讀》所述，分雙聲、疊韻；通借、借字；省聲；亦聲及方音五類逐一論說。

1 雙聲・疊韻

《說文》說解字義，可以歸納為三種方式：其一是互訓、遞訓、同訓；其二是推原；其三是義界。所謂推原，是以字音為線索，目的是推求字義的由來。推原形式以聲訓為主，而所謂聲訓就是以雙聲、疊韻之字說解字義，例如：日、實也；月、闕也；門、聞也。[6]王筠《句讀》說解字義，闡明《說文》據雙聲、疊韻為訓的頗多，這本是一種利用字音論析字義的方法。有關例子如下：

（1）

《說文》「薅」下云：「菽也。」[7]王筠《句讀》說：「二字雙

5　同前註。

6　參董希謙、張啟煥主編：《許慎與說文解字研究》，頁 120-121。

7　《說文解字詁林》第 2 冊，頁 790a。

聲。」[8]案：蔫、於乾切；[9]菸、央居切。[10]兩字同屬上古影母，是一
對雙聲字。

（2）

　　《說文》「呝」下云：「喔也。」[11]王筠《句讀》說：「二字雙
聲。」[12]案：呝、烏格切；[13]喔、於角切。[14]兩字亦是一對雙聲字，上
古同屬影母。

（3）

　　《說文》「可」下云：「肯也。」[15]王筠《句讀》說：「兩字雙
聲。」[16]案：可、肯我切；[17]肯、口乃反，又苦等切。[18]肯、口、苦皆
雙聲字，上古聲母同屬溪母。

（4）

　　《說文》「彪」下云：「虎文。彪也。」[19]王筠《句讀》說：

8　《說文解字詁林》第 2 冊，頁 790b。
9　《說文解字詁林》第 2 冊，頁 790a。
10　《說文解字詁林》第 2 冊，頁 790b。
11　《說文解字詁林》第 2 冊，頁 1286b。
12　《說文解字詁林》第 2 冊，頁 1286a。
13　《說文解字詁林》第 2 冊，頁 1286b。
14　《說文解字詁林》第 2 冊，頁 1286a。
15　《說文解字詁林》第 4 冊，頁 1251a。
16　《說文解字詁林》第 4 冊，頁 1251b。
17　《說文解字詁林》第 4 冊，頁 1251a。
18　《說文解字詁林》第 4 冊，頁 807b。（王筠《句讀》曰：「本口乃反，孫（案：王氏
　　所謂孫，應是孫愐），苦等切。」段玉裁《說文解字注》曰：「陸德明引《說文》、
　　《字林》皆口乃反。」）
19　《說文解字詁林》第 4 冊，頁 1358a。

> 虍、彪皆訓虎文，而彪、彪雙聲，可以通借。[20]

案：彪、布還切；[21]彪、甫州切。[22]兩字雙聲，上古聲母皆是幫母。

（5）

《說文》「穄」下云：「穄也。」[23]王筠《句讀》說：「穄、穄雙聲，似當為連語。」[24]案：穄、私列切；[25]穄、桑割切。[26]兩字雙聲，上古聲母同屬心母。

以上五條是說明《說文》以雙聲為訓的例子。

（6）

《說文》「芄」下云：「芄蘭，莞也。」[27]王筠《句讀》說：

> 《釋艸》：「雚、芄蘭。」《郭注》斷雚芄為句，以此正之。芄、蘭、莞三字疊韻。長言則芄蘭，短言則莞。[28]

案：芄、胡官切；蘭、落干切；莞、古顏切。[29]三字都是疊韻，上古

---

20 《說文解字詁林》第 4 冊，頁 1358b。

21 《說文解字詁林》第 4 冊，頁 1358a。

22 《說文解字詁林》第 4 冊，頁 1372b。

23 《說文解字詁林》第 6 冊，頁 557a。

24 同前註。

25 同前註。

26 《說文解字詁林》第 6 冊，頁 557b。

27 《說文解字詁林》第 2 冊，頁 523a。

28 同前註。

29 《說文解字詁林》第 2 冊，頁 523a。

同屬元部。

（7）

　　《說文》「藹」下云：「蓋也。」[30]王筠《句讀》說：「二字疊韻，此殆覆蓋字也。」[31]案：藹、於蓋切；[32]蓋、古太切。[33]藹、蓋兩字疊韻，上古同屬月部。

（8）

　　《說文》「喌」下云：「喌嘐也。」[34]王筠《句讀》說：「喌、嘐疊韻。」[35]案：喌、陟交切；[36]嘐、古肴切。[37]喌、嘐兩字疊韻，上古同屬幽部。

（9）

　　《說文》「走」下云：「趨也。」[38]王筠《句讀》說：「走、趨亦疊韻。」[39]案：走、子苟切；[40]趨、七逾切。[41]走、趨兩字疊韻，上古同屬侯部。

30　《說文解字詁林》第 2 冊，頁 842b。
31　同前註。
32　同前註。
33　《說文解字詁林》第 2 冊，頁 840b。
34　《說文解字詁林》第 2 冊，頁 1233a。
35　《說文解字詁林》第 2 冊，頁 1233b。
36　《說文解字詁林》第 2 冊，頁 1233a。
37　《說文解字詁林》第 2 冊，頁 1232b。
38　《說文解字詁林》第 2 冊，頁 1327b。
39　《說文解字詁林》第 2 冊，頁 1328b。
40　同前註。
41　《說文解字詁林》第 2 冊，頁 1330a。

（10）

　　《說文》「迨」下云：「遝也。」[42]王筠《句讀》說：「迨、遝疊
韻字也。」[43]案：迨、侯闔切；[44]遝、徒合切。[45]兩字之反切下字皆疊
韻，上古同屬緝部。

　　以上五條是說明《說文》以疊韻為訓的例子。

　　又《說文》「諈」下云：「諈諉，纍也。」[46]王筠《句讀》說：

　　　　《釋言》文。孫叔然曰：「楚人曰諈，秦人曰諉。」是謂一語
　　　　也。《列子‧力命篇》亦以諈諉為一語，《注》以為煩重皃。雖
　　　　諈諉疊韻，分合皆可，許既連引，蓋合之也。[47]

案：諈、竹寘切；[48]諉、女恚切。[49]兩字上古分別屬歌、微二部，可
以旁轉。又《說文》辯下云：「駁、文也。」[50]王筠《句讀》說：

　　　　辯、駁雙聲，可為連語，亦可單用，故以駁說辯。《廣韻》：

42　《說文解字詁林》第 3 冊，頁 48b。
43　同前註。
44　同前註。案：大小徐、段、桂之書均為侯闔切。《句讀》作侯閣切，似誤。
45　《說文解字詁林》第 3 冊，頁 48a。
46　《說文解字詁林》第 3 冊，頁 558b。
47　《說文解字詁林》第 3 冊，頁 559a。
48　《說文解字詁林》第 3 冊，頁 558b。
49　《說文解字詁林》第 3 冊，頁 559b。
50　《說文解字詁林》第 7 冊，頁 1027b。

「斑、駁也。文也。辨、同上,見《說文》。」可以徵其句讀
也。[51]

案:辨、布還切;[52]駁、北角切。[53]辨、駁兩字雙聲,上古聲母同屬
幫母。

以上是王氏據雙聲、疊韻之說,闡明許語說解的例子。此外,
《句讀》又有據聲訓之理,及援引經傳注疏,以辨明許語說解的例
子。如《說文》「騤」下云:

馬行威儀也。从馬、癸聲。《詩》曰:「四牡騤騤。」[54]

王筠《句讀》說:

凡三見:《采薇·傳》曰:「彊也。」《桑柔·傳》曰:「不息
也。」《桑民·傳》曰:「猶彭彭也。」各隨文解之,許檃括之
云:「馬行威儀」,於疊韻取義也。[55]

王筠所謂「疊韻取義」,是指「騤」、「威」兩字。按《說文》此兩字
切語為:騤、渠追切;[56]威、於非切,[57]兩字疊韻,上古同屬微部。

---

51 《說文解字詁林》第 7 冊,頁 1028a。
52 《說文解字詁林》第 7 冊,頁 1027b。
53 《說文解字詁林》第 8 冊,頁 416a。
54 《說文解字詁林》第 8 冊,頁 460a。
55 同前註。
56 同前註。
57 《說文解字詁林》第 10 冊,頁 51b。

又《說文》「豣」下云：「三歲豕。肩相及者。」[58]王筠《句讀》說：

> 《齊風》，《韓詩》《毛詩》皆曰獸三歲曰肩，惟《大司馬》
> （案：此為《周禮・夏官・大司馬》）鄭司農注曰：「一歲為
> 豵，二歲為豝，三歲為特，四歲為肩，五歲為慎。」肩相及
> 者，謂及其母也。豣、肩疊韻且以關經文，借肩為豣也。[59]

案：「豣」、古賢切；[60]「肩」亦古賢切，[61]上古皆屬元部，《段注》亦謂「此以疊韻為訓」。[62]

又《說文》「垓」下云：「兼垓八極地也。」[63]王筠《句讀》說：

> 垓，當作晐。日部晐：「兼晐也。」此以疊韻為訓。[64]

案：「垓」、「晐」二字，均是古哀切，[65]上古屬之部。以上是王氏援引《說文》他部及以聲訓條例去說解許語的例子。

通過上述諸例，王氏《句讀》以雙聲、疊韻說解許篆的方法，亦

---

58 《說文解字詁林》第 8 冊，頁 295b。

59 《說文解字詁林》第 8 冊，頁 296a。

60 《說文解字詁林》第 8 冊，頁 295b。

61 《說文解字詁林》第 4 冊，頁 698。

62 《說文解字詁林》第 8 冊，頁 295b。

63 《說文解字詁林》第 10 冊，頁 1098a。

64 《說文解字詁林》第 10 冊，頁 1098b。

65 《說文解字詁林》第 10 冊，頁 1098a。

可見一斑。

2 通借・借字

假借可分為「造字假借」與「用字假借」兩類。造字假借，即是本無其字的假借；用字假借，又稱通假，即是本有其字的假借。[66]至於通假一詞，也有稱作通借，通用。[67]近人羅邦柱主編《古漢語知識辭典》有以下的解釋：

> （通假）亦稱「通借」。一般指用字的假借。即用音同或音近的字代替本字的現象。例如《國語・齊語》：「諸侯罷兵以為。」用「罷」借作「疲」。通假有同者通假，疊韻通假、雙聲通假。通假現象上古書面語言中較多，後世逐漸減少。辨別通假應以古音為標準。也有人把通假歸入「假借」，稱之為「本有其字的假借。」[68]

---

66 清・黃以周（1828-1899）《六書通故》：「假借有二例：一有其本字，依聲通用者，為造字後之假借。一本無其字，依聲託事者，此造字之假借也。」
清・侯康（1798-1837）《說文假借釋例》：「制字之假借，無其字而依托一字之聲或事以當之，以一字為二字者也。用字之假借，是既有此字，復有彼字，音義略同，因而通假，合二字為一字者也。」
黃、侯二說，同見《說文解字詁林》第 1 冊，頁 583a、931b。
67 新版《辭海》「通假」條說：「通假也叫通借。用音同或音近的字來代替本字。嚴格說，與本無其字的假借不同，但習慣上也通稱假借。」（上海市：上海辭書出版社，1989 年 9 月）中冊，頁 2759。
蔣善國《漢字學》說：「通假也叫做通用，這是在用字方面繼續假借之後所採取的辦法。通假和假借雖都由同音字出發，性質相近，可是并不相同」。（案：蔣氏詳釋二者之區別有四項，詳見其書頁 159），頁 158-159。
68 羅邦柱主編：《古漢語知識辭典》（武昌市：武漢大學出版社，1988 年 11 月），頁 26。

近代學者鄭權中（1895-1980）《通借字萃編》也說：

> 通借字是由於音通而借用的字，一稱通假字。古籍注解中，如
> 某通某，某通作某，某為某之借字，某同某，某與某同，某一
> （亦、又）作某，某今作某，某音某，某讀為某，某讀與某
> 同，某、某也，某之言某也，某之為言某也，某猶某也（均指
> 聲訓字），如《禮記‧中庸》「仁者人也，義者宜也」，《孟子》
> 「庠者養也，校者教也，序者射也」等等，都是通借字的標
> 識。[69]

案：前賢訓詁經書，借、通、通用、通借等術語皆屢見不鮮，其中所
涉及的範疇十分廣泛，用法也頗不一致，有指假借字，有指同源字，
有指古今字，也有指異體字。[70]清代小學專家訓詁字義，也有不少是
沿用以上方式，由於引用比較廣泛，後世學者多對此有所詬病。[71]王

---

69 鄭權中遺著，涂宗濤、崔志遠、王兆祥整理修訂：《通借字萃編》（天津市：天津古
　籍出版社，1990 年 10 月），頁 3。

70 有關例證如下：

（i）　《漢書‧外戚傳》：「娥而大幸。」顏師古（581-645）注曰：「娥與俄同，古
　　　通用字。」又《漢書‧李廣、蘇建傳》：「財令陵為助兵。」顏注曰：「財與纔
　　　同，謂淺也，僅也。史傳通用字。」見《漢書》（北京市：中華書局，1983
　　　年 6 月），頁 3984、2456。

（ii）　《文選‧枚乘、七發》：「噓唏煩酲。」李善（630-689）注云：「噓與歔，古
　　　字通。」又《文選‧傅武仲‧舞賦》：「舒恢炱之廣度兮」，《注》曰：「炱與台
　　　古字通。」見梁‧蕭統（502-531）編，唐‧李善注：《文選》（北京市：中華
　　　書局，1977 年 11 月），頁 478a、248a。

（iii）　王引之（1766-1834）《經義述聞》「得其儕」下曰：「齊、正字也。儕、借字
　　　也。」又「不可以貳」下曰：「貳、當為貣。貣者，忒之借字。」（南京市：
　　　江蘇古籍出版社，1985 年 7 月），頁 372b-373a、407a。

　　案：以上諸例，皆通借之常法。

71 參程俊英、梁永昌著：《應用訓詁學》（上海市：華東師範大學出版社，1989 年 11

氏《句讀》引用「通借」、「借字」、「通用」、「借」等術語非常多，如《說文》：「汜」篆說解「水別復入水也。一曰窮瀆也。」[72]王氏《句讀》注釋說：「瀆者，隤之借字。」[73]「妊」篆說解「孕也。」[74]王氏《句讀》注釋說：「字又作侲，見《後漢書・章帝紀》。又借任。」[75]「歺又」篆說解「殘」，[76]王氏《句讀》釋曰：「句。謂兩字可通借也。」[77]「幣」篆說解「《周禮》曰：『駹車大幣。』」[78]王筠《句讀》說：「群經幠、幭、幣通用。」[79]綜合而言，王氏是以某某可通借、某借字、某某通用，來闡釋借字與本字的音義關係。現再舉一些見於《句讀》的相關字例，並加以辨析如下：

（1）昕・睎

王筠在《句讀》的「睎」篆說解「乾也」下說：

> 元應引作「日乾曰睎。」《纂要》：「日昕曰睎。」《注》云：「大明曰昕。《詩》曰：『匪陽不睎。』」睎、乾也。言日昕乾溼

月），頁 20-21，「（三）關於通假」。

涂宗濤亦有評論，並引清・王引之《經義述聞敘》：「訓詁之指，存乎聲音，字之聲同聲近者，經傳往往假借，學者以聲求義，破其假借之字，而讀以本字，則渙然冰釋，如其假借之字而強為之解，則詰鞫為疾矣。」（案：此為王氏轉述其父王念孫語）見鄭權中：《通借字萃編》，頁 6-8。

72　《說文解字詁林》第 9 冊，頁 402b。

73　《說文解字詁林》第 9 冊，頁 403b。

74　《說文解字詁林》第 10 冊，頁 37a。

75　《說文解字詁林》第 10 冊，頁 37b。

76　案：此說蓋依王筠《句讀》：「殘，穿也。」

77　《說文解字詁林》第 4 冊，頁 583a。

78　《說文解字詁林》第 6 冊，頁 1069a。

79　《說文解字詁林》第 6 冊，頁 1070a。

物也。」筠案：此知昕、晞同音通用，故下文「讀曰希」。[80]

王氏所引與桂馥《說文解字義證》大致相同。[81]然而，這種說法只能顯示出「昕」、「晞」同義，並沒有辨析箇中的道理，書中所謂「同音通用」並未作充份的解釋。其實，按《說文》之切語，「昕」、許斤切[82]，上古屬文部，曉紐；「晞」、香衣切[83]，上古屬微部，亦是曉紐。「昕」、「晞」二字，有微文陰陽對轉關係，又是同紐雙聲。

（2）促·趣

王筠在《句讀》的「促」篆說解「迫也」下說：「經典多借趣為之。」[84]這樣說解稍嫌簡單，沒有分析說明箇中理由。王氏在「趣」篆說解「疾也」下則這樣解釋：

> 《廣雅》：「趣、遽也。」《詩·棫樸》：「左右趣之。」《箋》：「諸臣皆促疾於事。」《月令》：「趣民收斂。」《釋文》：「趣、音促。」[85]

王筠所引經典，例證頗詳，也與桂氏《說文解字義證》所說基本相同[86]，但並沒有明白辨析兩字的音義關係。按音韻分析，「促」、七玉

80　《說文解字詁林》第 6 冊，頁 96a。

81　同前註。

82　《說文解字詁林》第 6 冊，頁 112a。

83　《說文解字詁林》第 6 冊，頁 95a。

84　《說文解字詁林》第 7 冊，頁 274b。

85　《說文解字詁林》第 2 冊，頁 1333a。

86　同前註，見桂馥《說文解字義證》所引。

切[87]，上古屬屋部，清紐；「趣」、七句切[88]，上古屬侯部，亦是清
紐。「趣」、「促」兩字，有侯屋對轉關係，又同是清紐雙聲，所以可
以通用。《管子·國蓄》：「則君雖彊本趣耕。」《注》：「趣，讀為
促。」[89]《史記·陳涉世家》：「趣趙兵亟入關。」《索隱》：「（趣）音
促。促謂催促也。」[90]《漢書·王莽傳》：「趣新皇帝之高廟受命。」
顏注：「趣，讀曰促。」[91]皆可以佐證。

　　以上兩條是對轉通借之例，王氏只是指出通借，在音理說解方面
有所欠缺。

（3）衺·邪

　　王筠在《句讀》「衺篆的說解「邪也」下說：「轉注。經典借邪為
衺。」[92]王氏所說似乎過於簡單，既沒有說明箇中道理，也沒有援引
典籍佐證。案：「邪」、以遮切[93]，上古屬魚部，余紐；「衺」，似嗟
切[94]，上古亦屬魚部，邪紐。「衺」、「邪」二字俱從牙得聲，按段氏
所謂同諧聲必同部條例，這兩個字可以通借。《周禮·天官·宮正》：
「與其奇衺之民。」《釋文》：「衺亦作邪。」[95]《周禮·天官·內

87　《說文解字詁林》第 7 冊，頁 274b。
88　《說文解字詁林》第 2 冊，頁 1332b。
89　《管子》，《四部叢刊初編》第 20 冊（臺北市：臺灣商務印書館，1967 年），頁 129a。
90　《史記》，頁 1955。
91　《漢書》，頁 4167。
92　《說文解字詁林》第 7 冊，頁 538b。
93　《說文解字詁林》第 5 冊，頁 1392a。
94　《說文解字詁林》第 5 冊，頁 538a。
95　見《經典釋文》，頁 109b。

宰》:「禁其奇衺。」《釋文》:「衺、本亦作邪。」[96]《楚辭·九思》:
「遂踢達兮邪造。」《補注》:「邪、一作衺。」[97]《爾雅·釋訓》:「僻
也皆衺。」《釋文》:「衺、本又作邪。」[98]《爾雅·釋器·注》:「褘邪
交落帶繫於體。」《釋文》:「邪、字亦作衺。」[99]都是例證。

（4）貢·功

王筠在《句讀》「貢」篆的說解「獻。功也。」下說：

> 貢、獻同義，貢、功同聲。小徐無功字，第存義也。《廣雅》:
> 「貢、獻也。」又曰:「貢、功也。」《易·繫辭》:「六爻之義
> 易以貢。」貢、《荀子》作功，是二字通用。[100]

王氏只根據典籍說明「貢」、「功」兩字通用，而沒有從音韻上加以分
析。案:「貢」、古送切[101]；「功」、古紅切[102]。兩字雙聲，上古同屬見
紐、東部，因此可以互通。然而《易·繫辭上》:「六爻之義易以
貢。」《釋文》:「貢，京、陸、虞作工。」[103]《淮南子·主術》:「歲
終獻功。」[104]《文子·精誠》功字作貢，[105]可以為證。

---

96 見《經典釋文》，頁 112b。

97 洪興祖（1090-1155）:《楚辭補注》下冊（香港：香港中華書局，1963 年 8 月），頁
   560。

98 見《經典釋文》，頁 413b。

99 見《經典釋文》，頁 417a。

100 《說文解字詁林》第 5 冊，頁 1152a。

101 同前註。

102 《說文解字詁林》第 10 冊，頁 1337b。

103 見《經典釋文》，頁 32a。

104 劉安（前 179-前 122）撰、東漢高誘注:《淮南子》（杭州市：浙江書局，1876
    年。據武進莊氏本校刊），卷 9，頁 1b。

105 見辛鈃:《文子》·《子彙》第 5 冊（臺北市：臺灣商務印書館，1969 年 3 月），頁 13a。

（5）臤、堅、賢

王筠在《句讀》「臤」篆的說解「堅也」下說：

> 案：此說最允。許君以堅說臤。又曰古文以為賢字，又收緊、
> 堅於本部，皆以堅為主。[106]

又在「古文以為賢字」一句下說：

> 《公羊・成四年・傳》：「鄭伯臤卒。」《疏》云：《左氏》作堅
> 字；《穀梁》作賢字；今定本亦作堅字。足徵三字通用。[107]

王筠引經書典籍為證，說法可信。然而，「臤」、「堅」、「賢」三字可
通，就沒有從音理上詳加解釋。案：「臤」、苦閑切[108]，上古屬真部，
溪紐。「堅」、古賢切[109]，上屬真部，見紐。「賢」、胡田切[110]，上古屬
真部，匣紐。三字古音同部，皆是喉音，因此可通。《左傳・成公四
年・經》：「鄭襄公堅。」《公羊傳注》「堅」作「臤」。[111]王筠所引
「鄭伯堅卒」，《釋文》「堅」作「臤」，云：「本或作緊。」[112]《玉
篇・貝部》：「賢，有善行。……臤古文。」[113]可以用來補訂王氏的
說法。

---

106 《說文解字詁林》第 3 冊，頁 1103a。
107 同前註。
108 同前註。
109 《說文解字詁林》第 3 冊，頁 1106a。
110 《說文解字詁林》第 5 冊，頁 1146a。
111 《十三經注疏》第 6 冊，頁 438b；第 7 冊，頁 218b。
112 見《經典釋文》，頁 317b。
113 《大廣益會玉篇》，頁 120a。

　　以上三條，是諧聲通借之例，由於王氏只是依據古籍資料，臚列
文字上可通的內容，而沒有辨析字與字之間的音理關係，因此有必要
加以補訂說明，此亦是王氏於字音論說上之不足。

（6）曷‧害

　　王筠在《句讀》「曷」篆的說解「何也」下說：

> 　　《詩‧箋》多與此同。《葛覃》借害為曷，《毛詩》亦與此
> 同。[114]

王氏只是根據經典文獻立說，並未分析「曷」、「害」兩字的音理。
案：「曷」、胡葛切[115]；「害」、胡蓋切[116]，上古同屬匣紐、月部。《尚
書‧湯誓》：「時日曷喪。」[117]《孟子‧梁惠王上》引「曷」作
「害」。[118]《逸周書‧度邑》：「害不寢。」[119]《史記‧周本紀》作
「曷為不寐。」[120]《漢書‧翟方進傳》：「害其不旅力同心戒之
哉？」[121]顏師古注：「害，讀曰曷。曷，何也。」[122]以上都是「曷」、

---

114 《說文解字詁林》第 4 冊，頁 1223a。

115 《說文解字詁林》第 4 冊，頁 1222b。

116 《說文解字詁林》第 6 冊，頁 722a。

117 見《尚書正義》，頁 108b。

118 見漢‧趙岐（約 108-201）注，宋‧孫奭（962-1033）疏：《孟子注疏》（臺北市：
　　臺北藝文印書館，景印清嘉慶 20 年（1815）南昌府學重刊宋本《十三經注疏》，
　　附《校勘記》，1973 年 5 月 5 日版），頁 11a。

119 晉‧孔晁注：《逸周書》，見《叢書集成初編》第 3692-2694 冊（臺北市：臺灣商務
　　印書館，1937 年 12 月），頁 124。

120 《史記》，頁 129。

121 《漢書》，頁 3431。

122 同前註。

「害」可以互相通假的證明。

（7）坏‧培

王筠在《句讀》「𤬪」篆的說解「未燒瓦器也」一句下說：

> 段氏曰：「土部坏，瓦未燒，𤬪坏義同而音最相近。故《集韻》謂為一字。披尤切。」筠案：《集韻》引《廣雅》：「𤬪，培也。」培即坏之借字。[123]

王氏所引例證不夠充份，也沒有辨明借「培」為「坏」的音理。案：《禮記‧月令》：「蟄蟲坏戶。」[124]《逸周書‧時訓》及《淮南子‧時則》「坏」字都是作「培」字[125]，《呂氏春秋‧聽言》亦作「培」，[126]《漢書‧揚雄傳》作「坏」，[127]這些都是「坏」、「培」兩字可以通假的證明。「坏」、芳桮切[128]；「培」、薄回切[129]，兩字上古同屬之部，「芳」、「薄」又是脣音，所以可以通借。

（8）顥‧晧

王筠在《句讀》於「顥」篆的說解「南山四顥，白首人也」一句下說：

123　《說文解字詁林》第 5 冊，頁 176a。

124　見《禮記注疏》，頁 326b。

125　見《逸周書》，頁 158；《淮南子》卷 5，頁 10b。

126　見漢‧高誘注‧陳奇猷校釋：《呂氏春秋校釋》（上海市：學林出版社，1984 年 4 月），頁 700，「其室培濕」句注文。

127　見《漢書》：「或鑿坏以遁」句注文，頁 3568。

128　《說文解字詁林》第 10 冊，頁 1219a。

129　《說文解字詁林》第 10 冊，頁 1191b。

揚雄《解嘲》曰：「四皓采榮於南山。」筠案：顥、皓古通。[130]

王氏的解說比較簡單，也沒有辨明「顥」、「皓」兩字可以通借的理由。案：「顥」、「皓」兩篆切語同是胡老切[131]，上古屬匣紐、幽部。「顥」、《說文》曰：「白皃。」[132]「皓」、《說文》曰：「日出皃。」[133]兩字義相關。「皓」字亦作「皓」，《說文》沒有「皓」篆，這大抵是個後出文字。《文選》李陵《與蘇武詩》：「皓首以為期。」李善注：「《聲類》曰：『顥，白首貌也。』皓與顥，古字通。」[134]《後漢書·班彪傳》：「鮮顥之氣之清英。」《注》云：「《說文》：『顥、白皃。』音皓。」[135]可以依據來補訂王氏之說。

以上三條，都是為通假例子，王氏只說「借」、「借字」、「古通」，說解稍見簡略，有必要加以補訂。其實，王筠《句讀》書中有關通借、借字的例子，類似以上三項的還有不少，如：側、仄；諶、忱；淳、醇；梂·蕂；順·循；俘·寶；頌、容；飭·敕；帥·率等[136]，為省篇幅，於此不再贅說。

3 省聲

許慎《說文》有「省聲」一說，如：「靐」下云：「蟲也，從蚰，

---

130 《說文解字詁林》第 9 冊，頁 944b。

131 《說文解字詁林》第 9 冊，頁 943b；及第 6 冊，頁 43b。

132 《說文解字詁林》第 9 冊，頁 943b。

133 《說文解字詁林》第 6 冊，頁 43b。

134 《文選》，卷 29，頁 413a。

135 范曄（398-445）：《後漢書》（香港：中華書局，1971 年），頁 1347。

136 案：上數例分別見於王筠：《說文解字句讀》（上海市：上海古籍出版社，1983 年 9 月），頁 1068、174、1389、383、221、1048、1187、2016、889。

展省聲。」[137]「堅」下云：「土積也，從土，從聚省聲。」[138]「敉」下云：「交灼木也，從火，教省聲，讀若狡。」[139]「觴」下云：「觴，實曰觴，虛曰觶，從角，煬省聲。」[140]這些都是有關的例證。中國大陸古文字學者高明《中國古文字學通論》對省聲有這樣論析：

> 「省聲」是將形聲字中的表音的聲符結構加以簡化，僅保留其中一個部分，如𡲒字的聲符原為展，省去下部的「𧿹」，保留「屍」。堅字的聲符原為聚，省去下部「𠈌」，保留「取」。敉字的聲符原為教，省去了「子」，保留了「攵」。觴字的聲符原為煬，省去了「矢」，保留了「𥃠」。從上述字體結構分析，這一類的省聲字基本上是可信的，體現出「省聲」是使字體簡化的一種手段。[141]

王筠《說文釋例》卷三有「省聲」一節，曾列舉《說文》省聲例子80餘條，並加以分辨解釋。[142]王氏在書中提到《說文》省聲的條例有四種，他這樣說：

> 指事象形會意字可省，形聲字不可省。形聲而省也，其例有四。一則聲兼意也。（案：臺灣學者龍宇純（1928-　）《中國文字學》曾下案語說：「此如瑑下云篆省聲，鑾下云鸞省

137　《說文解字詁林》第 10 冊，頁 980b。

138　《說文解字詁林》第 10 冊，頁 1190a。

139　《說文解字詁林》第 8 冊，頁 749b。

140　《說文解字詁林》第 4 冊，頁 960a。

141　高明：《中國古文字學通論》（北京市：文物出版社，1987 年 4 月），頁 59。

142　案：《說文釋例》省聲字例有茇、犢、喧、嘖、哭、赴、邁、進、迮、逢、齜、蹢、商、事等。詳見《說文釋例》，卷 3。

聲。」）[143] 一則所省之字即與本篆通借也。（案：龍氏亦有案
語：「此如璬下云塞省聲。」）[144] 一則有古籀之不省者可證也。
一則所省之字即以所從之字貿處其所也。（案：龍氏亦有案語
說：「此如範下云笵省聲。」）[145] 非然者，則傳寫者不知古音而
私改者也。亦有非後人私改者，則古義失傳，許君從為之辭
也。至其省之之故，將謂筆畫太多，則狄字從亦而省之，夒夔
反而不省也。將謂夒夔而省則不成字，則夒部中字皆從其省，
而它字之省不成字者亦間有一二也。余不能明，故發其端，以
俟君子。[146]

事實上，王氏在《句讀》疏解許篆語句，也同樣有論及省聲。現
在根據全書所見，舉例論說於下：

（1）犅

《說文》「犅」下云：「特牛也。從牛，岡聲。」[147] 王筠《句讀》
說：

> 《魯頌》「騂剛」是古字。《公羊》「騂犅」是分別文。字分前
> 後輩，此當云「剛省聲」以關之。[148]

---

143 見龍宇純：《中國文字學》（臺北市：臺灣學生書局，1972 年 9 月），頁 308。

144 同前註。

145 同前註。

146 見王筠：《說文釋例》，卷 3，頁 57。

147 《說文解字詁林》第 2 冊，頁 1040a。

148 《說文解字詁林》第 2 冊，頁 1040。

案：《段注》「犅」下釋曰：「亦可云从剛省。會意。」[149]張舜徽《說文解字約注》補訂說：

> 今經傳多借用剛字，《詩・魯頌・閟宮》：「白牡騂剛。」《禮記・明堂位》：「周騂剛。」皆以剛為之。《明堂位・正義》云：「剛、牡也。」是其義也。考金文中有䢺字，甲文有𤘓字，皆从牛从剛省聲。即犅字也。今湖湘間稱牡牛為公牛，公與犅雙聲，一語之轉也。[150]

以上論證足以證明王說正確不誤。

（2）封

《說文》「封」下云：「……𡉚、籀文封從丰。㞢，古文封省。」[151]王筠《句讀》說：

> 當作古文封從土丰省聲。籀文從古文而丰不省。篆文亦從古文而加寸也。[152]

張舜徽《說文解字約注》詳細辨析說：

> 周伯奇曰：「此字（案：此指封篆）當從又從土，丰省聲。」徐灝曰：「周說是也。籀文從丰，即其證。從又之字，多譌從寸。」舜徽按：金文封字有作𡊅者，見召伯虎敦。𡊅象以手植

149　《說文解字詁林》第 2 冊，頁 1040a。

150　《說文解字約注》，卷 3，頁 7b-8a。

151　《說文解字詁林》第 10 冊，11158a。是句說解依小徐。

152　《說文解字詁林》第 10 冊，頁 1159a。

木于上。古文作半，蓋其初形也。封之古文作半，與邦之古文
作𨛜同意，从土猶从田耳。許君說解，舉後王之制以釋封字
（案：許君曰：「爵諸矦之土也。从半、从土、从寸。寸、其
制度也。公侯，百里；伯，七十里；子、男，五十里。」）[153]
殆非造字原意。太古淳樸，無所謂國與諸侯也。惟聚眾割據，
自為疆界，爰於彼此毗鄰之處，積土隆起，植木其上，以為標
識，此即封之所由起。城郭之制，猶在其後矣。《周禮·大司
徒》：「制其畿疆而溝封之。」鄭《注》：「封，起土界也。」
《大司馬》：「制畿封國。」鄭《注》：「封謂立封於疆為界。」
皆即太古遺意。封與邦古實一字。紺字讀博蠓切，知封字古
讀，本在重脣。《釋名·釋州國》云：「邦、封也。」是已。
《論語》：「而謀動干戈于邦內。」《釋文》引鄭本作「封」。
《周語》：「邦內甸服，邦外矦服。」《漢書·嚴助傳》作「封
內甸服，封外侯服。」又邦、封字同之證也。今俗書幫字亦有
作幇者，要非無據矣。[154]

張氏說「封」、「邦」同是一字，確鑿可信。「封」字金文作𡎝康侯丰鼎、
𡎝瑚生簋、𡎝伊簋、𡎝散盤、𡎝散盤、𡎝中山王響壺、𡎝魯少司寇封孫宅盤，[155]都可以佐證。
然而，王筠所謂「古文封從土半省聲」，則不合理，欠缺令人信服的
理據。

4 亦聲

亦聲之說，《說文》早已論及，如「珥」篆下：「瑱也。从玉、

---

153 《說文解字詁林》第 10 冊，頁 1157b。
154 《說文解字約注》卷 26，頁 26b。
155 《金文常用字典》，頁 1091。

耳，耳亦聲。」[156]許慎的意思是：「耳」既是「珥」的意符，又同時是「珥」的聲符。「憙」下：「說也。从心从喜，喜亦聲。」[157]按句中的意思是指「喜」字既表意亦標聲。段玉裁對亦聲有這樣的解釋：

> 凡言亦聲者，會意兼形聲也。凡字有用六書之一者，有用六書之二者。[158]

案：段氏除說亦聲定義亦指出六書有兼書的現象。龍宇純《中國文字學》與段氏有相近的看法，他對亦聲的見解是：

> 一字之構成部分，既取其意又取其聲，此種現象，文字學中謂之「亦聲」，或謂之「兼聲」。因文成辭，又有「會意兼聲」、「形聲兼意」、「會意包聲」、「形聲包意」等不同稱謂。[159]

王筠在《說文釋例・卷三・亦聲》指出亦聲有三種不同的類別，他說：

> 言亦聲者凡三種。會意字而兼聲者，一也。形聲字而兼意者，二也。分別文之在本部者，三也。會意字之從義兼聲者為正，主義兼聲者為變。若分別文則不然，在異部者，概不言亦三種：形聲字而形中又兼聲者，一也；兩體皆義皆聲者，二也；

---

156 《說文解字詁林》第 2 冊，頁 301b。
157 《說文解字詁林》第 4 冊，頁 1280b。
158 《說文解字詁林》第 4 冊，頁 34a。
159 見《中國文字學》，頁 293。

說義已見，即說形不復見者，三也。[160]

他在晚年撰寫《句讀》又再討論亦聲之說，以下列舉一些《釋例》沒有提及的例證：

（1）君

《說文》「君」下云：「尊也。从尹。」[161]王筠《句讀》說：「謂至尊尹治天下也。尹亦聲。」[162]案：「尹」、喻紐；「君」、見紐。兩字上古同屬文部。

（2）命

《說文》「命」下云：「使也。从口令。」[163]王筠《句讀》說：

令亦聲。金刻多借令為命，史伯碩父鼎：「永令萬年。」其徵也。[164]

案：「命」、「令」分別屬明、來二紐，兩字上古同屬真部。

（3）道

《說文》「道」下云：「所行道也。从辵从首。」[165]王筠《句讀》

160　《說文釋例》，頁 54b。

161　《說文解字詁林》第 2 冊，頁 1160a。

162　《說文解字詁林》第 2 冊，頁 1161b。

163　《說文解字詁林》第 2 冊，頁 1164a。

164　《說文解字詁林》第 2 冊，頁 1164b。

165　《說文解字詁林》第 3 冊，頁 156b。

說:「首亦聲。」[166]案:「道」、「首」上古同屬幽部,「道」屬定紐,「首」則書紐。

(4) 敗

《說文》「敗」下云:「毀也。从攴貝。」[167]王筠《句讀》說:「貝亦聲。」[168]案:「敗」、「貝」兩字上古同屬月部、幫紐。

(5) 畋

《說文》「畋」下云:「平田也。从攴田。」[169]王筠《句讀》說:

> 田有塊,故攴之。晉灼曰:「以木槌塊曰櫌。」畋又省作田,《齊風》:「無田甫田。」《傳》曰:「謂耕治之也。」田亦聲。[170]

案:「田」、「畋」兩字上古同屬真部、定紐。

以上五項是王氏在《句讀》加以訂正的「亦聲」例子,所述與段玉裁《說文注》基本相同,[171]應是本於段氏之說。此外,王氏另有自

---

166 《說文解字詁林》第 3 冊,頁 158a。

167 《說文解字詁林》第 3 冊,頁 1250a。

168 《說文解字詁林》第 3 冊,頁 1251a。

169 《說文解字詁林》第 3 冊,頁 1277a。

170 《說文解字詁林》第 3 冊,頁 1277b。

171 君、《段注》曰:「尹亦聲。」命、《段注》曰:「令亦聲。」道、《段注》曰:「首亦聲。」敗、《段注》曰:「貝亦聲。」畋、《段注》曰:「田亦聲。」上述諸例分別見於《說文解字詁林》第 2 冊,頁 1161a,1164b。第 3 冊,頁 157a,1250b,1277b。

己標明「亦聲」之例:

（1）貫

　　《說文》「貫」下云:「錢貝之貫。从毌貝。」[172]王筠《句讀》
說:「毌亦聲。」[173]案:「毌」、「貫」上古同屬元部、見紐。

（2）灙

　　《說文》「灙」下云:「捕魚也。从鱻从水。」[174]王筠在《句
讀》裏說:

> 鱻聲,語居切。《呂氏春秋·季夏紀》:「漁師。」《注》:「漁讀如
> 相語之語。」《季冬紀·注》:「漁讀如《論語》之語。」是高誘讀
> 漁為牛據切也。《廣韻》語居切,是今音,非漢音。[175]

案:「鱻」、「漁」兩字,本音相同,王筠認為本字之聲符既有音亦有
義,所以用亦聲立說。

（3）嬰

　　《說文》「嬰」下云:「繞也。从女賏。貝連也。」[176]王筠《句
讀》說:

172　《說文解字詁林》第 6 冊,頁 282b。

173　《說文解字詁林》第 6 冊,頁 283a。

174　《說文解字詁林》第 9 冊,頁 902b。

175　《說文解字詁林》第 9 冊,頁 903b。

176　《說文解字詁林》第 10 冊,頁 165b。

依《韻會》引改。（案：此指「連也」上之「貝」字。）貝部
賏下云：「頸飾也。」於此乃別為之說者，言連則繞義近也。
當云「賏亦聲」。於盈切。[177]

案：「嬰」、「賏」兩字，上古同屬耕部、影紐。

（4）孨

　　《說文》「孨」下云：「謹也。从三子。凡孨之屬皆从孨。讀曰
翦。」[178]王筠《句讀》說：「子、翦雙聲，則子亦聲也。旨兖切。」[179]
案：「子」、「翦」同屬上古精紐。「子」屬上古陰聲之部，「翦」則屬
上古陽聲元部。「孨」，章紐、元部。

（5）教

　　《說文》「教」下云：「上所施，下所教也。从攴从孝。」[180]王筠
《句讀》說：「子部孝、效也。孝亦聲。古孝切。」[181]案：「孝」、
「教」兩字上古同屬宵部、見紐。

　　除以上五例外，王氏《句讀》另有說明許篆不可以用「亦聲」解
說的例子，如：

（1）豐

177　《說文解字詁林》第 10 冊，頁 166b。

178　《說文解字詁林》第 11 冊，頁 722b。

179　《說文解字詁林》第 11 冊，頁 723a。

180　《說文解字詁林》第 3 冊，頁 1285。

181　《說文解字詁林》第 3 冊，頁 1286b。

《說文》「寷」下云:「大屋也。从宀、豐聲。《易》曰:豐其屋。」[182]王筠《句讀》說:

> 《豐卦・上六》爻詞。引此者以見豐兼意也。乃不曰從豐、豐亦聲者,豐者豆之豐滿者也,與宮室無涉。《易》於屋言豐,故引以證也。[183]

案:《說文》「寷、大屋也」,與「豐、豆之豐滿者」的詞義解釋有所不同,所以不說「從豐,豐亦聲」,王氏分析合理。

(2) 斀

《說文》「斀」下云:「煩也。从攴、蜀聲。」[184]王筠《句讀》說:

> 斀與言部䜤同,與叒部叡、乙部亂相反。大徐本從叡、叡亦聲,非也。[185]

案:《說文》「叡」下云:「治也。」[186]字義與「斀」剛好相反,所以王氏說大徐本「非」。

(3) 澦

---

182 《說文解字詁林》第 6 冊,頁 657b-658a。

183 《說文解字詁林》第 6 冊,頁 658b。

184 案:是句說解,《段注》《句讀》如是,蓋依小徐。見《說文解字詁林》第 3 冊,頁 1252b。

185 同上。

186 《說文解字詁林》第 4 冊,頁 568b。

《說文》「灋」下云：「刑也。平之如水。从水。廌所以觸不直去之。从廌去。」[187]王筠《句讀》說：

> 義已見部首下矣。此再言之者，起下從廌去之文也。《左傳》有僕區之法，有竹刑，是知刑灋者，即今律例也。廌去水三義，不相連貫，又與律例不甚符合，故分為兩義說之，又不言去亦聲也。[188]

案：王念孫《廣雅疏證》另有意見，他引《說文》本篆的說解說：

> 灋、刑也，平之如水，從水，廌所觸不直者，去聲。[189]

王筠則用會意去解釋，並說《說文》「不言去亦聲也」，可備為一說。

5 方音——山東安邱方言

文字音義，承傳發展，自古到今，一字一音，皆有來歷。因此訓解文字音義，有時可以參照方言俗音，互相印證。眾所周知，方言是由古到今一直沿襲發展的語言，而各地方音與古代語音系統都有著不可分割的承傳關係。縱然經歷百代異世，語音有所變化，但是很多時都可以發現方言保留著古音遺跡。清代文字訓詁專家，如段玉裁、王念孫、郝懿行（1757-1825）等，在研究文字音義的同時，也每每引用方音去論證古義。王筠在《句讀》裏也曾徵引不少自己的鄉音、俗

---

187 《說文解字詁林》第 8 冊，頁 524a。
188 《說文解字詁林》第 8 冊，頁 525b。
189 見陳雄根標點《新式標點廣雅疏證》（香港：中文大學出版社，1978 年）第 1 冊，
　　卷 1，頁 24。

諗去印證《說文》，全書這類例子很多[190]。以下舉數例說明：

（1）鬈

《說文》「鬈」下云：「屈髮也。」[191]王筠《句讀》說：

> 《廣雅》：「鬈、髻也。」《急就篇》：「冠幘簪簧結髮紐。」顏注：「結髮謂作結，紐謂結之鬈也。」案：顏注得之，謂鬈其髮以為髻也。安邱語（案：《句讀》全書，王氏自言「安邱語」僅此一條，餘皆曰：「吾鄉……」。）屈之謂之鬈之，又一摺謂之鬈，泛言之，不第謂髮也。[192]

案：王筠是山東安邱人氏，他根據當地方言實況，認為「屈之謂鬈之，又一摺謂之鬈」，這都應該是「鬈」的引申義。

（2）茢

《說文》「茢」下云：「茇也。謂茅根也。」[193]王筠《句讀》說：
依元應引補，句蓋庾注，故有謂字。或以為兩義，非也。吾鄉呼茅根曰蔓茇。《釋草》：「茢茇。」雖誤為茢茇，然郭注曰：「今江東呼藕紹緒如指，空中可啖者為茇茇，即此類。」是郭氏猶知其為茇也，且知茢茇皆藕根之名，與《爾雅》之藚、

---

190 王筠《句讀》全書引其鄉俗諺，俗語，恆言說解者甚多，見於以所論字例說解，如茢、莎、特、趙、達、讕、機、穗、梁、㪩、鬈、夸、墼、附、鉛、穎、汙、溲等。

191 《說文解字詁林》第 7 冊，頁 1053a。

192 《說文解字詁林》第 7 冊，頁 1053b。

193 《說文解字詁林》第 2 冊，頁 748b。是句說解依《句讀》，補「謂」於「茇也」下。

《玉篇》「药注」之薚、杜林之董，是薚根有五名也。《廣雅》：「藣、芨、荄，根也。」藣當作薚，是讀《爾雅》「药芨荄根」為一句，許君亦然，《郭注》誤分為二。[194]

王筠說其鄉「呼茅根曰蔓薚」，就是引用方言證古語的方法。

（3）戲

《說文》「戲」下云：「叉取也。」[195]王筠《句讀》說：

桂氏曰：「本書：『扭：把也。』《釋名》：『攎，叉也。五指俱住，叉取也。』《方言》：『扭、攎取也，南楚之間，凡取物溝中謂之扭，或謂之攎。』《廣韻》戲作戲，云：『以指按也。』《集韻》：『戲、或作攎。』」筠案：吾鄉叉大指中指，以量物之長短，謂之戲，似即此字。《方言注》：「音櫨棃之櫨，俗語正如此音。」[196]

案：當代方言專家曹正一《安丘方言詞匯》tʂa²⁴下收「札」字，曹氏說：

中指和母指伸開，中間的長度為一札。例：這枝鉛筆有一札長。[197]

---

194 同前註。

195 《說文解字詁林》第 3 冊，頁 1027a。是句說解依小徐本。

196 《說文解字詁林》第 3 冊，頁 1027b。

197 見曹正一：《安丘方言詞匯》，《方言與普通話集刊》第 8 本（東京：株式會社，1966 年 9 月），頁 59。

曹氏所說的「札」，應該是王氏所論的「戚」。今天粵港之地亦有人以此手法量度長短，謂之「攬lam³」（亦可作量詞用，如口語謂：有三攬長、一攬闊）。「札」當是「戚」的借字。

（4）譏

《說文》「譏」下云：「譏譀也。多言也。」[198]王筠《句讀》在「譏譀也」下說：

> 此一義也。《玉篇》：「欺謾之言也。」《廣韻》：「弄言。」皆同此義。吾鄉謂相謾曰譏戲，蓋譏譀之轉。[199]

案：譀、余制切，[200]上古屬匣紐月部，擬音$\gamma j\alpha t$。[201]曹正一《安丘方言詞匯》收有「（离）戲」$li^{(53-24)}\,\varsigma i$一語[202]。由$\gamma j\alpha t$轉為$\varsigma i$，主要元音$\alpha$消失，$\gamma\rightarrow\varsigma$則是舌根擦音變為舌面擦音，此是語音演變的自然現象。曹氏解釋「（离）戲」之詞義說：

> 開玩笑、說笑話。例：當老的就得有老的樣子，不能和孩子（离）戲。[203]

所釋詞義正與《說文》及王筠說法脗合。

---

198 《說文解字詁林》第3冊，頁629b，是句說解依小徐本。

199 《說文解字詁林》第3冊，頁630a。

200 同前註。

201 音值擬測詳參陳復華、何九盈：《古韻通曉》「第三章 古韻三十部歸字總表」，頁130；「第五章 上古韻母系統構擬例字」，頁469-470。

202 見《安丘方言詞匯》，頁58。古音分析，參考《古韻通曉》，頁233。

203 《安丘方言詞匯》，頁59-60。

（5）餉

《說文》「餉」下云：「晝食也。」[204]王筠《句讀》說：

> 晝、《御覽》引作中，謂日中也。吾鄉謂午飯曰餉食，因謂正
> 午為正餉。[205]

案：「餉」、書兩切[206]，上古屬陽部、書紐，擬測音值為 ε iaŋ。[207]
曹氏《安丘方言詞匯》文中的舌葉擦音 ∫ 下有「午飯」詞義一條，
拼音是「∫ɔ̌[(55-24)]·fæ̃」，曹氏釋作「晌飯」。[208] æ̃是鼻化韻母與上
古aŋ陽部相對應。由 ε iaŋ轉為 ∫ɔ̌，即聲母由舌面清擦音演變成舌
葉清擦音，韻母則由陽聲鼻韻母aŋ變為鼻化韻母aŋ，其演變的規律有
迹可尋。《說文》食部另有「饟」、「餉」兩篆，字義彼此互訓[209]，切
音分別是人漾切、式亮切[210]，與「餉」、書兩切同是上古陽部、書
紐，應該是同一字。曹氏說午飯為「晌飯」，這個「晌」字大抵是同
音借字。

　　除上述五例外，王氏又以自己家鄉的恆言、俗諺去論證《說
文》，現舉《句讀》書中之例說明如下：

---

204 《說文解字詁林》第 5 冊，頁 89a。
205 《說文解字詁林》第 5 冊，頁 87b。
206 《說文解字詁林》第 5 冊，頁 89a。
207 《漢字古音手冊》，頁 258。
208 《安丘方言詞匯》，頁 60。
209 《說文解字詁林》第 5 冊，頁 96b、98a。
210 同前註。

（1）瞥

　　《說文》「瞥」下云：「轉目視也。」[211]王筠《句讀》說：

　　　　吾鄉之恆言也，有所伺察而恐人覺之，故佯為不見而轉目以注
　　　　之也。[212]

以上是以安邱恆言證《說文》許語之例。

（2）扒

　　《說文》「扒」下云：「从上挹也。」[213]王筠《句讀》訂改為「從
上挹取也」，王氏說：

　　　　依元應引補。《通俗文》：「從上取曰扒。」案：此吾鄉之恆
　　　　言。

以上亦是以安邱恆言證《說文》許語之例。[214]

（3）久

　　《說文》「久」下云：「以後灸之，象兩脛後有距也。《周禮》
曰：『久諸牆以觀其橈。』凡久之屬皆从久。」[215]王筠《句讀》說：

211　《說文解字詁林》第 4 冊，頁 57b。
212　同前註。
213　《說文解字詁林》第 9 冊，頁 1295a。是句說解依《段注》及《句讀》。
214　同前註。
215　《說文解字詁林》第 5 冊，頁 405a。

蓋所引《周禮》，當時已有作灸者，故以明之也。《士喪禮》：
「鬲冪用疏布久之。」《注》：「久、讀為灸，謂以蓋塞鬲口
也。」《既夕禮》：「苞筲甕甒，皆木桁，久之。」《注》：
「久，當為灸，謂以蓋案塞其口。」案：此兩久字同義，吾
鄉之恆言也。然是從上灸之，而非從後灸之，故許君不引而
引《周禮》。[216]

又說：

《考工記・盧人》：「灸諸牆以眡其橈之均也。」《注》：「灸，
猶柱也。」《釋文》：「灸音救。」案此亦吾鄉之恆言。[217]

「灸」字《說文》釋作：「灼也，从火久聲。」[218]「灼」應是「灸」
的本義。許慎以「从後灸之」作解釋，所用的是「灸」字假借
義。王筠《句讀》則以安邱恆言論證許慎說解。

　　除上述例子，《句讀》對「爨」、「攎」、「艎」幾個篆字的分析，
也同樣引安邱恆言來印證。至於引用的安邱俗諺例子，因研究材料所
限[219]，未能作進一步探究，茲略引數例如下：

216 《說文解字詁林》第 5 冊，頁 406b。

217 同前註。

218 《說文解字詁林》第 8 冊，頁 776b。

219 案：安邱方言之研究，按筆者所見有曹正一之《山東安丘方音和北京語音》《安丘
　　方言詞匯》及《山東安丘方言在詞匯語法上的一些特點》三篇專論，見《方言與
　　普通話集刊》第 8 本。曹氏之說，前文已引用。

（1）欯

《說文》「欯」下云：「喜也。」[220]王筠《句讀》說：

　　《廣韻》曰：「笑也。」與吾鄉俗語合。[221]

（2）緶

《說文》「緶」下云：「一曰緁衣也。」[222]王筠《句讀》說：

　　轉注。《玉篇》：「緶、交縫衣也。」案：此義吾鄉諺語有之。
　　交兩幅之邊，對合縫之，故《玉篇》曰：「交縫。」[223]

（3）蜮

《說文》「蜮」下云：「蛹也。」[224]王筠《句讀》說：

　　《釋蟲》文。郭注：「蠶蛹。」孫叔然曰：「蜮即是雄，蛹即是
　　雌。」筠案：吾鄉諺語，凡草木蟲之有繭自裏者，皆謂之蜮，
　　如蜻蜓在水中未蛻時，及蟬之為復育時，皆名之。[225]

---

220 《說文解字詁林》第 7 冊，頁 789b。

221 《說文解字詁林》第 7 冊，頁 790a。

222 《說文解字詁林》第 10 冊，頁 750a。

223 同前註。

224 《說文解字詁林》第 10 冊，頁 811b。

225 《說文解字詁林》第 10 冊，頁 812a。

（4）坺

《說文》「坺」下云：「⋯⋯一曰塵皃。从土犮聲。」[226]王筠《句讀》說：

> 蒲撥切。當如元應：扶發反。所引一耦之坺，今本作伐，吾鄉
> 諺正同。[227]

以上是王氏在《句讀》引安邱俗諺印證《說文》之例。

第三節　小結

綜合上述各項而言，合共雙聲、疊韻、通借、借字、省聲、亦聲、方音（山東安邱方言）七類，大概可以反映出王筠《句讀》一書在探究《說文》字音方面的特點與成果。誠然，王筠對《說文》字音的研究並沒有採用段氏《說文注》的古韻分部體系，但於《句讀》中援引或暗用段氏之資料就非常多，詳見後之附表：〈王氏《句讀》字音分析與《段注》對照簡表〉。總的來說，王氏的研究與論述都是踏實可取，證據充足有力，每每能反映出個人特有見解，對讀者有一定的啟發意義。誠然，基於傳統語言學理論及研究材料的局限，特別是古音學理方面，王氏所論也有疏漏不足之處，諸如對昕、晞；促、趣；袤、邪；貢、功；臤、堅、賢；曷、害；坏、培；顥、晧；封等篆字之分析，當中更有些值得商榷討論的地方。此外，綜觀《句讀》

---

226 《說文解字詁林》第 10 冊，頁 1122b。
227 《說文解字詁林》第 10 冊，頁 1123b。

全書對各項字例的討論，其中有不少忽略了字音之研究。事實上，一些王氏只是記下切語而不論語音之例，但段氏《說文注》或其他前賢學者則有所論及，如內、盲、既、合、鮃、雀、舞、夆、雅、敗、楙、枋諸條，皆有進一步探究之空間。不過，以王氏當時所處的時代及學術環境而言，他對《說文》字音的種種研究，與一般《說文》研究者相比已是莫大進步，尤其是他對古籍音義的精細考證與分析，對古文字材料之篩選運用，以及對古音與方音演變關係的重視，的確是難能可貴，其研究《說文》及古籍字音的方法，可以為後世提供了具體方向，擴闊了語言文字研究的領域。

附：王氏《句讀》字音分析與《段注》對照簡表

《說文》字例	王氏分析	段氏分析及韻部（《段注》）	擬測音值
蔫、菸	雙聲	注明雙聲（第十四、五部）	ian,ia
呝、喔	雙聲	注明雙聲（第十六、三部）	ak,eok
可、肯	雙聲	注明雙聲（第十七、一部）	khai,khəng
彪、彪	雙聲	注明雙聲（第十三部）	biô
楔、檫	雙聲	注明雙聲（第十二、十五部）	siat,sat
芄、蘭、莞	疊韻	（同是第十四部）	huan,lan,huan
蕩、蓋	疊韻	（同是第十五部）	at,kat
啁、嘐	疊韻	（同是第三部）	teô,keô
走、趣	疊韻	（同是第四部）	tzo,tsio
迨、遝	疊韻	注明疊韻（第七、八部）	həp,dəp
誣、諉	疊韻	（同是第十六/十七部）	tjiek,njiek
辡、駁	疊韻	（第十四、二部）	poan,peok
躄、威	疊韻	注明疊韻（同是第十五部）	kuat,iuəi
豜、肩	疊韻	注明疊韻（第十一、十四部） 案：均作古賢切，段氏則分兩部。	kyen

《說文》字例	王氏分析	段氏分析及韻部(《段注》)	擬測音值
埃、欬	疊韻	注明疊韻(同是第一部)	kə
瀆、隩	借字	辨明字義分工(同是第三部)	dok
婑、任	借字	未有說明(第七部)	njiəm
奴、殘	通借	未有說明(同是第十四部)	dzan
幎、幭、幦	通用	辨明字義(第十一、十五、十六部)	myek,myet,myek
昕、晞	同音通用	(第十三、十五部)	xiən,xiəi
促、趣	借字	指出音義略同(第三、四部)	tsiok,tsio
褱、衺	轉注	指出古今字(同是第五部)	zya
貢、功	通用	注明疊韻(同是第九部)	kong
臤、堅、賢	通用	指明假借(同是第十二部)	kyen
曷、害	借字	指明假借(同是第十五部)	hat
坏、培	借字	指明假借(同是第一部)	buə
顥、皓	古通	指明通假(第二、三部)	hô,hu
犅、(剛)	省聲	指出從剛省(第十部)	kang
封、(坐)	省聲	(第九部)	piong
君、(尹)	亦聲	指出亦聲(第十三部)	kiuən
命、(令)	亦聲	指出亦聲(第十二部)	mieng
道、(首)	亦聲	指出亦聲(第三部)	du
敗、(貝)	亦聲	指出亦聲(第十五部)	beat
畋、(田)	亦聲	指出亦聲(第十二部)	dyen
貫、(毌)	亦聲	(第十四部)	kuan
瀺、鱟	亦聲	(第五部)	ngia
嬰、(賏)	亦聲	(第十一部)	ieng
孨、(子)	亦聲	(第十四部、一部)	tjuan
教、(孝)	亦聲	(第二部)	keôk
鬙(屈)	方音	從文獻引方言立說	muəi
筠茇(蔓茇)	方音	未有方言立說	hen

《說文》字例	王氏分析	段氏分析及韻部（《段注》）	擬測音值
敊	方音	從文獻引方言立說	tzeai
譆泄（謔戲）	方音	（第十五、十七部）	jiat
餯	方音	（第十部）	sjiang
瞥	恆言	（第十四部）	buan
抌	恆言	（第十二部）	shen
久	恆言	（第一部）	kiuə
欯	安邱俗語	（第十二部）	xjiet
纏	安邱諺語	（第十一部）	bian
蛫	安邱諺語	（第十五部）	kiue
坺	安邱諺語	引‘今人’說之（第十五部）	biuat

說明：

（1）表中「段氏分析及韻部」分兩項處理：

　　前者將段說作扼要說明，如「注明雙聲」即見於《段注》之分析。

　　後者以（　）註明段氏所歸入之古音分部，詳見《段注》之篆字說解。

（2）表中「段氏分析及韻部」見於《段注》，基本上參照臺灣漢京文化事業有限公司印行之《說文解字注》（「四部刊要」版），1983年。

（3）一字可歸入兩部，則以／號加以隔開，如「誰」字段氏謂可歸入第十六／十七部。

（4）省聲、亦聲、方音、鄉諺等只擬測本篆一音。

（5）右欄之音值擬測主要與《說文》之切音作對應處理。基本上，參照《同源字典》（王力著，北京：商務印書館，1987年）、《古韻通曉》（陳復華、何九盈著，北京：中國社會科學出版社，1987年）。表中字例如音值相同則只標示一音。

第五章
《說文句讀》的字義研究

第一節　引言

　　關於研究文字字義的課題，近代學者朱宗萊（1886-1919）在他的《文字學形義篇》裏曾提出了很具建設性意見，他說：

> 文字有形，有音，有義。自其始制字言之，必有義而後有音，有音而後有形。自其既成字言之，則音寓於形，義寓於音，三者之相關，至密比也。夫形有古今，音有古今，義亦有古今。何謂古義？本訓是也。何謂今義？轉訓是也。不達本訓，無以知文字之原；不曉轉訓，無以通文字之用。訓詁者，隨字之所施而順說之者也。明其行事，識其時制，通其故言，則文辭自此明，義理自此出。世有高言窮理，而詆訓詁為破碎者，不知義理寄于文辭，文辭本乎訓詁。舍訓詁而求義理，猶欲升堂入室而閉其門也。[1]

事實上，不清楚了解字義會直接影響對文章義理的理解。乾嘉學派宗師戴震（1723-1777）曾說：

1　錢玄同（1887-1937）、朱宗萊：《文字學音篇‧文字學形義篇》（合刊）（臺北市：臺灣學生書局，1978 年 9 月），頁 142。

經之至者道也，所以明道者詞也，所以成詞者字也。由字以通
其詞，由詞以通其道。[2]

可見字義研究是治學的首要階段。然而，研究字義所應當注意的有本
義、引申義和假借義三大範疇。清代學者江沅（1767-1838）《說文解
字注·後序》說：

本義明而後餘義明，引申之義亦明，假借之義亦明。[3]

段玉裁《說文解字注》曾分析本義、引申義、假借義之關係。他說：

凡說字必用其本義。凡說經必因文求義，則於字或取本義，或
取引申、假借，有不可得而必者矣。故許於毛傳，有直用其文
者，凡毛許說同是也。有相近而不同者，如毛曰：「鬈、好
兒。」許曰：「髮、好兒。」毛曰：「飛而下曰頡。」許曰：
「直項也。」是也。此引申之說也。有全違者，如毛曰：「匪
文章兒。」許曰：「器似竹医」毛曰：「干、澗也。」許曰：
「犯也。」是也。此假借之說也。[4]

段氏又說：

凡字有本義焉，有引申、假借之餘義焉。守其本義而棄其餘義

2　見戴震：《與是仲明論學書》，收入《戴東原集》（臺北市：臺灣商務印書館，1968
　　年，《國學基本叢書》，第327冊），卷9，頁30。
3　見《說文解字詁林·前編上》第1冊，頁204b。
4　《說文解字詁林》第7冊，頁1036a。

者，其失也固。習其餘義而忘其本義，其失也蔽。[5]

段氏之論說揭示要重視字義研究的理由。誠然，乾嘉文字訓詁專家，如桂馥、王念孫、朱駿聲等，他們對文字、訓詁等研究，都提出了不少精僻見解。如前所述，王筠《句讀》採納了不少段、桂兩家的研究成果。此外，書中也有不少是王氏的創獲。《句讀》除了申明本義、引申義、假借義，以及補訂《說文》闡析字義訓詁條例外，又援引動靜字條例為說，對後世的詞彙及語法研究，都有不少裨益。以下將王氏《句讀》對字義的研究成果，分類摘要引述。

第二節　《句讀》的字義研究概述

按王氏《句讀》所論析，可分為本義、引申義、假借義、動靜字四類逐一討論。

1 本義[6]

5　見《經韻樓集》，收入阮元輯：《皇清經解》（清光緒 9 年〔1883〕刊本）卷 661，頁 8a。

　　案：引申義、假借義，段氏一概稱為「餘義」。《說文》比下云：「密也。」《段注》說：「其本義謂相親密也。餘義備也、及也、次也、校也、例也、類也、頻也、擇善而從之也、阿黨也，皆其所引申。許書無「笓」字，古只作「比」，見《蒼頡篇》。《釋名》《漢書‧匈奴傳》《周禮》或假「比」為「庀」。」（見《說文解字詁林》第 7 冊，頁 36b。）

6　本義之說，詳參：

　（i）　陸宗達、王寧《訓詁方法論》說：「反映在字形上，體現原始造字意圖的字義，叫作本義。」（《訓詁方法論》〔北京市：中國社會科學出版社，1983 年 12 月〕，頁 174。）

　（ii）　羅邦柱主編《古漢語知識辭典》說：「本指詞的原始意義，即造詞之初所賦予的意義。由於文字產生之前某詞的最早的意義是什麼已無從知道，故通常所

　　所謂本義，是指某字的本來意義。[7]王筠在《句讀》書中討論文字本義的地方甚多，例如：

（1）束

　　《說文》「束」下云：「縛也。從囗木。」[8]王筠《句讀》說：

　　　字從囗木，則《詩》：「束楚束薪」，其本義也。而《易》之「束帛」、《詩》之「束矢」、《論語》之「束脩」、《左傳》之「束馬」，皆用之。[9]

以上是援引經義去闡明《說文》說解字形本義的例子。

（2）辭

　　《說文》「辭」下云：「訟也。」[10]王筠《句讀》援引經義論證許慎的說解：

　　　謂本義，則是指詞在文字產生階段的意義，即文字形體結構所反映的，并有史料可以印證的意義。例如『行』，甲骨文寫作 艹，象十字路之形，本義是道路，《詩・豳風・七月》「女執懿筐，遵彼微行」之用例亦可證。本義是詞義引申的基礎，分析和掌握詞的本義，對於理解和掌握詞的引申義具有十分重要的意義。」（《古漢語知識辭典》〔武昌市：武漢大學出版社，1988 年 11月〕頁 160-161。）

（iii）任學良《說文解字引論》談到「本義」之說曾引《說文》若干篆例佐論，詳見該書第三章「《說文》釋義形音」之第三節。（《說文解字引論》〔福州市：福建人民出版社，1985 年 9 月〕，頁 85-87。）

7　以上所謂本義與一般詞義學所謂之本義概念基本相同。

8　《說文解字詁林》第 5 冊，頁 1075b。

9　《說文解字詁林》第 7 冊，頁 1076a。

10　《說文解字詁林》第 11 冊，頁 671a。

> 《小司寇》：「辭聽。」《呂刑》：「師聽五辭。」《大學》：「無情者不得盡其辭。」皆用本義。[11]

王氏所引《周禮》《尚書》等之「辭」字，都與獄訟之義互相關涉，並由此論證「訟」是「辭」的本義。

（3）辯

《說文》「辯」下云：「治也。」[12]王筠《句讀》援引經義加以解釋說：

> 《易・訟卦》：「其辯明也。」是本義。《樂記》：「其治辯者其禮具。」則泛言辯治之義。《曲禮》：「分爭辯訟，非禮不決。」則與辡字同義，（案：辡下云：「辠人相與訟也。」）[13]知辯即辡之累增字，故辡不見於經。[14]

（4）則

《說文》「則」下云：「等畫物也。」[15]王筠《句讀》參考經義內容詳細分析說：

> 蓋即今之天平法馬也。（案：此句說解許語。）《儀禮》：「一馬

11　《說文解字詁林》第 11 冊，頁 672b。
12　《說文解字詁林》第 11 冊，頁 675a。
13　《說文解字詁林》第 11 冊，頁 674a。
14　《說文解字詁林》第 11 冊，頁 676a。
15　《說文解字詁林》第 4 冊，頁 838a。

從二馬。」（案：此句《禮記・投壺》兩見。）[16]為今語所本。法馬與所稱之物，必輕重相等，故式樣之義起焉。《詩》：「其則不遠。」是也。而法度之義亦起焉。《大司馬》：「均守平則。」是也。有法度則效法之。《詩》：「君子是則是傚。」是也。許君但說本義耳。云等畫者，猶今之等子有星也。為之界畫以區其等。[17]

上述「束」、「辭」、「辯」、「則」四個篆字，是王筠《句讀》中據經義印證《說文》篆文本義之例子。此外，書中另有王氏認為《說文》所說本義不當，於是援引典籍加以辨析，例如：

（1）括

《說文》「括」下云：「絜也。从手。昏聲。」[18]王筠《句讀》在許語「絜也」下，辨明「括」字的本義說：

> 絜、麻一端也。（案：此為許君絜篆說解。）此非用其本義。《玉篇》：「絜，結束也。」是此義也。髟部：「髻，絜髮也。」亦此義。髻髮，《禮經》作括髮。《詩・車牽》：「德音來括。」《傳》曰：「括、會也。」薛君《韓詩章句》：「括、約束也。」戴侗引蜀本有「結也」二字。案：此乃絜之訓釋或庾注也。《廣雅》：「括、結也。」鄭注《大學》：「絜、猶結也。」[19]

---

16 案：此見於《禮記注疏》，頁 966b、968a。

17 《禮記注疏》，頁 839b。

18 《說文解字詁林》第 9 冊，頁 1322a。

19 《說文解字詁林》第 9 冊，頁 1322b。

按王氏所論，「括」篆本義應是「結也」。於此，張舜徽《說文解字約注》之看法可作補充，他說：

> 段玉裁曰：「絜者、麻一端也。引申為絜束之絜。凡物圍度之曰絜，《賈子》：『度長絜大。』是也。束之亦曰絜，凡經言括髮者，皆謂束髮也。髟部：『髻，絜髮也。』然則束髮曰髻，括為凡物總會之稱。」舜徽案：絜謂之括，猶會謂之括耳。《六書故》引蜀本《說文》作「絜也，結也。」結與絜義相近，「結也」一訓，蓋後人所附益，非許書原文。[20]

（2）伉

《說文》「伉」下云：「人名。」[21]王筠《句讀》說：

> 段氏曰：「非例也。」筠案：下文健、伉也。犬部犺、健犬也。則此當云健也。《漢書·宣帝紀》：「伉健習騎射。」顏注：「伉、強也。」雖二字遠隔，健或系伉引申之義而非本義，則亦當云「敵也」。杜注《左傳》「伉儷」曰：「伉、敵也。儷、偶也。」《莊子》：「萬乘之主，夫子未嘗不分庭伉禮。」是亦敵體之意也。蔡邕《釋誨》：「帶甲百萬，非一勇所伉。」則抗扞之意，即伉健也。[22]

案：《說文》本篆說解在「從人，亢聲」句下，有「《論語》有陳

---

20 《說文解字約注》下冊，卷 23，頁 56b-57a。
21 《說文解字詁林》第 7 冊，頁 44b。
22 《說文解字詁林》第 7 冊，頁 45a。

伉」一句，[23]所以許慎在「伉」篆下說：「人名」。王筠是依據《說文》「健」、「伉」的說解及典籍所記載材料，去訂正「伉」篆的本義。不過，他自己還是有所懷疑，未能確定。張舜徽《說文解字約注》就這樣分析：

> 伉、健、強皆一語之轉，聲義同原，本書川部：「𠈉、剛直也。」亦與伉雙聲。[24]

案：「伉」之說解應當是「健也」。《說文》「健」下：「伉也。」[25]正好反映出兩篆互為轉注訓解之特質。

　　以上是王筠《句讀》說解許篆本義例子，王說有據字形立論，有據典籍立說，基本上都是證據充實，其研究字義之功力，由此可見一斑。然而，《句讀》對文字本義之說，也有疏漏及未妥善之處，例如：
　　《說文》「出」下云：「進也。象艸木益滋，上出達也。」[26]王筠《句讀》在許語「進也」下解釋說：

> 辵部「進、登也。」出字義本指人，故部中無一涉于艸木者，與生部曰「進也」不同。或曰「進也」當作「達也」。蓋據下文「出達」推之。[27]

23　《說文解字詁林》第 7 冊，頁 44b。
24　《說文解字約注》中冊，卷 15，頁 5a。
25　《說文解字詁林》第 7 冊，頁 85a。
26　《說文解字詁林》第 5 冊，頁 1010b-1011a。
27　《說文解字詁林》第 5 冊，頁 1011b。

王氏又在許語「上出達也」下分析字形結構說：

> 上者，字形自下上。上象出之狀也。出達是複語。……此兩句
> 解字形，則指艸木言，以人之出無可象，故借艸木之出象之。[28]

案：王筠說「出字義本指人」，於字義之傳意範疇而言可以說是對。
但他說「以人之出無可象」，就未必對。出部的前後分別是之部和生
部。《說文》「之」下云：「出也。象艸過中、枝莖益大，有所之。一
者，地也。」[29]「生」下云：「進也。象艸木生，出土上。」[30]由此可
以了解「之」、「出」、「生」三篆分別解作「進也」、「出也」，這都是
上述諸字之本義。「出」字甲骨文作 ᵕ一期甲二四一、ᵕ一期合集六〇五七、ᵕ一期合一
二四、ᵕ一期合集八一七八、ᵕ一期合集六〇九三、ᵕ一期合集七九四二、ᵕ一期乙九〇九、ᵕ一期甲四七
六、ᵕ二期合集二三六〇二、ᵕ三期合集二九〇七六、ᵕ四期屯南三四五、ᵕ四期合集三三〇〇六、ᵕ五期
林二、二五・六、ᵕ周甲探六六。[31]徐中舒《甲骨文字典》解釋說：

> 從屮止從凵，屮象足，凵或作凵，象古代穴居之洞穴。故甲骨
> 文出字象自穴居外出之形，或更從彳作，則出行之義尤顯。
> 《說文》：「出、進也。象艸木益滋上出達也。」《說文》說形
> 不確。[32]

至於「出」字的金文，有這些寫法：ᵕ毛公鼎、ᵕ伯矩鼎、ᵕ㪔卣、ᵕ宅簋、ᵕ

---

28 同前註。

29 《說文解字詁林》第 5 冊，頁 999a。

30 《說文解字詁林》第 5 冊，頁 1036a。

31 《甲骨文字典》，頁 681。

32 《甲骨文字典》，頁 681-682。

頌鼎、⛰️ ⛰️頌簋、⛰️頌壺、⛰️克鼎、⛰️師望鼎、⛰️号甲盤、⛰️伯敦蓋、⛰️魚鼎匕。[33]清末金文學者孫詒讓《名原》說：

> 《說文》出部云：「⛰️、進也，象艸木益茲上出達也。」金文毛公鼎作⛰️、石鼓文作⛰️，皆从止。龜甲文則作⛰️，中亦从止，明古出字取足行出入之義，不象艸木上出形，蓋亦秦篆之變易而許君沿襲之也。[34]

當代語言學者張日昇（1938-）有以下看法：

> 按《說文》云：「出、進也。象艸益滋上出達也。凡出之屬皆从出。」甲骨文作⛰️ ⛰️ ⛰️諸形，从止从凵。金文稍變作⛰️。許氏據篆文譌體以止為艸木之形，其誤顯然。……孫詒讓謂古出字取足行出入之義。李孝定謂「以內字作⦿觀之，凵⋂疑為坎陷之象。古人有穴居者，故从止从凵，而以止之向背別出入也。（《甲骨文字集釋》頁二〇七四）內作⦿之說未詳。以止之向背別出入一說，則當移用於出各兩字。出、離穴外出。各、自外臨至。止形相反，字義隨之。[35]

綜觀而論，諸家說法皆合理可取。「出」篆从止，字義與人相關涉，昭然明白。王筠以《說文》所謂「出、進也」、「進、登也」互訓，而推論「出字義本指人」，之後又說「人之出無可象，故借艸木之出象之」，就顯得自相矛盾，這正因為過於拘執於篆字形體和許慎之說，

---

33 《金文詁林》第 8 冊，頁 3930。
34 《金文詁林》第 8 冊，頁 3932。
35 《金文詁林》第 8 冊，頁 3934-3935。

以致思想糾纏不清，說解迂迴不通。

2 引申義[36]

　　所謂引申義，是指詞義由本義發展而衍生的另一個解釋義。如《說文》「引」下云：「開弓也。从弓丨。」[37]《孟子·盡心上》：「君子引而不發。」[38]所用的就是「引」字本義。《韓非子·外儲說右下》：「善張網者引其綱」[39]，則是由本義而引申出來的詞義，解作牽引。《史記·秦始皇本紀》：「引兵欲攻燕」[40]，則引申為抽象之詞義概念，解作導引。王筠《句讀》研究文字引申義的例子非常多，以下略

---

36 引申義之說，詳參：
　（i）　陸宗達·王寧《訓詁方法論》說：「詞義從一點（本義）出發，沿着它的特點所決定的方向，按照各民族的習慣，不斷延伸出新義或派生出新詞，從而構成有系統的義列，這叫作引申。引申詞是詞義運動的基本形式。」（《訓詁方法論》，頁 187-188。）
　（ii）　任學良《說文解字引論》說：「引申是將本義引長，義項由少到多，正象八卦推演為六十四卦一樣；產生了新的義項，而新義項和舊義又密切相關，這樣的引申義才是真正的引申義。」（《說文解字引論》，頁 88。）
　（iii）呂思勉《字例略說》釋「引申」說：「引伸者，字義之遷變，即語義之遷變。其根原則在人觀念之遷變。人之觀念，本無一息而不變；亦無兩人之觀念，全然相同，特其別甚微，人不易覺耳。閱時既久而更回顧焉，則判若兩義矣。夫觀念之遷變，無一息之停；而語言為固定之物，勢不能朝更暮改。積之久而其義漸殊，實為無可如何之事。以今義解古語，必不能合，即由於此。然語義之遷變，自有其一定之規則。能得其規則，則棼然淆亂之義，其中皆有綫索可尋。如是，則可自源沿流，而用字便；亦可自流泝源，而讀書便矣。此引伸一端，所以雖不在六書之內，而以實用論，則尤要於六書也。」（《文字學四種》〔上海市：上海教育出版社，1985 年〕，頁 204。）
　　案：引申義乃指詞義因相關而伸延發展之新義，此說相對於本義而言。
37 《說文解字詁林》第 10 冊，頁 472b。
38 見《孟子注疏》，頁 243a。
39 陳奇猷校注：《韓非子集釋》（臺北市：河洛圖書出版社，1974 年 3 月），頁 781。
40 《史記》，頁 233。

舉幾例說明：

（1）飧

《說文》「飧」下云：「餔也。」[41]王筠《句讀》說：

> 《宰夫・注》：「鄭司農云：『飧、夕食也。』」即以字形說字義，此許君所本也。《小雅・傳》曰：「孰食曰饔。」許君用之。《魏風・傳》曰：「孰食曰飧。」許君不用，蓋以為引申之義也。是以《公羊傳》：「趙盾食魚飧。」直以為飲食之別名。《司儀》：「掌客之饔飧。」則又以為小禮、大禮之名，皆引申義也。[42]

《說文》本篆下有「餔」篆，許慎的說解是：「日加申時食也」[43]。王筠《句讀》說：「謂日加申之時而食，謂之餔也」[44]，可知「夕食」是「餔」的本義。王筠所引述的都是經傳之引申義。

（2）丰

《說文》「丰」下云：「艸盛丰丰也。从生上下達也。」[45]王筠《句讀》在「丰丰也」句下說：

> 《廣韻》引少一丰字，非。《詩》：「子之丰兮。」《箋》云：

---

41 《說文解字詁林》第 5 冊，頁 88a。
42 《說文解字詁林》第 5 冊，頁 88b。
43 《說文解字詁林》第 5 冊，頁 90a。
44 《說文解字詁林》第 5 冊，頁 91a。
45 《說文解字詁林》第 5 冊，頁 1038b。

「面皃丰丰然豐滿。」引申之義也。丰、豐，疊韻。[46]

王氏所引與《段注》相同，段氏說：

> 引伸為凡豐盛之稱。《鄭風》：「子之丰兮。」《毛傳》：「丰、豐
> 滿也。」鄭云：「面皃丰丰然豐滿。」[47]

段、王所說都是本著經義立論。「丰」本指艸盛，經傳用作描述人面
皃豐滿，此為引申義。

（3）顊

《說文》「顊」下云：「繫頭殟也。」[48]王筠《句讀》說：

> 《玉篇》曰：「《莊子》云：『問焉則顊然。』顊、不曉也。」
> 案：此與《孟子》「王曰吾惛」同意，乃顊引申之義。歹部
> 殟：「暴無知也。」則正義也。言繫頭者，此殟須繫其頭也，
> 今俗猶有然者。《廣韻》有二音，一烏渾切，病也。一陀骨
> 切，心悶也。此殟當烏渾切，即瘟疫之瘟。[49]

張舜徽《說文解字約注》引述王說，並加按語分析：

> 王氏讀殟為瘟，是也。謂此殟須繫其頭，非也。許所云「繫頭

46　《說文解字詁林》第 5 冊，頁 1039a。
47　《說文解字詁林》第 5 冊，頁 1039a。
48　《說文解字詁林》第 7 冊，頁 968a。
49　《說文解字詁林》第 7 冊，頁 968b。

殣」者，謂瘟疫之中，有頭痛甚屬，如有繩索束繫之，不可解
耳。今醫所稱腦膜炎之類，得病甚猝，傳染甚速者，庶幾近
之。得此疾者，昏迷不曉人事，故䫡義又通于惛。[50]

張氏所析甚是。事實上，許語所說是指頭痛病，此病可令人昏迷，不
曉人事。此字古籍一般作動詞或形容詞用，都是引申義。

（4）偆

《說文》「偆」下云：「富也。」[51]王筠《句讀》說：

心部惷：「厚也。」宀部富：「厚也。」《廣韻》：「偆、厚也。
富也。」《春秋繁露》：「春之言猶偆也。偆者，喜樂之皃
也。」此引申之義。[52]

案：《說文》「偆」篆「从人、春聲。」[53]至於「春」篆，許君解釋是：

推也。从艸、从日。艸春時生也，屯聲。[54]

當代學者李玉潔《常用漢字形音義》對「春」之闡析是：

甲骨文从艸，从日，屯聲。左邊中間是日；上下的ψ形是草字

---

50 《說文解字約注》中冊，卷17，頁17a。
51 《說文解字詁林》第7冊，頁196b。
52 同前註。
53 同前註。
54 《說文解字詁林》第2冊，頁948b。

的初形；右邊是屯的本字。金文變形，將「𡳿」放在上邊，屯字變為彎曲形置于中間，日放在下邊。（案：李氏書中的金文作𣤚；甲骨文作𣥍。）……日在草中表示日照草生，屯聲含有萬物蓄積將生之意。春的本義是萬物始生的季節。[55]

高田忠周《古籀篇》則如此論述：

> 愚謂春之从屯，形聲而會意也。屯下曰：「象艸木初生，屯然而難。」難者，難出也。陽氣未舒，陰氣尚強，故中艸欲生而不能生，屯然而屈。及春陽舒暢，於是屯然中艸生出也。春字从艸屯从日，其會意自顯矣。[56]

綜上所述，「春」字是通過自然界之描述以表示有生機意思，由此可見許慎訓解為「進也」之道理。春時萬物抽條發芽，因而有「富也」、「厚也」的含義，這些都是引申義。由萬物之富厚引申到人事，則可以發展為富有、充足、喜樂的意思，所以《春秋繁露》有「喜樂之兒」的說法。[57]

以上是王筠《句讀》據古籍以論證引申義之例。

（5）閑

《說文》「閑」下云：「闌也。从門，中有木。」[58] 王筠《句讀》

---

55 李玉潔：《常用漢字形音義》（長春市：吉林教育出版社，1990 年 3 月），頁 648。

56 《金文詁林》第 1 冊，頁 409。

57 董仲舒（176-104 前）：《春秋繁露》，收入《四庫全書珍本別輯》卷 47（臺北市：臺灣商務印書館，1975 年），卷 11，頁 6b。

58 《說文解字詁林》第 9 冊，頁 1043a。

在「闌也」下說：

> 牛部：「牢、闌，養牛馬圈也。」引申其義為防闌。《易・文言》：「閑邪存其誠。」又《家人》：「閑有家。」馬融曰：「閑、闌也。」[59]

《說文》有「闌」篆，許慎解釋為：「門遮也」[60]，王筠《句讀》說：

> 遮、一本作越。《字鑑》引同。似謂必越此闌，乃得入門。然經典無徵。《廣雅》：「闌、遮也。」《孝經・鈞命訣》：「先立春七日，勅門闌無關鑰，以迎春之精。」字又借蘭，《漢書・王莽傳》：「與牛馬同蘭。」顏注：「蘭謂遮闌，若牛馬蘭圈也。」[61]

由此可知「閑」，「闌」兩字同義，都是指阻隔門口進出的東西。金文「閑」，𦥑同簋[62]；「闌」，𦥑王孫鐘、𦥑𩵋𢎥鼎、𦥑闌卣、𦥑𡨥擬角、𦥑利簋、𦥑王孫諎鐘。[63] 段氏《說文注》說：

> 謂門之遮蔽也。俗謂欄檻為闌。引申為酒闌字。於遮止之義演之也。[64]

59　《說文解字詁林》第 9 冊，頁 1043b。

60　《說文解字詁林》第 9 冊，頁 1042a。

61　《說文解字詁林》第 9 冊，頁 1042b。

62　《金文詁林》第 13 冊，頁 6566。

63　《金文詁林》第 13 冊，頁 6563。及《金文詁林補》第 6 冊，頁 3007。

64　《說文解字詁林》第 9 冊，頁 1042a。

高鴻縉對「闌」這樣解釋:

> 竊以為門遮之字而取柬聲者,當亦謂柬為竹簡可編之以遮門
> 也。[65]

張舜徽《說文解字約注》對「閑」篆如此闡析:

> 今俗猶多以木為欄檻,形制甚小,施於門限上,所以隔別內
> 外,防小兒、家畜之任意出入,蓋即闌之遺意,閑從門中有木
> 而訓為闌,謂此也。[66]

綜合上述諸家所論,張說最清晰,他把「閑」的本義明白揭示出來。
此為「隔別內外」的橫木,可以進一步「引申其義為防閑」,也就是
語法上的詞類活用,由名詞轉作動詞。《穀梁傳‧桓公二年》:「孔父
閑也。」《注》:「閑謂扞禦。」[67]《孟子‧滕文公下》:「閑先聖之
道。」《注》:「閑、習也。」《疏》:「欲防閑衛其先聖之正道。」[68]同
樣有「扞禦」的意思。漢人揚雄(前53—後18)《太玄經》:「閑……
物咸見閑。」晉人范望注釋說:

> 四陰雖盡於下,而猶壯於上,故能防閑。……萬物皆見其防

---

65 《金文詁林》第 13 冊,頁 6564-6565。

66 《說文解字約注》下冊,卷 23,頁 14b。

67 見晉‧范寧(339-401)集解、楊士勛疏:《春秋穀梁傳注疏》(臺北市:臺北藝文印
　書館,景印清嘉慶 20 年(1815)南昌府學重刊宋本《十三經注疏》,附《校勘
　記》,1973 年 5 月 5 日版),頁 29a。

68 見《孟子注疏》,頁 118-119a。

閑，故謂之閑。[69]

唐人劉禹錫（772-842）《天論》：「建極閑邪。」[70]「閑」字同樣有「防止」的意思。《廣韻・二十八山》：「閑、闌也」，並清楚記下兩種解釋：「防也、禦也。」[71]總而言之，「閑」有防、禦的解釋是基於詞義在使用上之引申發展。

（6）戶

《說文》「戶」下云：「護也。」[72]王筠《句讀》說：

> 字不須說，故以疊韻說之。《左傳》曰：「勇夫重閉，則戶者所以防盜也。」故引申其義為止。《左・宣二十一年・傳》：「屈蕩戶之。」杜注：「戶、止也。」……《漢書・樊噲傳》：「詔戶者無得入群臣。」《王嘉傳》：「坐戶殿門失闌，免。」《公羊・宣六年・傳》：「勇士入其大門，則無人門焉者；入其閨，則無人閨焉者。」與戶者同意。[73]

許慎對「戶」篆的構形解釋是：「半門曰戶。」[74]這是「戶」的本義。

---

69 漢・揚雄撰、晉・范望注：《太玄經》，《四部叢刊》第 393 冊（據上海涵芬樓景印明萬玉堂翻宋本原書版），卷 1，頁 10b。

70 劉禹錫：《天論》，收入《劉禹錫集》（上海市：上海人民出版社，1975 年 11 月），頁 52。

71 陳彭年（961-1017）撰：《鉅宋廣韻》（上海市：上海古籍出版社，1983 年 4 月），頁 79。

72 《說文解字詁林》第 9 冊，頁 982a。

73 《說文解字詁林》第 9 冊，頁 983a。

74 《說文解字詁林》第 9 冊，頁 982a。

「戶」,甲骨文作⊟一期乙一一二八、ꟼ一期乙四八一〇、ꟼ二期坎‧下六、ꟼ三期鄴三‧四一‧六。[75]
徐中舒解釋此象單扉之形。[76]李玉潔《常用漢字形音義》說：

> 戶是象形字。甲骨文象單扇門的樣子。……戶的本義是雙扇門
> 的一半,即單扇門,也泛指門。[77]

《說文》利用聲訓條例,說解「戶」為「護也」,這因為經義中有以
「戶」作為動詞。「戶」的本義是門,由於有阻礙、保護的作用,所
以《左傳》杜注就把它引申為「止」。《釋名‧釋宮室》:「戶,護也。
所以謹護閉塞也。」[78]《玉篇》:「戶,所以出入也。一扉曰戶,兩扉
曰門。」[79]正好補充許慎的說解。

　　以上兩項是關於王筠考證《說文》許語的引申義例子,以下舉兩
條值得商榷的說法:

(1) 辛

　　《說文》「辛」下云:「秋時,萬物成而孰。金,剛、味辛。辛痛
即泣出。」[80]王筠《句讀》訂定為「味辛也。又辛痛即泣出。」王氏
說:

---

75 《甲骨文字典》,頁 1280。

76 同前註。

77 《常用漢字形音義》,頁 616。

78 漢‧劉熙、吳琯校:《釋名》(臺北市:臺灣商務印書館,1969 年,據上海涵芬樓
1937 景明刻本景印),卷 5,頁 6b。

79 《大廣益會玉篇》,頁 55b。

80 《說文解字詁林》第 11 冊,頁 661a。

依《集韻》引補。蓋成孰之義，與一辛之形不相比附，故委曲引申而傅合之。燮下云：「辛者物孰味也。」故由成孰而得金、剛，味辛之義。含辛則泣，辛痛亦泣，有罪之人必辛痛，遞相引申，乃得從一辛之形。[81]

案：《周禮‧天官冢宰‧食醫》：「凡和：春多酸，夏多苦，秋多辛，冬多鹹。」《疏》：

> 秋多辛者，西方金，味辛屬秋，秋時調和食辛，亦多於餘味一分，故云：「秋多辛。」[82]

考之《天官冢宰‧食醫》及《疾醫》，有五味、五穀、五藥、五氣、五聲、五毒等說法。唐人賈公彥疏解說：

> 云五味：醯、酒、飴蜜、薑、鹽之屬者，醯則酸也，酒則苦也，飴蜜即甘也，薑即辛也，鹽即鹹也。此五味，酸、苦、辛、鹹、甘也。[83]

又於《疾醫》「以辛養筋」一說之下解說：

> 云辛，金味。金之纏合異物似筋者，人之筋亦纏合諸骨，故云似筋而以辛養之也。[84]

---

81 《說文解字詁林》第 11 冊，頁 662a。
82 見《周禮注疏》，頁 73a。
83 見《周禮注疏》，頁 74a。
84 見《周禮注疏》，頁 75b。

此外，《尚書‧洪範》又有「金曰從革」、「從革作辛」的說法。《尚書正義》就這樣解釋：

> 金之在火，別有腥氣，非苦非酸，其味近辛，故辛為金之氣味。《月令‧秋》云：「其位辛，其臭腥。」是也。[85]

上述所引，均為經書以五行說「辛」之例證。眾所周知，漢代曾盛行陰陽五行之說，許慎曾師事大學者賈逵（30-101），精於古文經學，當時有「五經無雙許叔重」之美譽，[86] 許慎在《說文》裏用五行概念來說解文字，亦是無可厚非。然而，假若從其他材料來研究，「辛」字的字義就另有解釋：「辛」，甲骨文作 ▼ 一期前四‧二四一 、 ▼ 二期粹五一一 、 ▼ 三期粹四六三 、 ▼ 四期粹四〇五 、 ▼ 五期粹一四〇四 。[87] 徐中舒《甲骨文字典》解釋說：

> 郭沫若謂辛象古之剞劂形，剞劂即曲刀，乃施黥之刑具，其形始如今之圓鑿而鋒其末，刀身作六十度之弧形，辛字金文之作 ▼ 串父辛敲 ，若 ▼ 父辛爵 加一乃表示上下意，即其正面之圖形，作 ▼ 若 ▼ 者，則縱斷之側面也，知此則知辛丯何以為一字之故。（《甲骨文字研究‧釋干支》）按郭說可從。▼、▼、▼ 初為一字，而《說文》分為辛、丯、丯三字（丯見於音字偏旁），義遂各有所專。《說文》：「辛、秋時萬物成而孰，金剛味辛，辛痛即泣出。从一从辛，辛，辠也。辛承庚。象人股。」不確。[88]

---

85 見漢‧孔安國傳、唐‧孔穎達疏：《尚書正義》（臺北市：臺北藝文印書館，景印清嘉慶 20 年（1815）南昌府學重刊宋本《十三經注疏》，附《校勘記》，1973 年 5 月 5 日版），頁 169b，頁 170a。

86 參嚴可均：《許君事跡考》，見《說文解字詁林‧前編下》第 1 冊，頁 1288b-1290。

87 見《甲骨文字典》，頁 1561。

88 同前註。

當代文字學家鄒曉麗（1937-）《基礎漢字形義釋源》也主張依從郭說，鄒氏說：

> 「辛」的本義，郭沫若以為「剞劂」（jī　jué，雕刻用的曲刀）之形。古人對俘虜行黥刑時亦用之，故引申為罪愆、辛酸。在《子執戈父辛鼎》中有 𢆟 形，中象斧鑿，兩邊象木裂卷曲，故證明郭說可信。又，學者亦以為是「薪」（柴）的本字。成語中有「負荊請罪」，故知「薪」亦可用為刑具。總之，在「辛」作為兵器、刑具這點上眾人無分歧。[89]

康殷《古文字形發微》認為「辛」是施肉刑的刀。[90]綜合而論，「辛」字的本義應是刀、鑿之類的器具。《說文》：「秋時萬物成而孰。金、剛，味辛。」大抵是以經義結合五行思想立說。「辛痛即泣出」則是施以黥刑令人苦痛無比的情態描述，是辛字本義之引申。王筠《句讀》所謂「含辛則泣，辛痛亦泣，有罪之人必辛痛」，解說迂曲遙遠，難以理解。

（2）昔（𣊷）

《說文》「昔」下云：「𣊷，乾肉也。从殘肉，日以晞之，與俎同意。」[91]王筠《句讀》在「乾肉也」下說：

> 《易·噬嗑》：「噬腊肉。」《釋文》：「音昔。馬云：『晞於陽，而煬于火，曰腊肉。』」虞本作𣊷，云三在膚裏，故稱肉。离

89　鄒曉麗：《基礎漢字形義釋源》（北京市：北京出版社，1990 年 6 月），頁 252。

90　康殷：《古文字形發微》（北京市：北京教育出版社，1990 年 3 月），頁 639。

91　《說文解字詁林》第 6 冊，頁 96a。

日乾之為昔。筠案：群書皆作腊，逐🔲之部位也。昔專為對今
之詞，則引申之義也。腊非一日可乾，故為昔矣。知許合之
不誤者。《檀弓》：「陳乾昔。」必是腊，乃可連乾為詞。人名
乾昔者，或取堯如腊之義。[92]

案：「昔」，甲骨文作🔲一期一九六八、🔲一期乙七四九二、🔲一期乙八二〇七、🔲一期後下
五・三、🔲一期菁六、🔲一期鄴一・四五・四、🔲一期京一八八五、🔲五期南七八五。[93] 徐中舒
《甲骨文字典》解釋說：

從日從🔲。葉玉森謂🔲乃象洪水，即古 巛 字。從日。古人殆
不忘洪水之 巛，故制昔字，取誼於洪水之日。說契按其說可
從。《說文》：「昔、乾肉也。从殘肉，日以晞之，與俎同
意。」不確。[94]

金文「昔」作🔲克鼎、🔲卯簋、🔲師嫠簋、🔲善鼎、🔲鼎、🔲史音鼎、🔲徐王鼎。[95]
林潔明主張採用葉說，林氏說：

按葉說是也。昔字本義當為古今之意。金文昔字除用為人名
外，皆為往昔之意。🔲當為乾肉之本字，从肉昔、昔亦聲，與
昔為二字也。徐王鼎用🔲胹🔲腊、腊用為乾肉字，與昔字判然
不混也。[96]

---

92 《說文解字詁林》第 6 冊，頁 97a。

93 見《甲骨文字典》，頁 725。

94 同前註。

95 《金文詁林》第 9 冊，頁 4191。

96 《金文詁林》第 9 冊，頁 4191-4192。

由此可知，「昔」本義指往昔之時。張舜徽《說文解字約注》有進一
步分析：

> 舜徽按：昔字智鼎作⿰；甲文作⿰、或作⿱；皆不見殘肉之
> 形。葉玉森謂昔上從⿱，乃象洪水，即古巛字。下從日，古人
> 殆不忘洪水之巛，故制昔字取誼于洪水之日，其說是也。竊
> 疑昔、腊本是兩字。昔乃今昔之昔，為會意字；腊乃乾肉之
> 腊，為形聲字。自篆體易⿱為⿱，許書依篆立解，遂目⿱為殘
> 肉之形，與腊混為一字矣。經傳中惟用腊為乾肉，猶可見古字
> 古義。[97]

張說比諸前人所釋更見清晰合理。王筠所謂「昔專為對今之詞，引申
之義也」，只是附會許慎說法。至於他說「腊非一日可乾，故為昔曩
矣」，也是牽強推論，較難以令人信服。

3 假借義[98]

---

97 《說文解字約注》中冊，卷 13，頁 13b。

98 假借義之說，詳參：

（i）任學良說：「假借者，本無其字，依聲託事，令長是也。古書的假借字應當分
成兩類：一是屬於造字方面的，一是屬於用字方面的。『令、長、朋、西、
來』等屬於前者，即本無其字，借他字之聲以表此字之義。如「令」，篆文作
⿱，意思是號令。甲文作⿱，金文作⿱，都是會意字，人集合起來跪着聽號
令。篆文『卩指符節，不對，實際上卩（⿱）都是人字的變體，應以甲文、金文
為準。總之，假借為善義的『令』（令尊、令郎）和原字的意義不相干，只是
依聲而託以新的事。《詩·東山》：『勿士行枚』的『士』和『行』，就是用字
方面的。鄭玄所說『倉卒無其字，或者以音類比方假借為之，趣於近之而
已』，就是這種假借字。『從事』的『事』；『銜枚』的『銜』本來有的，但寫字
的人倉卒之間想不起來，便借同音字來代替，就成了用字上的通例——假借
字。實際上這是一種錯別字，不是許慎所說的造字法裏的假借字。」（任學良

　　所謂假借，就是指語言中有音無字之詞，借用了同音字去表示詞義的一種造字方法。如「難」本義是鳥，而借作困難之「難」；「易」本義是蜥蜴，而借作容易之「易」。[99]然而，古人對假借及引申義的概念有時也混淆起來，[100]例如段玉裁《說文注》說：

> 令之本義發號也，長之本義久遠也，縣令縣長本字，而由發號、久遠之義引申展轉而為之，是謂假借。[101]

　　著：《說文解字引論》，頁 52。）

（ii）向夏說：「假借是克服造字困難的一種造字方式。從符號的形體來說，它沒有造出新字；從文字的使用上說，等於造出了新字；如借『人』的異文『大』做大小之大之類。它只借用『大』字的形和音，作為表示大小之『大』的一種概念，它和『大』字本義絕無任何關係。周祖謨說：『假借字就是借用一個語音相同的字來代表另一個語詞，它的作用就是表音。例如ᖵ（我）ᗪ（其）ᗸ（自）ᖾ（來）ᗮ（北），「我」象戈形，「其」象箕形，「自」象鼻形，「來」象麥形，「北」象二人相背。在卜辭裏「我」是代詞，「其」、「自」都是虛詞，「來」是往來之來，「北」是四方的名稱。這些都是假借字。假借字只是作為一種表音的符號來使用，不再有表意的作用。文字在使用上有了假借的方法，就可以少造字。遇到難以造字的時候，也可以用假借以濟其窮。這樣就可以更好地使文字與語言相適應了。假借的產生可能要比形聲字早得多。』（《問學集·漢字的產生和發展》）」（向夏著：《說文解字敘講疏——中國文字學導論》〔香港：中華書局香港分局，1977 年 5 月〕，頁 125-126。）

99 參考許嘉璐主編：《傳統語言學辭典》（石家莊市：河北教育出版社，1990 年 8 月），頁 189。

100 有義之假借、無義之假借說，詳參：

（i）林尹（1909-1983）：《文字學概說》（臺北市：正中書局，1985 年 6 月），頁 187-193。

（ii）杜學知：《六書今議》（臺北市：正中書局，1977 年 6 月），頁 241-255。

（iii）帥鴻勳：《六書商榷》（臺北市：正中書局，1969 年 4 月），頁 110-114。

（iv）董希謙、張啟煥主編：《許慎與說文解字研究》，頁 104-105。

101 《說文解字詁林》第 11 冊，頁 932a。

　　王筠《句讀》卷二十九，在許慎《說文敘》：「假借者，本無其字，依聲託事，令，長是也。」一節下加以申說：

　　　　徐鍇曰：「今所以使令，或長於德，或長於年，皆可為長，故因而借之。」筠案：此尚是有義之借。其純乎依聲者，如某本果名，借為誰某，是也。[102]

王氏此說可與他在《句讀》「某」篆：「酸果也」下，所注之內容互相發明，他說：「今借梅，而用為誰某之字」。[103]又如「離」篆說解，王氏說：「借離為離別也」。[104]於「何」篆說解「一曰：誰也」下，王氏說：「此借義」。[105]然而，王筠早於《說文釋例》對假借下了定義：「凡與本義不符者，皆假借也」，又說：「假借一門，觸目皆是，不勝書也」。[106]事實上，王氏在《句讀》以「借」、「假借」等方式，說解字義之例甚多。以下是書中一些研究假借例子：

（1）蕵

　　《說文》「蕵」下云：「喪藉也。」[107]王筠《句讀》注釋說：

　　　　《儀禮》《禮記》皆作寢苫，同音假借。[108]

---

102 《說文解字詁林》第 11 冊，頁 967b。
103 《說文解字詁林》第 5 冊，頁 575b。
104 《說文解字詁林》第 4 冊，頁 249b。
105 《說文解字詁林》第 7 冊，頁 116a。
106 《說文釋例》，頁 118b、104b。
107 《說文解字詁林》第 2 冊，頁 887a。
108 同前註。

（2）㞢

《說文》「㞢」下云：「艸木盛。㞢㞢然。」[109]王筠《句讀》注釋說：

> 《玉篇》引無盛字，非。字隸作市，與朱市字同形。《玉篇》市下引《毛傳》：「蔽市，小兒。」知今本作帯者加艸也。猶「東門之楊，其葉肺肺。」字外加肉也。且《春秋》：「有星孛入于北斗。」《天文錄》：「孛星者，芒氣四出曰孛。孛謂孛孛然也。」是又於孛外加子也。然孛在本部，義自可通，而《孟子》：「則苗浡然興之矣。」《左・莊十一年・傳》：「其興也悖焉。」又於孛外加水加心矣。皆同聲假借也。[110]

（3）贛

《說文》「贛」下云：「賜也。」[111]王筠《句讀》注釋說：

> 《釋詁》：「貢、賜也。」《釋文》：「字或作贛。」是也。《漢石經・論語》或旁其名為之字者，聞名即知其字，聞字即知其名，若名賜、字子贛。案：此貢亦當作贛，蓋同聲假借，經典常事。若言聞名知字，即當用正字矣。[112]

---

109 《說文解字詁林》第 5 冊，頁 1022a。
110 《說文解字詁林》第 5 冊，頁 1023a。
111 《說文解字詁林》第 5 冊，頁 1163a。
112 《說文解字詁林》第 5 冊，頁 1164a。

案：以上三項，是王筠說解文字同聲假借之例。

（4）侗

《說文》「侗」下云：「大皃。从人同聲。《詩》曰：『神罔時侗。』」[113]王筠《句讀》於「神罔時侗」下注釋說：

> 《大雅·思齊》文。今作恫。《傳》曰：「恫，痛也。」許引此以說假借。[114]

（5）勿

《說文》「勿」下云：「……所以趣民事。故悤遽者稱為勿勿。」[115]王筠《句讀》注釋說：

> 上文說義說形之詞既具，此又舉假借之義也。「所以趣民事」者，《地官·遂人》：「若起野役，則令各帥其所治之民而至，以遂之大旗致之。」「悤遽者」、囪部悤：「多遽悤悤也。」《禮記·祭義》：「勿勿乎其欲其饗之也。」《大戴禮·曾子立事篇》：「君子終身守此勿勿也。」《鄭注》《盧注》皆曰：「勿勿猶勉勉也。」晉人書翰中之勿勿，則悤遽義矣。[116]

案：以上兩項，是王氏引書傳疏證許語以闡析假借之例。

---

113 《說文解字詁林》第 7 冊，頁 80a。
114 《說文解字詁林》第 7 冊，頁 80b。
115 《說文解字詁林》第 8 冊，頁 264b。
116 《說文解字詁林》第 8 冊，頁 266a。

上文所述都是王氏在《句讀》裏申明許篆「假借」之例。此外，書中另有用「某為某之借」、「借義」、「借字」等術語以說明假借之例。現舉王氏有關研究分析說明如下：

（1）毋

《說文》「毋」下云：「𠂇止之詞也。其字從女，內有一畫，象有姦之者，禁止之，勿令姦。」[117]王筠《句讀》在「止之詞也」下說：

> 依《曲禮·釋文》引補。下竝同。《士昏禮》：「夙夜毋違命。」《注》：「古文毋為無。」案：無者借字。鄭君依今文之正字。[118]

又在「其字從女……勿令姦」下說：

> 勿亦毋之借字，許說當止於此。[119]

案：今存甲骨文、金文都沒有「毋」字。徐中舒認為卜辭以「母」為「毋」[120]，這應是假借字。鄒曉麗《基礎漢字形義釋源》引戰國竹簡為證，指出「毋」字有作𢇛、𢇛。鄒氏解釋說：

> 「毋」與「母」（母，甲文𤔲一期，是指撫育過孩子的婦女，故字形从「女」且有二乳）同源。如兮甲盤「母敢不即市……」的「母」即是否定詞。從讀音上看，「无有」二字連

---

117 《說文解字詁林》第 10 冊，頁 250b。案：是句說解依王氏《句讀》所訂。
118 同前註。
119 同前註。
120 《甲骨文字典》，頁 1353。

讀成「母」。今吳語區「沒有」稱「嘸啥」可證。

考「毋」字之來源，則是因母親對孩子最有權威（特別是母系社會），故「母」被借為禁止詞。後來字形改寫成「毋」。[121]

大陸學者章季濤《怎樣學習說文解字》說：

> 《說文》云：「毋：止之也。从女，有姦之者，（止之）。」從文意上看，原文似脫漏「止之」二字。「毋」字反映了對偶婚確立之後的社會道德觀念，婦女受到侵犯（「有姦之者」），見到的人應當仗義制止。所以「毋」字用作否定副詞，不僅表示制止別人，不讓人繼續做下去，而且往往帶有命令的意味。「毋」是一個準初文，由「女」字加一筆組成（指事字）。[122]

張舜徽《說文解字約注》另有見解，他說：

> 毋字在金文中作㞷，作㞷，即母字也。小篆變而從一者，蓋自借為禁止之詞以後，為有別於父母之母，乃稍變其筆畫及音讀耳。古人言「毋」猶今語作「莫」，此種語詞，古無專字，大率借實字以為之。母音近莫，故即借為禁止之詞也。禁止之詞，經傳亦多借用無字勿字，皆雙聲相轉耳。[123]

昔日於香港珠海書院文史研究所追隨國學大師王韶生教授（1904-

---

121 見《基礎漢字形義釋源》，頁 29-30。

122 章季海：《怎樣學習說文解字》（開封市：河南人民出版社，1988 年 12 月），頁78。

123 《說文解字約注》下冊，卷 24，頁 43a。

1998）研習《史記》，王師曾於講課中闡述「毋」篆字義，謂「毋」
中之直筆乃一示禁符號，「母」字兩點原指女性胸上乳頭，不可被人
胡亂觸摸，由此引申為「無」，有禁止之意。綜觀而論，諸家所說，
各自成理，其中以張、王二人見解最合理可取。至於「無」字，據近
人張哲《舞無淺說》一文所考證，應是「舞」的本字。[124]現在作為有
無之「無」，是用了假借義。「勿」借作「毋」，常見於經傳，如《禮
記・月令》：「驅獸毋害五穀。」[125]《淮南子・時則》「毋」作
「勿」。[126]又如《禮記・月令》：「毋敢詐偽。」[127]《呂氏春秋・季夏
紀》「毋」作「勿」[128]，以上諸例皆可為證。「勿」，甲骨文作 （一期前五、
二二・二、）、（三期四二四。[129]徐中舒解釋說：

> 從 從 ，象弓形，其旁之 乃所以表示弓弦之振動。引弓而發
> 矢則弓弦撥動，故發弓撥弦乃勿之本義，卜辭借其聲而為否定
> 辭，（案：弓上之矢一旦由弦發出則一去不返，即沒有的意
> 思，所以勿之字義可以借為無。）至於《說文》篆文則譌而與
> 物字所從之勿為一形，二者初非一字。……《說文》：「勿、州

---

124 張哲《舞無淺說》在文中總結說：「舞字原是以人為本，作兩手執物揮舞型，象徵
　　舞蹈之意，因舞無同聲，故金文中多以舞代無。後來幾經變化，那有腳的保存着
　　舞字的原意，沒腳的就形成了現在的舞字。」見《中國文字》（臺北市：國立臺灣
　　大學文學院中國文學系編印，1972 年 3 月），第 1 卷，頁 279。

125 見《禮記注疏》，頁 308b。

126 案：《時則訓》：「驅獸畜勿令害殺。」見漢・高誘注《淮南子》（臺北市：臺灣商
　　務印書館，1967 年。《四部叢刊初編縮本》，據 1936 年上海商務縮印影鈔北宋刊本
　　影印），頁 33a。

127 見《禮記注疏》，頁 316b。

128 案：《季夏紀》：「勿敢詐偽。」見呂不韋（？-235 前）撰・高誘注：《呂氏春秋》
　　（臺北市：臺灣商務印書館，1967 年，據上海 1936 年上海商務縮印明刊本景
　　印），卷 26，頁 186a。

129 《甲骨文字典》，頁 1043。

里所建旗，象其柄，有三游，襟帛，幅半異，所以趣民。故邊
稱勿勿。𤕩勿或从㫃。」不確。[130]

「勿」，金文作𠯑 盂鼎、𠯑 量侯簋、彡 毛公鼎、𠯑 師㝨簋、𠯑 齊鎛、𠯑 中山王譻鼎、𠯑 召伯簋、
𠯑 某亘矤鼎、𠯑 師虎簋、𠯑 師酉簋、𠯑 南彊鉦，[131]林潔明解釋說：

> 按字在金文作𠯑，甲骨文勿字作𠯑 藏一・四、𠯑 藏三・七・四、𠯑 後下・十六・
> 一，𠯑 犁之初字作𠯑，則知金文勿與刃已因形似而已混用不別。
> 朱芳圃云：「（勿）字从刀从彡會意，……故引申而有雜色之
> 義，卜辭假作物若犁」（釋叢頁183-184）。按朱說蓋誤以甲骨文
> 刃勿為一字。馬敘倫曰：「疑甲文𠯑乃昜字，如金甲文作𠯑 𠯑 諸
> 形之變體，借以為勿不之勿。金文勿字與甲文中𠯑牛之𠯑同。
> 甲文之𠯑即犁牛，物即犁牛，从牛勿聲，勿為𠯑之偽體，𠯑為
> 耒之初文。」（刻詞頁139-140）按據李孝定云：「契文𠯑字之義
> 均作否定詞，無一與牛字連用作雜文牛解者，而𠯑字之義則反
> 是。」（《集釋》頁325）則知勿刃二字，在甲骨文中固不容相
> 混，亦非形譌，是馬朱二氏皆失之也。勿之本義，或以郭沫若
> 氏以為笏之本字較為近是。《說文》則以勿為𤕩之本字，於字
> 形字義並據，蓋以假借義為本義也。金文勿字皆用為否定詞，
> 有否定及禁止之意。[132]

林氏之說法合理可取。「勿」字的本義，雖然至今還未成定論，但其
假借義作為否定詞，與「毋」、「無」兩字同義，的確自古已有。

---

130 同前註。
131 《金文詁林》第11冊，頁5807。
132 《金文詁林》第11冊，頁5814-5815。

（2）子

《說文》「子」下云：「十一月，陽气動，萬物滋，入以為偁。象形也。凡子之屬皆從子。」[133]王筠《句讀》在「入以為偁」下解釋說：

> 入、當作人。子者，男子之美偁也。許君以干支類聚，故以子月為正義，男子為借義，不可附和，亦不須駁正也。[134]

王氏所謂借義，就是假借義。「子」，甲骨文作 ⛰一期佚一三四、 ⛎一期乙四五〇四、 ⛯一期甲二九〇八、 ⛎一期甲二九〇七、 ⛎一期乙一七五、 ⛎一期乙四一三、 ⛏一期前六‧五一‧七、 ⛏一期前四‧二‧七、 ⛏一期前六、五二、一、 ⛏一期後下八‧一〇、 ⛏一期粹三〇九、 ⛏三期合集二二六五五、 ⛎三期甲一八六一、 ⛰三期甲三九一七、 ⛏三期粹三三三、 ⛏三期甲二四三一、 ⛏四期佚二三三、 ⛰四期戩一五‧六、 ⛰四期戩一七‧二、 ⛏四期粹七七六、 ⛏四期後上四‧一七、 ⛏五期三、四一、 ⛏五期林一、一七‧八、 ⛎五期三七‧五、 ⛏五期後上四、一四，[135]徐中舒解釋說：

> 甲骨文地支之子作 ⛎ ⛯ ⛰ ⛰ 等形，地支之巳作 ⛏ ⛏ ⛏ 等形， ⛎、⛏實為一字，皆象幼兒之形，惟表現各異耳。⛎象幼兒頭上有髮及兩腔之形，⛏象幼兒在襁褓中兩臂舞動，上象其頭形，因象幼兒在襁褓中，故其下僅見一微曲之直畫而不見其兩腔。[136]

133　《說文解字詁林》第 11 冊，頁 689b。
134　《說文解字詁林》第 11 冊，頁 691a。
135　《甲骨文字典》，頁 1570-1571。
136　《甲骨文字典》，頁 1571。

「子」，金文作 利簋、 傳卣、 析觥、 瑪生簋、 成甬鼎、 小子射鼎、 子辛卣、 史頌簋、 者婦罍、 齊鎛、 郑討鼎、 中山王嚳鼎、 番君區、 蔡公子果戈、 子耳戈、 王子午鼎、 上官登，[137]陳初生《金文常用字典》這樣分析：

> 子字甲骨文作 、 ，象小兒頭有髮及二足之形，與籀文近，或省作 、 ，或作 ，與《說文》古文同，或作 ，與小篆同。金文大致相同。籀文下體乃足形之譌變，非几案也。[138]

陳氏說得通達明白，合理可信。「子」本義就是小孩，引申而為人的通稱。

（3）須

《說文》「須」下云：「而，毛也。」[139]王筠《句讀》說：

> 《禮運·孔疏》引《說文》云：「耐者鬚也。」鬚謂頤下之毛，象形字也。案：耐是會意字。既云象形，則耐是而之譌。鬚則須之俗作也。而部既以須說之，既須部以而說之，是謂轉注。又申之以毛者，毛部說以須髮。《左傳》亦曰「二毛」。又借而為語助既久，故申之也。[140]

金文有「須」字，作 周雒盨、 季盨、 灤白多父盨、 立盨、 遣叔盨、 弭叔盨、

---

137 《金文詁林》第 15 冊，頁 8171-8177；《金文詁林補》第 6 冊，頁 3640；《金文常用字典》，頁 1159。

138 《金文常用字典》，頁 1159-1160。

139 《說文解字詁林》第 7 冊，頁 1000b。案：是句說解依王氏《句讀》所訂。

140 同前註。

[象形]鄭義伯盨、[象形]則叔盨、[象形]須盄盨生鼎，[141]陳初生《金文常用字典》辨析「須」之構形說：

> 須字金文象人面上長滿鬍鬚。為須之初文。本為整體象形，小篆分離為从頁从彡會意。金文多用為器名。[142]

高鴻縉有這樣看法：

> 雷浚《說文外編》曰：「《說文》無鬚字。《玉篇》曰：『鬚本作須。』」按金文[象形]字，屢見於盨字偏旁，均象頁（頭）旁生鬚形，字倚頁畫鬚形，由物形彡生意，故為鬚意，名詞。後須借用為必須意，副詞。久而不返，秦人乃加髟（髮字之次初文），為意符，作鬚。[143]

案：《易‧賁》：「賁其須。」《疏》：「須，是上須（附）於面。」[144]《漢書‧高帝紀》：「高祖為人，隆準而龍顏，美須髯。」《注》：「在頤曰須，在頰曰髯。」[145]這些都是「須」之本義。至於《詩‧邶風‧匏有苦葉》：「人涉卬否，卬須我友。」《傳》：「人皆涉，我友未至，我獨待之而不涉。」[146]《漢書‧馮奉世傳》：「奉世上言：『願得其

---

141 《金文詁林》第 11 冊，頁 5519。《金文常用字典》，頁 849。

142 《金文常用字典》，頁 849。

143 《金文詁林》第 11 冊，頁 5521。

144 魏‧王弼、晉‧韓康伯注、唐‧孔穎達疏《周易正義》（臺北市：臺北藝文印書館景印清嘉慶 20 年（1815）南昌府學重刊宋本《十三經注疏》，附《校勘記》，1973 年 5 月 5 日版），頁 63a、77b。

145 《漢書》（北京市：中華書局，1983 年 6 月），頁 2。

146 《毛詩正義》，頁 89a。

眾，不須煩大將』。」[147]《荀子・王制》：「賢能不待次而舉，罷不能不待須而廢。」《注》：「須，須臾也。」[148]《文選》應璩《與滿公琰書》：「適有事務，須自經營，不獲侍坐，良增邑邑。」[149]所用的字義就與「須」本義不關涉，而是用了「須」之假借義。

以上是王筠《句讀》中沒有標明「假借」一詞作為說解術語之例。然而，王氏所謂「借」、「借義」、「借字」，其實都是「假借」的意思。

4 動靜字

動靜字之說最早見於元代劉鑑《經史動靜字音》一書，劉氏說：「凡字之動者，在諸經史當以朱筆圈之，靜字不當圈也」。[150]動靜字本來是古漢語語法術語[151]，並非屬於傳統文字學之範疇。清代語法學者馬建忠在《馬氏文通》裏，曾討論假借的理論，並提及「通名假借」之說及「動字假借」之說。所謂「通名假借」，是指靜字、動字、狀字假借為通名。「動字假借」則指名字、代字、靜字處於語詞之位置上，所顯示之動字語法功能。[152]然而，在乾嘉時期的王筠，他在《句讀》說解字義，已常引用動字、靜字等術語，去闡明字義、詞義的特性。王氏這種處理方式，對後世研究字義、詞性，甚至語法方

---

147 《漢書》，頁 3298。

148 謝墉（1719-1795）、盧文弨（1717-1796）：《荀子集解》（臺北市：新興書局，1963年），頁 59。

149 《文選》，頁 597b。

150 元・劉鑑：《經史動靜字音》（墨緣堂，癸酉 1933 年），頁 1a。

151 參考許嘉璐主編：《傳統語言學辭典》，頁 71、206。

152 參考呂叔湘（1904-1998）、王海棻主編：《馬氏文通讀本》（上海市：上海教育出版社，1986 年 6 月），頁 70-71、326-333、385-387。

面，都具有啟導性的影響。以下條舉一些關於王筠研究動靜字的例
子：

（1）形

《說文》「形」下云：「象形也。」[153]王筠《句讀》說：

> 今人之用形字也，以靜字為本義，動字為引申義。古人之制字
> 也，則以動字為本義，何也？人之形不止於須髮，而字從彡可
> 知。《說命》曰：「乃審厥象，俾以形旁求于天下。」乃其本
> 義。形者，圖畫也，故從彡，部首下所謂畫文也。而在天成
> 象，在地成形，則引伸之義矣，是以篆文形字，動字也。說解
> 「象形也」之形字，又是靜字，謂象其形也。[154]

以上為王氏辨析動字、靜字與本義、引申義之關係。

（2）塗

《說文》「塗」下云：「涂也。」[155]王筠《句讀》說：

> 此涂泥之涂也。垷、堊二篆下放此，皆靜字。墍、墀二篆下涂
> 字，則梓材塗墍之塗也，皆動字。墐字下涂字，則動靜兼之，
> 且凡靜字皆可為動字也。[156]

---

153 《說文解字詁林》第 7 冊，頁 1008b。
154 《說文解字詁林》第 7 冊，頁 1008b-1009a。
155 《說文解字詁林》第 10 冊，頁 1141a。
156 《說文解字詁林》第 10 冊，頁 1141b。

（3）杖

《說文》「杖」下云：「持也。」[157]王筠《句讀》說：

> 上下文皆靜字，此以持解杖，則是動字乎，蓋杖鉞、杖策、杖
> 劍、杖節，不第齒杖可杖也，故云持以關之，仍是靜字。[158]

以上王氏辨析《說文》所收篆字，有動靜詞性之特點。

（4）髹

《說文》「髹」下云：「桼也。」[159]王筠《句讀》說：

> 此用靜字為動字也。今人言桼不言髹。《儀禮·鄉射記》《春
> 官·巾車》字皆作髤。《漢書·外戚傳》顏注：「以漆漆物謂之
> 髤……字或作髹。」《巾車·注》：「故書髤為軟。杜子春讀為
> 桼垸之桼，直謂髤桼也。」《釋文》：「軟音次。」韋昭曰：「骹
> 桼曰髤。」是髤乃動字。而《鄉射記》：「楅髤。」《注》云：
> 「赤黑漆也。」「巾車」《注》云：「髤，赤多黑少之色韋
> 也。」則又以為靜字。[160]

---

157 《說文解字詁林》第 5 冊，頁 819b。
158 《說文解字詁林》第 5 冊，頁 820a。
159 《說文解字詁林》第 5 冊，頁 1073a。
160 《說文解字詁林》第 5 冊，頁 1073b-1074a。

（5）斁

　　《說文》「斁」下云：「毀也。」[161]王筠《句讀》說：

　　　　《書・序・釋文》：「壞，《字林》作毀也。」《釋詁・釋文》引
　　　　《說文》：「壞，敗也。籀文作斁。」《字林》：「壞，自敗
　　　　也。……斁，毀也。」諸家據此，謂本篆當刪，非也。諸家不
　　　　知重文在兩部之例耳。《釋文》不誤，但「籀文作斁」句下，
　　　　失「注在攴部」句，其引《字林》也。本部：「敗、毀也。」
　　　　則本篆云：「毀也。」仍是敗也。壞字分動靜，許君舉動以該
　　　　靜。呂忱則壞、靜；斁、動也。[162]

以上王氏闡明《說文》對篆字說解具有動靜字義之概念。

（6）羅

　　《說文》「羅」下云：「以絲罟鳥也。」[163]王筠《句讀》說：

　　　　《釋器》：「鳥罟謂之羅。」許不云鳥罟也者，《郭注》云：「謂
　　　　羅絡之。」即許君意也。《詩・鴛鴦》：「畢之羅之。」用靜字
　　　　為動字，許兼動靜而說之也。[164]

161　《說文解字詁林》第 10 冊，頁 1208a。所引許語依《說文解字繫傳》。
162　《說文解字詁林》第 10 冊，頁 1209a。
163　《說文解字詁林》第 6 冊，頁 970a。
164　《說文解字詁林》第 6 冊，頁 970b。

（7）鏤

《說文》「鏤」下云：「剛鐵也。」[165]王筠《句讀》說：

> 此謂本是靜字也。僅見《禹貢》，乃生成之物。若夏侯陽《算經》所云：「鍊黃鐵為剛鉾。」此雖百鍊之剛，不足以當鏤之名。又《夢溪筆談》云：「用柔鉾屈盤之，而以生鉾陷其間，泥封之鍊之，鍛令相入，謂之團鋼，亦謂之灌鋼，此乃偽鋼耳。」案：此尤不足道也。[166]

又在許語「可以刻鏤」句下說：

> 此又謂以靜字為動字也。經傳多有之。《詩‧小戎》：「虎韔鏤膺。」《韓奕》：「鉤膺鏤錫。」《箋》：「刻金飾之。」《釋器》：「金謂之鏤。」又曰：「鏤，鍐也。」《注》：「刻鏤物為鍐。」[167]

（8）履

《說文》「履」下云：「足所依也。」[168]王筠《句讀》說：

> 履、依疊韻。《方言》：「絲作之者謂之履。」《詩》：「君子所履。」以靜字為動字也。所履必于禮，故《序卦》云：「履者

---

165 《說文解字詁林》第 11 冊，頁 15a。

166 《說文解字詁林》第 11 冊，頁 16a。

167 同前註。

168 《說文解字詁林》第 7 冊，頁 653a。

禮也。君子勤禮，斯福履綏之矣。」¹⁶⁹

以上王筠通過經傳的考證，以闡明文字有動靜之詞義。同屬這類字例還有又、略、糞、津、幾等篆字的說解。王氏對動靜字的重視，於此可知大略。

第三節　《句讀》對文字形義辨析之不足

王筠《句讀》說解字義，雖然援引傳統訓詁條例及語法理論、術語去闡明字義、詞義之特性，可是仍有若干地方分析得不夠清晰具體，尤其是文字之形義關係，有待商榷探討。茲條舉幾例略述於下：

（1）鄉

《說文》「鄉」下云：「國離邑，民所封鄉也。嗇夫別治。封圻之內六鄉，六鄉治之。从𨛜，皀聲。」¹⁷⁰按許慎所釋，此為形聲字，但只是講述本篆在文獻上的訓解，沒有按其形義加以分析。¹⁷¹王筠大概受到許說影響，認為本篆屬形聲結構，而沒有參考金文，書中只引桂、段兩家之說，並按所引書證，如徐鍇《說文繫傳》、晉人黃恭《交廣記》、《漢書‧百官表》《周禮》及《集韻》引《說文》等材料作論，結果因循許說而強為疏解，忽略了文字的形義關係。¹⁷²案：「鄉」篆之古文字作𝕏前四‧二一‧五、𝕏三年癲壺、𝕏衛盉等形¹⁷³，從字之構

---

169 《說文解字詁林》第 7 冊，頁 654a。

170 《說文解字詁林》第 5 冊，頁 1422b-1423a。

171 《說文解字詁林》第 5 冊，頁 1423

172 同前註。

173 見徐中舒主編：《漢語大字典》（成都市：四川辭書出版社，1990 年），頁 3786，「鄉」字條。

形來看，有兩人相對而坐，面向食具之意。古文字專家商承祚
（1902-1991）《殷墟文字》曾援引用大量古文字材料論證，指出其字
形是「象饗食時賓主相嚮之狀」，「鄉」就是「饗」。[174]徐中舒《甲骨
文字典》認為「鄉」、「饗」、「卿」在古代本來是同一個字。他說：

> 從卯從皀，皀為食器，象二人相嚮共食之形，為饗之初字。
> 饗、鄉（後起字為嚮）、卿初為一字，蓋宴饗之時須相嚮食器
> 而坐，故得引申為鄉，更以陪君王共饗之人分化為卿。《說
> 文》：「饗，鄉人飲酒也。从食从鄉，鄉亦聲。」已非初義。[175]

於此可見，王氏對「鄉」篆之說解確是有所缺漏，他忽視了文字
的形義關係及本義與引申義的發展。

（2）辟

《說文》「辟」下云：「法也。从卩从辛，節制其辠也。从口，用
法者也。」[176]王筠《句讀》依照許語立說，於「从口，用法者也」
說：「《釋詁》：『辟，君也。』君，制法者也，字亦從口。」[177]只是依
靠一項古文獻之訓解立論，而且說得簡單，難以令人信服。考之古文
字，「辟」字甲骨文為 𔖖一期前四‧七‧五、𔖖一期甲一〇四六、𔖖一期乙六七六八等形[178]；
金文作 𔖖盂鼎、𔖖召卣、𔖖毛公鼎等形[179]。徐中舒《甲骨文字典》辨析
「辟」之構形為「從𔖖從辛，或又從ㄇ口」，指出其古文字形與《說

---

174 《說文解字詁林》第 5 冊，頁 1425b-1426a。

175 《甲骨文字典》，頁 1014、713。

176 《說文解字詁林》第 7 冊，頁 1124b。

177 《說文解字詁林》第 7 冊，頁 1125a。

178 《甲骨文字典》，頁 1015。

179 《金文詁林》，頁 5627。

文》篆文略同。[180]《金文詁林》引述高田忠周之分析，他參照清人羅振玉之說，認為金文「辟」中有「○」其實是另一個字，此是「璧」的借字，並謂「古文人卪通用，而『辟』字所从，正是卪字正形正義，斷非人也」。[181]日本學者加藤常賢（1894-1978）亦認為「辟」之古文專字本義為「服于罪罰」，《說文》「辟」是借字，「辟」則是本字。[182]按金文家于省吾（1896-1984）分析，「辟」於古代有用作名詞及動詞，他援引書證立說：

> 典籍中訓「辟」為「法」者習見，例如：《逸周書·祭公》的「天子自三公上下辟于文武」，孔注訓「辟」為「法」，是指「效法」言之。師望鼎的「用辟先王」，「辟」也應訓為「效法」。《詩·文王有聲》的「皇王維辟」，釋文訓「辟」為「法」，是指「法則」言之。總之，「辟」作動詞，則為「效法」；其在句末作名詞用，則為「法則」。……「孝㝩唯辟」之「辟」作名詞用，應訓為「法則」。[183]

由此可見，以「从口」結構來分析「辟」字，說法不夠清晰也不具體，應結合文字的形義及按其於古籍中之語法功能立說。

（3）樹

《說文》「樹」下云：「生植之總名。从木，尌聲。」王筠《句讀》則參照桂、段二書立說：

180　《甲骨文字典》，頁 1015。
181　《金文詁林》，頁 5628。
182　《金文詁林補》，頁 2951。
183　同前註，頁 2956-2957。

《大司徒》:「辨五地之物生」,而合皂、膏,覆荚、叢,皆謂之植物,故曰生植也。樹、植皆有立義。「十年之計,莫如樹木」,是木言樹也。「樹藝五穀」,是穀言樹也。「潤溼不可穀者,樹之萑蒲」,是艸亦言樹也,故曰總名。而主謂木者,字從木也。[184]

段玉裁、朱駿聲兩家均指出本篆有假借義,可以借作「尌」、「豎」[185],這兩字都不是名詞,與作樹木解,用作名詞不同。朱珔《說文假借義證》引《孟子·告子下》:「無易樹子」,《趙注》:「樹,立也」。[186]論證此字於先秦時有作動詞用,朱氏謂:「今之『建樹』字皆『尌』之假借。」[187]其實,許慎《說文解字》於本篆說解末處收有「樹」字之古文,作𣕐[188],有人手執植物莖榦作種植之意。從字構形構意來論,此是描述種植之具體動作,可見「樹」之本義未必是名詞,不一定作「生植之總名」解。事實上,先秦文獻中,此字有作動詞用。如《尚書·泰誓下》:「樹德務滋,除惡務本。」[189]《左傳·襄公三十一年》:「吾子盍與季孫子言之,可以樹善,君子也。」[190]《孟子·梁惠王上》:「五畝之宅,樹之以桑。」[191]《韓非子·外儲說左下》:「吾聞子善樹人」,「故君子慎所樹」。[192]以上諸條

---

184 《說文解字詁林》第 5 冊,頁 580a。
185 同前註。
186 《說文解字詁林》第 5 冊,頁 581a。
187 同前註。
188 《說文解字詁林》第 5 冊,頁 580a。
189 《尚書注疏》,頁 156b。
190 見《左傳注疏》,頁 645a。
191 見《孟子注疏》,頁 24a。
192 見王先謙撰、鍾哲點校:《韓非子集釋》(北京市:中華書局,1998 年),頁 305。

皆作動詞用。王筠則過於相信許君說解，而忽略文字形義與詞類關係，縱然他旁徵博引為「生植之總名」疏證，但也不能將「樹」字之形義說解得合理清楚。

　　除上三例，《句讀》書中類此而有待討論之文字說解，有「幻」、「旦」、「宿」、「晶」、「躬」、「俘」、「頭」等，篇幅所限，於此不再逐一討論。

第四節　小結

　　本義、引申義、假借義、動靜字，是王氏《句讀》裏分析字義、詞義中之常見術語。綜合本章所述，王氏說解許篆本義，精細而又可取的，有束、辭、辯、則、括、优等例。引申義方面，則有飧、丰、倩等例。假借義方面，則有葭、贛、𣆶、侗、勿等例。其中有需要補充或商榷、討論的，有出、閑、戶、辛、昔、毌、子、須等例。此外，也有若干申說是未有充份顧及文字形義關之說，此類字例有鄉、辟、樹等。不過，整體而論，王筠研究態度是審慎認真，《句讀》全書雖然參考桂、段二書立論頗多，但並不是照單全收，他在汲取前人成果之餘，亦每每蒐集其他有關書證佐說，務求逐一溯本追源，對一字一義的解釋皆要求言必有據，札札實實的表現出一派樸學大師風範。至於動靜字之說，雖然並非王氏首創，但是他的見解卻往往精要獨到，充份反映出他對古漢語詞義發展、語法及詞性的重視，展現了他個人廣闊而深邃的學術眼界。

第六章

總結

　　綜合上述各章所論，王筠《句讀》一書最具代表性的成就，要算是他的字形研究。按本文第三章所述，可以歸納為以下七項：

（1）闡明《說文》條例

　　許慎說解指事、象形等條例，由於用語常見混淆，容易令初學者迷惑不解。王筠有鑒於此，特別在許慎的說解基礎上，詳稽博辨，添加註釋，好讓讀者清楚明白。有關例子有：爪、西、予、鹿、鳶、莧、黽、巢、齒、壺、只、亦、及、臭、衍等。

（2）訂正許慎說解

　　許慎說解字形，有些用語比較簡要，就以指事、會意兩類為例，由於說解用語含蓄疏略，以致人言人殊，自古以來少有一致的看法。王氏《句讀》特別針對上述情況立論，於當中有可疑的地方，就加以申說，同時訂正許慎的說法。有關例子有：寸、面、矢、飛、玉、壺、目、喦、則、利等。

（3）徵引金文佐論

　　王氏《句讀》說解字形，除了借助古籀、石刻比勘研究，也有不少地方援引金文印證。按《句讀》全書所引金刻材料，粗略估計，應該不少於五六十種，王筠對金文的重視，由此得知。誠然，王氏對金

文資料的運用，在清代當世來說，可以說是一位重要啟導者。書中對霸、期、盃、保、孫、冊等字的研究，尤其是卓越出色，說解精深有力，成就卓越。

（4）辨明篆隸訛變

清代學者研治《說文》，多注重篆書形體結構，對於篆、隸之間的字形結構發展，就較少深入討論。王氏《句讀》在這方面就處理得十分審慎，往往能夠把篆、隸兩類字體的筆形及其結構互作對照，析纖甄微，尋端竟委，其中具代表性例子有開、囟、㴱、鼓、豐、彝、灷、奅、恖、乃、棗等。

（5）申說「觀文」理論

古代學者分析文字，有不少都拘牽於篆書構形立論，說解空泛，望形生義，流於主觀臆測。誠然，文字的最初創制，有不少的確是本於人所觀察之事物而建構，所謂「依類象形」為造字原則。事實上，不少古文字形體，很多都是按照原物之本來形態而描繪。不過，其所象之形，由於人視角之不同，有可能是平視的勾畫，也可能是側觀的擬寫。基於造字者的觀看角度不同，所構畫出來的形態也就有所差異。正因如此，後人分析這類觀物取義、依類象形的字形，就會產生很多歧見。王氏《句讀》重申他在《說文釋例》所創的「觀文」理論而再加以發揮研究，如菁、匚、曲等例，其論講淺白精細，分析一針見血，合乎情理，能夠具體將把文字構形構意展示出來，讓讀者清楚了解。

（6）闡析「重文」、「俗、或、省」諸體

文字經過漫長歲月使用，筆劃有所增刪，繁體、簡體、異體、俗

體，代代皆有，而又多變不盡相同，這本是很普遍的現象。據《說文》所收錄之文字，重文、俗體、或體、省體皆十分豐富，為中國文字發展史，留下了寶貴而豐富的研究材料。事實上，王筠《句讀》對這方面的研究，確是精審細微，而且往往提出卓越見解，論講尤見發人深省。如說重文有捀、奉；葩、華幾組例子；說俗體有袴、綺；伜、忏、牾；協、撅；效、傚；营、芎幾組例子；或體有獎、獘；廉、庌幾組例子；省體有𢿙、晶；恖、勿；䌈、䏍、爉幾組例子。王氏上述之各項研究成果均值得學術界注意。

（7）闡發「分別文」、「累增字」之說

清代小學專家研究《說文》，一般都重視六書條例與字義訓詁，而對於文字源流創製、孳乳增益等發展現象，則較少注意。王筠的文字研究與眾不同，特別重視文字之衍生變化發展，在《說文釋例》一書就提出分別文、累增字的概念，創立了專門術語分析研究。《句讀》較《說文釋例》晚出，王氏對分別文、累增字的說法也有進一步的闡發，這方面的研究成果也比《說文釋例》豐富。說分別文的有申、電；或、國；㷋、綴；厽、垒、絫幾組例子；說累增字的有束、萊；于、吁；屵、岸；厓、崖；畕、畺、疆等字例，這些都是《說文釋例》中沒有提及的見解，從事文字研究者可再深入研究。

除此以外，《句讀》全書值得稱道的還有下列七點：

（一）分析句逗，細緻合理

王筠分析《說文》的說解句逗，十分重視文獻方面的考證，蒐羅剔抉，縱橫通達。其中特別對《爾雅》等書的義例；《說文》轉注、互訓的方法；《說文》的說解句式結構；部首篆字之編排，諸如此

類，王氏都十分重視，而且提出了深入可信的論說依據。王氏對《說文》句逗研究的貢獻，實在不容忽視。

(二) 徵引方言，印證古語

許慎在《說文》裏有引用方言、俗語解說字義，如「逆」下云：「迎也。从辵，屰聲。關東曰逆，關西曰迎。」[1]「霓」下云：「雨皃，方語也。」[2]「殈」下云：「俗語謂死曰大殈。」[3]都是很好的例證。王筠《句讀》對許慎之說解也多有創新闡發，如芎、藹、抍、久、欯、緷、蜮、坺等字的分析，都引用自己的山東鄉諺或安邱方音佐說。研究字音而能夠重視方言材料，王氏的處理方法對後世之相關研究具有一定參考意義。

(三) 自創條例，術語精要

王筠研治《說文》十分注意分析方法，發凡起例而成一家之言。他所開創的文字學術語及闡發的理論概念，除前文提及的分別文、累增字外，又有通體象形之說，如鹿、鳥、莧諸例，都充分反映出他精細體察事理的功力和邏輯推理分析的本事。此外，王氏又提出動字、靜字之說，以說解詞類性質作切入點分析研究，這對於後世的詞匯、語法理論研發及其他相關研究都不無助益。他這方面的研究成就可以從杖、羅、鏤、履等字例之論析，得到進一步證明。

(四) 剖析字義、考證深入

王筠研究字義，不但援引材料該備，而且廣博實用，考據亦輒見

1　《說文解字詁林》第 3 冊，頁 55。
2　《說文解字詁林》第 9 冊，頁 776b。
3　《說文解字詁林》第 4 冊，頁 627b。

精審細緻。說本義的例子有束、辭、辯、則、括、仉等；說引申義的例子有飧、丰、倞、閑、戶等；說假借的例子有蕧、贛、侗、勿、毋、須等，均見博論縱橫，盡使渾身解數，往往一字之論，貫穿經傳史籍，力尋墜緒，分析堅實而可信，具有高度的參考及研究價值。

（五）薈萃眾說，折衷一是

　　王筠在《句讀》裏疏解許篆字義，一絲不苟，搜括百家書籍，諮訪古今各家論說，然後擷取英華，歸於一是。例如「奯」篆說解：「空大也。從大，歲聲。讀若《詩》『施罟濊濊』。」[4]王氏的研究是這樣：

> 小徐本、《類篇》引竝如此。目部䁩下、网部罭下，皆引「施罟濊濊」。段氏依之改本文。毛本作瀎。瀎、水部所無。桂氏曰：「本書瀎下引《詩》，後人加之，此當為《詩》曰：『施罟奯奯。』謂罟目大也，後人加讀若字。」筠意以段、桂二氏為是，姑存異說，以備參考。[5]

　　又例如「㱙」篆說解：「枯也。從歺，古聲。」[6]王氏說：

> 桂氏曰：「㱙、枯聲同。《黃庭經》：『調血理命身不枯。』」筠案：許君以朽為㱙之重文，不以枯為㱙之重文，雖可借用，非一字也。段氏曰：「《周禮》：『殺王之親者辜之。』《注》：『辜之言枯也，謂磔之。按㱙同辜，磔也。』《玉篇》曰：『㱙、古

4　《說文解字詁林》第 8 冊，頁 930a。
5　同前註。
6　《說文解字詁林》第 4 冊，頁 627a。

文韋字。』」筠案：以殀為韋，是同韻，不及殀、枯之同音，
且《玉篇》殀下云：「殀乾。」又引《說文》，此下即列牯字，
初不以為與殀同字，終恐桂說近之，姑兩列以俟讀者擇焉。[7]

又再如「楛」篆說解：「檃也。從木。昏聲。一曰：矢栝，築弦
處。」[8]王氏說：

段氏改築為檃，曰：「弦可隱其間也。」桂氏曰：「築，當為
藥。春秋決獄，弩藥機郭弦軸異處。馥案：藥、挐牙也。」筠
案：《廣韻》字作筈，云箭筈受弦處，依此而改築為受，庶可
通也。《書·太甲》：「若虞機張，往省括于度則釋。」括，當
作栝。[9]

除上述例子，《句讀》全書類此的研究還有不少，例如反、專、
彭、即、杘、炑、播等篆字之分析，皆可以明白看到王筠薈萃群賢見
解，歸於一是的研究風範。

（六）態度嚴謹，無徵不信

王筠的治學態度非常嚴謹，每出一說必定求諸證據，甚少憑空穿
鑿，強為說解。對於有可疑的地方，或論說不允當的，王筠一律注明
「無徵不信」，或「闕如不論」，目的是要留待後人再作跟進研究。例
如「梂」篆說解：「櫟實也。一曰：鑿首。從木，求聲。」[10]王氏說：

7　同前註。

8　《說文解字詁林》第 5 冊，頁 837a。

9　同前註。

10　《說文解字詁林》第 5 冊，頁 549b。案：是句說解依王氏《句讀》。

鑿首者，鑿之首也。用《豳風・韓詩》之說，非用其詞。《韓詩》解《破斧》曰：「木屬曰錡。」謂以木夾持其金而連屬之，則曰錡也。此蓋鋸之類，鑿屬曰錄者，鑿者鐅也，與許君以為物名者不同，謂金器有鐅，以木入其中而連屬之，則曰錄也，即斧斨之類。許君所据本，蓋作「又缺我棶」，故金部不收錄也。嚴氏謂鑿首即是草斗，則是棶一名鑿首矣。無徵不信也。[11]

又例如「浙」篆說解：「江水東至會稽、山陰，為浙江。從水，折聲。」[12]王氏說：

《會稽郡》《山陰》二志同。段氏曰：「今俗皆謂錢唐江為浙江，不知錢唐江，《地理志》《水經》皆謂之漸江，江至會稽錢唐，古曰浙江。《說文》浙、漸二篆，分舉劃然。今則江故道不可考矣。」桂氏則謂說解江水之上脫漸字。案：浙篆在江、沱二篆之下，似段氏說是。然無徵不信，姑闕之。[13]

又例如「娸」篆說解：「安也。從女日。《詩》曰：『以娸父母。』」[14]王氏說：

桂氏曰：「《詩》無此文。」是也。段氏謂是《周南》「歸寧父母」之異文，其說難通。嚴氏曰：「《吉日》文，二章：『天子

11　同前註。
12　《說文解字詁林》第9冊，頁24a。
13　《說文解字詁林》第9冊，頁25a。
14　《說文解字詁林》第10冊，頁155a。案：本句說解依王氏《句讀》。

之所。』三章：『以晏父母。』四章：『以御賓客。』語有倫
次。詩作『以燕天子』，涉上天子而改耳。」案：此說尚通，
究當闕疑。[15]

又例如「杒」篆的說解：「桎杒也。從木，刃聲。」[16]王氏說：

> 《玉篇》：「杒、木名。」《本草別錄》：「丹桎木皮主癭瘍
> 風。」桂氏曰：「桎杒、制車木也。本書：『軔、礙車也。』
> 《玉篇》：『軔、或作杒。』《詩・小雅》：『維周之氏。』
> 《箋》：『氏，當作桎，言尹氏為周之桎鎋也。』」筠案：諸說
> 皆未確，姑存之。《繫傳》引《字書》：「桎杒、木名。」蓋
> 是。[17]

又例如「煦」篆說解：「烝也。一曰：赤皃。一曰：溫潤也。從
火，昫聲。」[18]王氏曰：

> 桂氏引《小宛・箋》：「煦嫗養之。」段氏引《韓詩章句》：
> 「煦、暖也。」皆似不合，姑存之。[19]

以上諸例足以反映出王氏的矜慎治學態度。

---

15 《說文解字詁林》第 10 冊，頁 155。
16 《說文解字詁林》第 5 冊，頁 572a。
17 《說文解字詁林》第 5 冊，頁 572。
18 《說文解字詁林》第 8 冊，頁 733a。案：本句說解「溫」字各本作「温」，今依《句讀》。
19 同前註。

（七）校勘精細，訂正可取

　　王氏《句讀》在校勘《說文》方面，用了很大的氣力，其所得到的成也委實不少。書中所參考的《說文》版本及經史諸子材料豐富而廣博。王筠在書前《凡例》已詳細逐一說明。[20]此外，他對書中每一個細節的改動，都會認真其事，而且必有所據。對於應該刪去，就會以特定符號標識出來；對於應該增加，則以縮小楷體呈示出來，而且通常都於下文寫上案語，闡明所據及用意。王氏在校勘方面的精細審鎮態度，在清代當世而言，並非一般《說文》研究學者所能企及。以下列舉些例子，以見一斑：

（1）帝

　　《說文》「帝」下云：「諦也。王天下之號也。從丄、朿省聲。𤎟古文帝。古文諸丄字從一。篆文皆從二。二，古文上字，辛示辰龍童音章皆從古文丄。」[21]王筠《句讀》於許語「二，古文上字，辛示辰龍童音章皆從古文丄」加□□□□符識，以示本句當刪。[22]他在本篆說解「篆文皆從二」下再作說明：

　　　　當云「諸從丄字者，古文皆作一，篆文皆作二。」桂氏，嚴氏皆謂「古文以下，皆後人加之」。筠案：二即丄之變體。[23]

---

20 見《說文解字句讀》，頁 1b-3b。
21 《說文解字詁林》第 2 冊，頁 43b-44a。
22 同前註。
23 《說文解字詁林》第 2 冊，頁 44a。

（2）得

　　《說文》「得」篆下云：「行有所得也。從彳，㝵聲。㝵，古文省彳。」[24]王筠《句讀》在許語「㝵，古文省彳」加 _____ 符識，表示這句應當刪去。[25]他在本句下加以說明：

　　　　見部已收，此重出。元應曰：「衛宏詔定古文官書，得、㝵二字同體。」然則增此字者，据衛宏說也。[26]

（3）券

　　《說文》「券」篆下云：「契也。從刀、㔟聲。券別之書，以刀判契其旁，故曰契券也。」[27]王氏《句讀》於許語「故曰契券也」中之券字，冠上一個 ____ 符識，以標示「券」字應當刪去。[28]他接著在這句下說明：

　　　　小徐無券字，諸引同。句伸明契字，安得以券淆之。[29]

（4）虎

　　《說文》「虎」篆下云：「山獸之君。從虍，虎足象人足，象形。

24　《說文解字詁林》第 3 冊，頁 210a。
25　同前註。
26　同前註。
27　《說文解字詁林》第 4 冊，頁 890a。
28　同前註。
29　同前註。

凡虎之屬皆從虎。」[30]王氏《句讀》於許語「從虍,虎足象人足」加上一個⬚符識,以表示這句應當刪去。[31]他在許語「象形」下解釋說:

> 《韻會》引云:「從虎從人,虎足象人足也。」無「象形」句。案:此當出兩本,但有象形二字者,古本也。《韻會》所引,乃望文為義者,改之也。大徐不知,合而為一,文義遂不貫。先有虎而後有虎文之虎,豈可謂虎從虍。且虎足豈象人足哉,乃虍下不云從虎省者,此與門戶;艸茻,一單一雙,皆云象形同例。[32]

(5) 奸

《說文》「奸」下云:「犯婬也。从女从干,干亦聲。」[33]王氏《句讀》於許語「犯婬也」中之「婬」字,冠上一個⬚符識,以標示「婬」字應當刪去。[34]王氏在此句下註解說:

> 《集韻》引無婬字,是也。婬義自屬姦字,《五經文字》《小爾雅·廣言》竝云:「奸,犯也」。《繫傳》引《左傳》:「臣奸旗鼓。」又《僖七年·傳》:「子殳不奸之謂禮。」《宣十二年·傳》:「事不奸矣。」《襄十四年·傳》:「君制其國,臣敢奸之。」《漢書·溝洫志》:「使神人各得其所而不相奸。」是經

30　《說文解字詁林》第 4 冊,頁 1364a。

31　同前註。

32　同前註。

33　《說文解字詁林》第 10 冊,頁 235b。

34　《說文解字詁林》第 10 冊,頁 236a。

典所有奸字，未有涉及婬者也。[35]

以上所舉五條都是王氏《句讀》認為應當刪去，並附以書證說明之例。

（6）棓

《說文》「棓」下云：「梲也。从木，音聲。」[36]王筠《句讀》於許語「梲也」下，以縮小楷體增添「謂大杖也」四字，[37]王氏在此下註解說：

> 依元應引補，蓋庾注也。嫌梲是小杖，故明之也。《淮南‧詮言訓》：「羿死於桃棓。」高注：「棓、大杖，俗字作棒。」石氏《星占》：「天棓五星，天之杖也。」宋中興《天文志》作棒。[38]

（7）穦

《說文》「穦」下云：「多小意而止也。從禾只，支聲。一曰：木也。」[39]王筠《句讀》於許篆下，以縮小楷體增添「穦秋」二字，[40]並於許語「多小意而止也」下註解說：

---

35 同前註。案：王氏注文所引之《左傳》某年等原句及《漢書》資料，皆見於桂馥《說文解字義證》。

36 《說文解字詁林》第 5 冊，頁 821a。

37 《說文解字詁林》第 5 冊，頁 821b。

38 同前註。

39 《說文解字詁林》第 5 冊，頁 1085a。

40 《說文解字詁林》第 5 冊，頁 1059a。

段氏据稱下說，增積稱二字，從之。多小意而止者，乃積稱兩字之義，且是泛言，與扶疏、阿難一類，形容之詞也。[41]

(8) 囿

《說文》「囿」下云：「苑有垣也。从囗，有聲。一曰：禽獸曰囿。」[42]王筠《句讀》於許語「苑有」下，以縮小楷體增添「園曰囿，囿猶有也，有藩曰園，有牆曰囿」十五字，又刪去許語「垣也」二字。[43]王氏在「苑有園曰囿」一句下詳加註解說：

依《初學記》引改，下三句同。以苑釋囿者，《周禮·囿人·注》：「囿，今之苑。」然則古名囿，漢名苑也。有園者，《繫傳》曰：「園，樹果菜也。《周禮》有『囿游』之禁，亦樹以果菜也。」《夏小正·傳》：「囿也者，園之燕者也。」今本作「苑有垣也」。元應引《字林》如此。[44]

(9) 鐏

《說文》「鐏」下云：「柲下銅也。从金，尊聲。」[45]王氏《句讀》於許語「柲」字上，以縮小楷體增添一個「戈」字，[46]並於本句下註解說：

---

41 同前註。
42 《說文解字詁林》第 5 冊，頁 1111b-1112a。
43 《說文解字詁林》第 5 冊，頁 1113b。
44 同前註。
45 《說文解字詁林》第 11 冊，頁 153b。
46 同前註。

据《曲禮》增戈字，以與鐏下說對文。《曲禮》：「進戈者，前
其鐏。進矛戟者，前其鐓。」《注》：「後刃，敬也。銳底曰
鐏，取其鐏地。平底曰鐓，取其鐓地。」《考工記》：「戈柲六
尺有六寸。」[47]

（10）矛蟲

《說文》「矛蟲」下云：「蟲食根者。从蟲。象其形。」[48]王筠《句
讀》於許語「蟲食」下以縮小楷體加添一個「苗」字[49]，並於此下詳
釋說：

依《藝文類聚》引改補。經典皆從蚰作蟊。《詩・桑柔》：「降
比蟊賊。」《箋》：「蟲食苗根曰蟊。」《釋蟲》：「食根，蟊。」[50]

王氏又於許語：「从蟲。象其形。」下先明引桂馥之說，再下案語申
說：

桂氏曰：「當云矛聲，本從古文矛，傳寫譌謬，後人不識，遂
改諧聲為象形。」筠案：「象其形」《韻會》引作「𢀜象形」。
衣部裒之古文褢，從𢀜。《五音韻譜》從𢀜。系部繘之古文繑亦
從𢀜。蓋𢀜者古文矛，矛部之古文𢀜，從𢀜，又加戈。從𢀜者，

---

47 同前註。案：王氏注文所引《曲禮》及《考工記》等資料，皆節錄於桂馥《說文解
字義證》。

48 《說文解字詁林》第 10 冊，頁 1004a。

49 同前註。

50 《說文解字詁林》第 10 冊，頁 1005b。王氏注文所引資料，節錄自《說文解字義
證》。

省三點。莫浮切。[51]

此外，王氏又於本篆另一句許語：「吏抵冒取民財則生」下，以縮小楷體補上「蟊也」兩字，[52]接著論說：

> 依《釋文》引補。李巡曰：蟊，食禾根者，言其稅取萬民財貨，故云蟊也。《左·文十八年·傳》：「冒於貨賄。」《晉語》：「有冒上而無忠下。」《注》：「冒，抵冒。言貪也。」《風俗通》：「氐羌抵冒貪饕至死好利。」案：許君說螟、蝥、蟊三字，其詞相儷，明是為《爾雅》「食苗心螟」四句作注，唯賊是借字，故不及。今引李巡說補之，曰食禾節者，言貪狼，故曰賊也。[53]

以上所舉五條是《句讀》增訂之例，王筠的精細校勘功夫，讀者由此可略知一二。

　　古人有謂「知者千慮，必有一失」，以王筠這位學問如此博大精深的學者，在論述當中有時也難免有所疏漏。誠然，王筠《句讀》在研究《說文》句讀及文字形音義三方面，雖然貢獻不少，但也有論說失當及有待商榷的地方，有關討論已於前文分析表述。現在總其要者於下：
　　（1）王氏《句讀》對象形、指事、會意三書的體例，一如《說文

51　《說文解字詁林》第 10 冊，頁 1006b。

52　同前註。

53　同前註。案：王氏注文所引李巡說及《左傳》《晉語》《風俗通》諸條原文，同見於桂馥《說文解字義證》。

釋例》《文字蒙求》所論，分析過於瑣碎，例如朵、交、后三個篆字的論說，用語更是含混，討論自相矛盾，不能自圓其說。

（2）王氏說解《說文》篆字，一般都是遵照許語立論。對於群書所引《說文》，王氏照錄不疑。《句讀》對身、牢、能等篆字的說解，就是沒有通過客觀的辨證分析。正因為王氏立論基於對許語的附會，結果提出了牽強而不合乎實情的錯誤觀點，說解難以令人接受。

（3）王氏引用金文石刻材料去印證許篆，經常有所發明，本來是難能可貴，無可非議。可是，金文與篆書本是兩種不同體系的文字，尤其是金文，其形體及組件諸多變化，根本未有一統的寫法，因此也就未必可以一律作為辨析文字形體的依據。事實上《句讀》所論形義，以引用金文立說為多，這並不代表金文字形及其寫法，一定可以把字形字義說得通達可信，更不可能將所見之金文材料當作絕對的權威鑒證。王氏對走、卜等字的論說，就是由於過於相信金文表形表義的準確性，而結果陷入糾纏不清的局面。

除此以外，王氏《句讀》一書尚有若干篆字之論說有待學者考證及討論，例子有還、遶、跰、賑、路、千、誦、護、譋、變、更、歡、頯、邲、衸、襠、鶥等。還有一些是段、桂兩家已有討論，而王氏只是略說，又或是沒有接納前賢之見解，例子有亶、韄、橙、杜、回、園、邯、酀、鄁、鳴、殘、胚、臂等，這些也值得進一步研究。

最後，還須一提《句讀》的引述體例問題。如前文所述，王氏是依據《說文》五百四十部所編排之文字次序而逐一疏解。然而，書中

引錄前人之研究及其論證材料，有詳有略，體例亦未臻完善。就以王氏對《說文》卷十四・上之疏解為例，如鈦、鐠、鐲、斯、猎、軜、輼、輬、輥、轓等篆字之考據，所用資料皆分別見於段、桂二書，可是《句讀》的說解內文沒有具體註明。但是同卷對升、輯、鈀、鋌、鈧，以及軔、鐵、轙、軍等篆字所引用資料，就標示「桂氏曰」或「段氏曰」等語句，表明其資料與研究觀點之來由。假若讀者沒有將王、段、桂三書一起對照閱讀，就未必會發現王氏所述與諸家所引錄之來龍去脈。這是《句讀》的另一項不足之處，研讀時宜多注意。

參考文獻

1　《十駕齋養新錄》　錢大昕著　臺北市　商務印書館　1956年

2　《上古音手冊》　唐作藩編著　南京市　江蘇人民出版社 1982年

3　《三代吉金文存補》　周法高著　臺北市　臺聯國風出版社 1980年

4　《大廣益會玉篇》　顧野王著　北京市　中華書局　1987年

5　《文字》　見《子彙》第5冊　辛鈃著　臺北市　臺灣商務印書館　1969年

6　《元氏長慶集》　元積著　北京市　中華書局　1982年

7　《文心雕龍》　劉勰著　范文瀾注　香港　商務印書館　1975年

8　《文字蒙求》　王筠著　臺北市　藝文印書館　1974年

9　《文字學四種》　呂思勉著　上海市　上海教育出版社　1985年

10　《文字學音篇‧文字學形義篇》　錢玄同　朱宗萊著　臺北市　臺灣學生書局　1978年

11　《文字學概要》　裘錫圭著　北京市　商務印書館　1988年

12　《文字學概說》　林尹著　臺北市　正中書局　1985年

13　《文字學論叢》　杜學知著　臺北市　正中書局　1971年

14　《文字學纂要》　蔣伯潛著　臺北市　正中書局　1971年

15　《方言與中國文化》　周振鶴　游汝杰著　上海市　上海人民出版社　1986年

16　《方言箋疏》　錢繹著　上海市　上海古籍出版社　1984年

17　《日知錄》　顧炎武著　臺北市　商務印書館　1956年

18　《六書今議》　杜學知著　臺北市　正中書局　1977年

19　《六書正譌》　周伯琦著　臺北市　商務印書館　1976年

20　《六書本義》　趙撝謙著　臺北市　商務印書館　1973年

21　《六書故》　乾隆四十九年刊本　戴侗撰　臺北市　商務印書館影印　1983年

22　《六書商榷》　帥鴻勳編著　臺北市　正中書局　1969年

23　《六書略》　鄭樵著　臺北市　藝文印書館　1976年

24　《六書統》　楊垣著　臺北市　商務印書館　1978年

25　《六書發微》　方遠堯著　臺北市　商務印書館　1976年

26　《中國小學史》　胡奇光著　上海市　上海人民出版社　1987年

27　《中國文字之原始及其構造》　蔣善國著　上海市　商務印書館1930年

28　《中國文學結構論析》　王初慶著　臺北市　文史哲出版社1970年

29　《中國文字學》　龍宇純著　臺北市　臺灣學生書局　1972年

30　《中國文字學》　顧實著　臺北市　臺灣商務印書館　1977年

31　《中國文字學》　唐蘭著　上海市　上海古籍出版社　1982年

32　《中國文字學》　潘重規著　臺北市　東大圖書有限公司 1983年

33　《中學文字學史》　胡樸安著　上海市　上海書店　1984年

34　《中國文字學通論》　謝雲飛著　臺北市　臺灣學生書局 1984年

35　《中國文字叢釋》　田倩君著　臺北市　商務印書館　1968年

36　《中國文字學通論》　高明著　北京市　文物出版社　1987年

37　《中國訓詁學史》　胡樸安著　臺北市　商務印書館　1966年

38　《中國語文學家辭典》　陳高春編著　開封市　河南人民出版社1986年

39　《中國語言學大辭典》　陳海洋主編　南昌市　江西教育出版社　1991年

40　《中國語言學史》　王力著　香港　中國圖書刊行社　1981年

41　《中國語言學史》　濮之珍著　上海市　上海古籍出版社　1987年

42　《中國學術家列傳》　楊蔭深著　香港　文淵書店　1974年

43　《毛詩古音考》　陳第著　成都　學津討原本校刊　1933年

44　《水經注》　酈道元　臺北市　臺灣商務印書館　1975年

45　《文選》　蕭統著　李善注　北京市　中華書局　1977年

46　《古文字形發微》　康殷著　北京市　北京教育出版社　1990年

47　《古文字研究簡論》　林澐著　長春市　吉林大學出版社　1986年

48　《古文字類編》　高明編　北京　中華書局　1982年

49　《古文字學新編》　康殷著　北京市　榮寶齋出版社　市1983年

50　《古文字學導論》　唐蘭著　香港　香港太平書店　1978年

51　《古文字學綱要》　陳煒湛　唐鈺明編　廣州市　中山大學出版社　1988年

52　《古文斷句與標點》　張倉禮　陳光前著　長春市　吉林文史出版社　1986年

53　《古代漢語的假借字》　何耿鏞著　福州市　福建人民出版社　1989年

54　《古書句讀法略例》　孫德謙著　臺北市　臺灣商務印書館　1968年

55　《古書句讀釋例》　楊樹達著　北京市　中華書局　1963年

56　《古漢語知識辭典》　羅邦柱主編　武昌市　武漢大學出版社　1988年

57　《古籀篇》　高田忠周纂述　臺北市　宏業書局公司　1973年

58　《古籍通假字選釋》　高啟沃編著　合肥市　安徽教育出版社

1985年

59　《古韻通曉》　陳復華等編著　北京市　中國社會科學出版社　1987年

60　《史記》　司馬遷撰　香港　中華書局　1982年

61　《正續一切經音義》　釋慧琳　釋希麟撰　上海市　上海古籍出版社　1986年

62　《甲骨文字研究》　郭沫若著　香港　中華書局　1976年

63　《甲骨文字集釋》　李孝定編著　臺北市　中研院史語所　1982年

64　《甲骨文字釋林》　于省吾著　北京市　中華書局　1977年

65　《甲骨學文字編》　朱芳圃著　臺北市　商務印書館　1972年

66　《甲骨學導論》　吳璵著　臺北市　文史哲出版社　1980年

67　《名原》　孫詒讓著　濟南市　齊魯書社　1986年

68　《同源字典》　王力著　北京市　商務印書館　1987年

69　《呂氏春秋》　呂不韋撰　臺北市　臺灣商務印書館　1967年

70　《呂氏春秋校釋》　陳奇猷校釋　上海市　學林出版社　1984年

71　《呂氏春秋選注》　王范之著　北京市　中華書局　1981年

72　《金文常用字典》　陳初生編纂　西安市　陝西人民出版社　1987年

73　《金文詁林》　周法高等編纂　香港　香港中文大學　1975年

74　《金文詁林附錄》　周法高主編　香港　香港中文大學　1975年

75　《金文詁林補》　周法高編撰　臺北市　中研院史語所　1982年

76　《金文詁林讀後記》　李孝定撰　臺北市　中研院史語所　1982年

77　《金文編》　容庚著　北京市　中華書局　1985年

78　《金文選注繹》　洪家義著　南京市　江蘇教育出版社　1988年

79　《金文叢考》　郭沫若著　北京市　人民出版社　1954年

80　《周易音訓》　呂祖謙著　臺北市　成文出版社　1976年

81　《法華經玄義釋籤》　湛然著　臺北市　新文豐公司　1976年

82　《皇清經解》　阮元輯　臺北市　復興書局　1961年

83　《皇清經解續編》　王先謙輯　臺北市　藝文印書館　1965年

84　《皇甫持正文集》　皇甫湜著　《四部叢刊》　第704冊

85　《段氏文字學》　王仁祿著　臺北市　藝文印書館　1971年

86　《春秋繁露》　董仲舒撰　臺北市　臺灣商務印書館　1975年

87　《後漢書》　范曄撰　香港　中華書局　1971年

88　《怎樣學習說文解字》　章季海著　開封市　河南人民出版社 1988年

89　《荀子》　楊倞著　臺北市　臺灣商務印書館　1976年

90　《荀子集解》　王先謙集解　臺北市　世界書局　1969年

91　《荀子集解》　謝墉　盧文弨著　臺北市　新興書局　1963年

92　《馬氏文通》　馬達忠著　上海市　商務印書館　1927年

93　《書目答問補正》　范希曾撰　臺北市　國學圖書館　1929年

94　《流沙墜簡・小學術數方技書》　羅振玉　王國維著　《流沙墜簡》影本第1冊　1914年

95　《逸周書》　孔晁注　臺北市　臺灣商務印書館　1937年

96　《晉書》　房玄齡等撰　北京市　中華書局　1974年

97　《通借字萃編》　鄭權中遺著　天津市　天津古籍出版社 1990年

98　《訓詁方法論》　陸宗達　王寧著　北京市　中國社會出版社 1983年

99　《訓詁學》　洪誠著　南京市　江蘇古籍出版社　1984年

100　《訓詁學》　郭在貽著　長沙市　湖南人民出版社　1986年

101　《訓詁學初稿》　周大璞著　武昌市　武漢大學出版社　1987年

102　《訓詁學概要》　林尹編著　臺北市　正中書局　1972年

103　《訓詁學概論》　齊佩瑢著　北京市　中華書局　1984年

104 《訓詁學導論》 許威漢著 上海市 上海教育出版社 1987年

105 《秦漢方言》 丁啟陣著 北京市 東方出版社 1991年

106 《容齋四筆》 洪邁著 上海市 上海書店印刊 1984年

107 《唐韻》 孫愐撰 江都 朱氏長圻 1934年

108 《殷周文字釋叢》 朱芳圃著 北京市 中華書局 1973年

109 《殷虛書契前編集釋》 葉玉森著 上海市 大東書局 1934年

110 《莊子》 郭象注 臺北市 臺灣中華書局 1966年

111 《清人文集別錄》 張舜徽著 北京市 中華書局 1963年

112 《清史列傳》 清國史館原編 臺北市 明文書局 1985年

113 《清史稿》 趙爾巽等撰 北京市 中華書局 1977年

114 《清代七百名人傳》 蔡冠洛撰 上海市 世界書局 1957年

115 《清代樸學大師列傳》 支偉成撰 上海市 泰東圖書印刷
1925年

116 《清儒學案》 徐世昌著 臺北市 燕京文化事業公司 1976年

117 《常用古文字字典》 王延林編著 上海市 上海書畫社 1987年

118 《常用漢字形音義》 李玉潔著 長春市 吉林教育出版社
1990年

119 《淮南子》 劉安著 高誘注 上海市 上海中華書局 1923年

120 《許慎與說文解字》 姚孝遂著 北京市 中華書局 1983年

121 《許慎與說文解字研究》 董希謙等主編 開封市 河南大學出
版社 1988年

122 《章氏叢書》 章太炎著 臺北市 世界書局 1958年

123 《國語》 韋昭注 上海市 上海古籍出版社 1978年

124 《通假字淺說》 趙廣成著 濟南市 山東教育出版社 1986年

125 《通假概說》 劉又辛著 成都市 巴蜀書社 1988年

126 《基礎漢字形義釋源》 鄒曉麗著 北京市 北京出版社 1990年

127 《黃侃手批說文解字》　黃侃著　上海市　上海古籍出版社　1987年

128 《集韻》　丁度等撰　北京市　中國書店　1983年

129 《新式標點廣雅疏證》　陳雄根標點　香港　香港中文大學出版社　1978年

130 《鉅宋廣韻》　陳彭年等撰　上海市　上海古籍出版社　1983年

131 《楚辭補注》　洪興祖撰　香港　香港中華書局　1963年

132 《經史動靜字音》　劉鑑著　墨緣堂　癸西1933年

133 《經典釋文》　陸德明撰　臺北市　鼎文書局　1975年

134 《經義述聞》　王引之撰　南京市　江蘇古籍出版社　1985年

135 《經說略》　黃以周著　臺北市　藝文印書館　1965年

136 《經籍纂詁》　阮元等撰集　上海市　上海古籍出版社　1989年

137 《漢文典注釋》　來裕恂著　天津市　南開大學出版社　1993年

138 《漢字古音手冊》　郭錫良編著　北京市　北京大學出版社　1986年

139 《漢字史話》　李孝定著　臺北市　聯經出版社　1977年

140 《漢字形體學》　蔣善國著　北京市　文字改革出版社　1959年

141 《漢字形體演變概論》　淳于懷椿著　瀋陽市　遼寧大學出版社　1987年

142 《漢字的結構及其流變》　梁東漢著　上海市　上海教育出版社　1964年

143 《漢字學》　蔣善國著　上海市　上海教育出版社　1987年

144 《漢字漢語學術研討會論文集》　袁曉園主編　長春市　吉林教育出版社（上下冊）　1991年

145 《漢語文字學史》　黃德寬等著　合肥市　安徽教育出版社　1990年

146 《漢語方言學》 黃景湖編著 廈門市 廈門大學出版社 1987年

147 《漢語方言常用詞詞典》 閔家驥等編著 杭州市 浙江教育出版社 1991年

148 《漢語方音字匯》 北大教研室編 北京市 文字改革出版社 1989年

149 《漢語史稿》 王力著 北京市 中華書局 1980年

150 《漢語音韻》 王力著 香港 中華書局 1984年

151 《漢語音韻學》 董同龢著 臺北市 文史哲出版社 1980年

152 《漢語音韻學》 李新魁著 北京市 北京出版社 1986年

153 《漢語訓詁學史》 李建國著 合肥市 安徽教育出版社 1986年

154 《漢語詞匯史綱要》 史存直著 上海市 華東師範大學出版社 1989年

155 《漢語詞匯史概要》 潘允中著 上海市 上海古籍出版社 1989年

156 《漢語傳統語言學綱要》 韓崢嶸等著 長春市 吉林大學出版社 1991年

157 《漢語語源學》 任繼昉著 重慶市 重慶出版社 1992年

158 《漢書》 班固撰 顏師古注 北京市 中華書局 1980年

159 《漢簡綴述》 陳夢家著 北京市 中華書局 1980年

160 《摭言》（《四部備要》本） 王定保著 臺北市 臺灣中華書局 1966年

161 《廣雅疏證》 王念孫著 北京市 中華書局 1983年

162 《說文句讀》 王筠著 臺北市 廣文書局 1972年

163 《說文中之古文考》 商承祚著 上海市 上海古籍出版社 1983年

164 《說文古籀補》 吳大澂著 清光緒24年（1898）重刊本

165 《說文古籀補補》 丁佛言輯 北京市 中華書局 1988年

166 《說文音義相同研究》 張建葆著 臺北市 弘道文化事業公司 1974年

167 《說文研究》 王崚淵著 臺中市 瑞成書局 1982年

168 《說文解字》 許慎撰 徐鉉校定 香港 中華書局 1971年

169 《說文解字六書疏證》 馬敍倫著 上海市 上海書店 1985年

170 《說文解字引方言考》 馬宗霍撰 北京市 科學出版社 1959年

171 《說文解字引論》 任學良著 福州市 福建人民出版社 1985年

172 《說文解字句讀》 王筠撰 北京市 中華書局 1988年

173 《說文解字注》 段玉裁著 臺北市 漢京文化事業公司 1983年

174 《說文解字約注》 張舜徽著 鄭州市 中州書畫社 1983年

175 《說文解字研究法》 馬敍倫著 香港 太平書局 1964年

176 《說文解字部首講疏》 向夏編寫 香港 中華書局 1986年

177 《說文解字通論》 陸宗達著 北京市 北京出版社 1981年

178 《說文解字詁林》 丁保福編纂 臺北市 鼎文書局 1983年

179 《說文解字義證》 桂馥著 上海市 齊魯書社 1987年

180 《說文解字講稿》 蔣善國著 北京市 語文出版社 1988年

181 《說文箋識四種》 黃侃箋識 上海市 上海古籍出版社 1983年

182 《說文諧聲》 丁履恒著 臺北市 文海出版社 1974年

183 《說文釋例》 王筠著 北京市 中華書局 1987年

184 《說文釋例異部重文篇研究》 單周堯著 香港 香港大學中文系 1988年

185 《說文聲訓考》 張建葆著 臺北市 弘道文化事業出版社 1974年

186 《語文的闡釋》 申小龍著 瀋陽市 遼寧教育出版社 1992年

187 《語言文字研究專輯》（上） 吳文祺主編 上海市 上海古籍

出版社　1982年

188 《語言文字研究專輯》（下）　吳文祺主編　上海市　上海古籍出版社　1986年

189 《管子》　房玄齡注　臺北市　臺灣商務印書館　1967年

190 《應用訓詁學》　程俊英　梁永昌著　上海市　華東師範大學出版社　1989年

191 《增訂殷虛書契考釋》　羅振玉撰　東方學會石印本　1927年

192 《劉禹錫集》　劉禹錫著　上海市　上海人民出版社　1975年

193 《劉賾小學著作二種》　劉賾著　上海市　上海古籍出版社　1983年

194 《戰國文字通論》　何琳儀著　北京市　中華書局　1989年

195 《戰國策》　劉向集錄　上海市　上海古籍出社　1978年

196 《積微居小學述林》　楊樹達著　北京市　中華書局　1983年

197 《積微居金文說》　楊樹達著　北京市　科學出版社　1959年

198 《戴東原集》　戴震著　臺北市　臺灣商務印書館　1968年

199 《觀堂集林》　王國維著　北京市　中華書局　1984年

200 《讀書雜志》　王念孫著　南京市　江蘇古籍出版社　1985年

201 《古文字學論稿》　張光裕　黃德寬著　合肥市　安徽大學出版社　2008年

202 《古文訓詁叢稿》　單周堯著　臺北市　文史哲出版社　2000年

203 《周祖謨文字音韻訓詁講義》　周士琦編　天津市　天津古籍出版社　2004年

204 《說文五百四十部首正解》　徐復　宋文民著　南京市　江蘇古籍出版社　2003年

205 《說文學研究》　向光忠主編　武漢　崇文書局　2004年

206 《說文小篆研究》　趙平安著　南昌市　江西教育出版社　1999年

207 《說文新論》 宋建華著 臺北縣 聖環圖書公司 2006年

208 《說文新證》 季旭昇著 臺北市 藝文印書館 02-04年

209 《說文篆文訛形釋例》 杜忠誥著 臺北市 文史哲出版社 2002年

210 《說文繫傳研究》 張意霞著 臺北市 花木蘭文化出版社 2007年

211 《說文繫傳板本源流考辨》 張翠雲著 臺北市 花木蘭文化出版社 2007年

212 《說文與上古漢語詞義研究》 宋永培著 成都市 巴蜀書社 2001年

213 《說文解字字音注釋研究》 蔡夢麟著 濟南市 齊魯書社 2007年

214 《說文解字研究文獻集成‧古代卷》 董蓮池主編 北京市 作家出版社 2007年

215 《說文解字聲訓研究》 崔樞華著 北京市 北京師範大學出版社 2000年

216 《說文解字論綱》 鍾如雄著 成都市 四川人民出版社 2000年

217 《說文解字釋義析論》 柯明傑著 臺北市 花木蘭文化出版社 2007年

218 《說文通訓定聲研究》 朴興洙著 香港 文匯出版社 2006年

219 《精校本許慎與說文解字》 姚孝遂著 北京市 作家出版社 2008年

220 《說文解字注古韻訂補》 張道俊著 北京市 中國社會科學院 2014年

221 《說文會意字研究》 夏軍著 桂林市 廣西師範大學出版社 2013年

222 《說文通訓定聲假借研究》　李俊紅著　北京市　首都師範大學出版社　2012年

223 《說文讀記》　龍宇純著　臺北市　大安出版社　2011年

224 《說文解字的諧聲關係與上古音》　張亞榮著　西安市　三秦出版社　2011年

225 《說文研讀》　王平著著　上海市　華東師範大學出版社 2011年

226 《說文新證》　季旭昇著　福州市　福建人民出版社　2010年

227 《說文學專題研究》　黎千駒著　北京市　中國社會科學出版社 2010年

228 《說文解字與民俗文化研究》　黃宇鴻著　桂林市　廣西師範大學出版社　2010年

229 《論說文四級聲子》　何添著　天津市　天津教育出版社 2010年

230 《章太炎說文解字授課筆記》　王寧整理　北京市　中華書局 2010年

檢字表

後記

　　書稿曾於二零一一年以《說文解字句讀述釋》為題在香港刊行。現在遵從安徽大學《說文》名家余國慶教授訓示，重新覆審、刪減、訂改、增補，並題作《說文句讀研究訂補》，由臺北萬卷樓出版，謹此向出版部各有關工作人員致謝。

　　李學銘教授的序言及陳汝柏教授的七律與墨寶，直接擴闊及抬舉了本書的存在空間與價值。余國慶教授的不吝指正與關懷鼓勵，柯偉其教授Prof. Marek KOSCIELECKI的敦促與啟導，間接玉成拙作提前訂補刊出。茲向諸位偉大學人，再三致以萬分謝忱。

馬顯慈

2015年4月

語言文字叢書 1000006

說文句讀研究訂補

作　者　馬顯慈

責任編輯　吳家嘉

發 行 人　林慶彰

總 經 理　梁錦興

總 編 輯　張晏瑞

編 輯 所　萬卷樓圖書股份有限公司

　　　　　臺北市羅斯福路二段 41 號 6 樓之 3

　　　　　電話 (02)23216565

　　　　　傳真 (02)23218698

發　　行　萬卷樓圖書股份有限公司

　　　　　臺北市羅斯福路二段 41 號 6 樓之 3

　　　　　電話 (02)23216565

　　　　　傳真 (02)23218698

　　　　　電郵 SERVICE@WANJUAN.COM.TW

香港經銷　香港聯合書刊物流有限公司

　　　　　電話 (852)21502100

　　　　　傳真 (852)23560735

ISBN 978-957-739-930-4

2015 年 4 月初版

定價：新臺幣 460 元

國家圖書館出版品預行編目資料

說文句讀研究訂補 / 馬顯慈著.

　-- 初版. -- 臺北市：萬卷樓, 2015.04

　面；　公分. -- (語言文字叢書；1000006)

ISBN 978-957-739-930-4(平裝)

1.說文解字 2.研究考訂

802.21　　　　　　　　　　　104004786